作者介绍

明前雨后

本科就读于北京大学，热爱运动和旅行。

已出版作品

《忽而今夏》、《眼泪的上游》、
《再见，蔚蓝海岸》、
《思念人之屋》、《直到春天过去》。

忽而今夏

下卷——彼岸——

Suddenly,
this summer.

明前雨后 作品

北京联合出版公司
Beijing United Publishing Co.,Ltd.

回忆是空气，

爱是双城的距离……

目录

下卷

彼岸

* * *

第二乐章　微风般的中板·那么近，这么远

忽而今夏

下卷

彼岸

楔子·只当是个梦

依稀是大一那一年，他们在两个不同的城市看流星雨。北国十一月的深夜，在人声鼎沸的江边，他想到她，便觉得秋风不再萧瑟。他开始羡慕南去的候鸟，可以自由地飞去她在的方向。

只看一颗流星，只许一个愿。

* * *

在第二次赴美的航班上，章远再一次梦到何洛。

骤然又回到高中，和何洛握手站在路边等车，赵承杰大声喊："给你们告老师！"心中紧张，脚下的马路忽然像传送带一样转动起来，向两个不同的方向将二人生生分开。

"不要！"他大喊，捉紧何洛的手，她便兜了一个大圈，飘飘然荡进他怀中。长长的白色裙裾翩飞，在风中结成一朵粲然盛开的花。

* * *

当爱着的那个人不在身边，便会陷入无休止的回忆中，曾经的辗转反侧，每个小动作，每一句有心或无意的话。两个人的对白，一个人铭记。或许对方终于一切都不记得。

其实，那年的分离已经决定了一切。

* * *

说再见的时候，应该更加坚定决绝，应该不回头，应该彻底失忆。才不会在应该了无牵挂向前大步行进时，依然转了一个圈，回到最初的等待中。

* * *

这些道理，人人都明白，但当章远想到那一场无疾而终的过往，想到那一句没有斩钉截铁的告别。

忽然之间，心就痛了。

这些，你是否知道?

* * *

他走过费城陌生的街头，看见微笑亲吻的老人，看见金发蓝眼玉雪可爱的小孩，天使般的笑颜。

山茱萸花开的日子里，谁家庭院里的七彩风车转啊转，转啊转。

一切让人感觉温暖的、悲伤的，或者是心碎的，都不过是场梦吧。

第一乐章

绵延的柔板·忘记之后

一、忘记幸福

这些细节其实都无所谓
只要我们都学会
忘记一点傻一点会幸福一点

by 利绮《忘记幸福》

何洛初到旧金山时，只觉得同在加州，这里的气温和想象中的阳光海岸相去甚远。因为是典型的地中海气候，日间艳阳高照，天空总是一碧如洗，炙热的阳光直射在皮肤上，威力十足；而夜间阳光消隐了痕迹，温度直线骤降，凉意袭人。何洛和同学去过两次海边，雾气升腾，冰冷潮湿的空气似乎可以把人浸透。站在海湾，向西眺望半隐在白雾中的金门大桥，外海一片云烟缥缈。隔着那一片宽阔的海洋，要飞跃多远的距离，才是自己的国度；又要飞跃多远的时间，才能抵达自己不经意间依旧会缅怀的光阴。

这些念头自然会让人情绪低落，意志消沉。而生活和功课上的各种压力纷至沓来，何洛无法任由自己沉浸在这种情绪之中。

入学时学校的研究生公寓已经满员，在前几年到校的师兄师姐的帮助下，她在距离主校区不远的地方租了一处公寓，合租的室友是同一年来的成都姑娘舒歌，个子不高，笑容甜美。房租还算低廉，但是房东和前一户房客维护得并不好，厨房的墙壁和灶台都略显油腻；斑驳的家具看起来也颇有年头。两个女生得空便拿着钢丝球擦洗污渍，又在灶台后侧贴了一层锡箔纸。好不容易将厨房打理干净，浴室的下水又不通畅。联系房东后或许又要等上几日才有维修工来处理，何洛受之前来美的同学指点，买了螺旋钢丝线和液体疏通剂。她将头发绾好，戴上胶皮手套，蹲在地漏前用钢丝将污物一点点清理出来，又放了不少热水冲洗，小心翼翼地倒了疏通剂进去。

舒歌弯腰在旁边看着，双手扶膝，啧啧称赞："到底是做生物实验的，看着就很有范儿。"

"小心不要沾到哦。"何洛提醒，"这个腐蚀性还是蛮强的。"

"啊，不会毁容吧！"舒歌夸张地退了一步，"我给你找个围巾或者口罩吧！"

"基本弄完了，等上一晚吧。"何洛起身，正好对上盥洗镜中的自己，她看了看睡眠不足的一张脸，笑道，"现在看，好像毁不毁也区别不大了。"

* * *

从第二年起，她要全面进入实验室，因此大多数专业课程都集中在第一年，何洛又选了一些基础的实验课，每天奔波于教室、实验室和图书馆之间。周围的美国同学也多是各校的精英，志得意满，说起课业来自信十足。何洛却不觉得课程有那么轻松，内心有些惴惴，甚至担忧如果成绩不够出色，就保不住手头的奖学金。期中考试前后，她心中焦虑不安，于是拿出十二分力气来，比本科时学得还要卖力。

连续几日下来，精力严重透支，全靠黑咖啡勉力维持，去超市买菜也是神情恍惚。她看到圆盖一样的硬面包，色泽和气味都像家乡常见的俄式列巴，于是用食品袋装了一个，拎在手中。

加州的华人很多，店里晃来晃去的都是黑头发黄皮肤。排在前面的男生把东西从购物篮中一件件取出，何洛无意中瞟了他一眼，险些尖叫出声。

一样的下巴弧线，从来不需要想起，永远都不会忘记。

她快步走过去，把购物篮中的物品放在传送带上，只为了站在他身边，好好地看一眼。好像下一秒钟，他的笑声就会响起，说："很男人吧！"

前面的男生回过头来，看看何洛，然后拿起传送带上的面包，放在自己的食品堆里。

何洛对他的好印象瞬间烟消云散，自己走几步去拿一个不好吗？大家都是顾客，是同胞，自己是女生，所以要格外欺负？她迅即伸手，将面包抢回来，放在自己的购物篮里。

男生蹙眉，拿出来，放在自己面前。

何洛不说话，黑着脸抢回去。

这次男生笑了，问："这面包这么好吃吗？你一口气吃两个。"

何洛纳罕，男生指指她的胳膊。她低头，才看见腋下夹着一个塑料食品袋，刚刚挑选的面包安静地躺在里面。

"对不起，对不起。"何洛发窘。

"没关系，你想要，两个都拿去。"男生温和地笑，眼睛比记忆中那个人要大些，但眼眶没有略微的凹陷，额头宽阔一些，脸颊方正一些，很像主旋律电影中英武的正面角色。

* * *

两个人简单聊了几句，男生叫冯萧，比何洛早来一年，和她在同一所学校，专业是土木工程。何洛一向不会和陌生人交换太多信息，这次却难得聊起各自的专业和国内的学校。舒歌在冰柜前挑选各色冰激凌，眼花缭乱，好不容易做出选择，回头远远看到何洛和冯萧有说有笑，不觉纳罕。

她排队结账出来，那边冯萧已经和何洛道别，转身离去。

"就这么一会儿，你就勾搭上一个帅哥！"舒歌凑到何洛身边，"人不可貌相哦，何洛同学。”

“什么勾搭，糗大了。”何洛描述了拿错面包的故事。

“这也是搭讪的好机会呀！”舒歌愤愤不平，“早知道我应该和你一起，真是错失良机，下次再遇到帅哥，记得喊我！”

何洛揶揄地笑道：“好、好，下次我随身带着你的照片，看到帅哥就说，喂喂，看看我的室友吧，美丽可爱，聪明活泼，我可以提供所有数据给你，生日、电话、身高、体重，三围没量过，目测结果还不错！”

“你敢！那我也随身带上你的！”舒歌做个鬼脸，“虽说男朋友宁缺毋滥，但总要多几个备选项。我看这个男生不错。”

“那你去追吧，姓名和院系都告诉你。”

“你舍得？”舒歌打趣道，“看你刚才魂不守舍的样子，人家都走了，你还一直在张望。”

有吗？何洛无奈地牵牵嘴角。即使是，也是因为心头无法诉说的原因。

* * *

回到家里，何洛只觉得头昏脑涨，扑在床上，不想吃晚饭，也没有洗漱，只盼着合眼休息片刻，再爬起来读完课上布置的阅读材料。然而一旦陷到柔软的被褥间，便立时沉沉睡去。

夜阑人静时，身上传来阵阵凉意，她蜷了又蜷，将自己缩成一团，仍然不足以取暖。这才恍惚醒来，发现一扇窗没有关严，微风拂过，白色的百叶窗轻轻摇晃着。何洛努力对抗倦意，挣扎着爬起来，她头脑昏昏沉沉地蹭到窗边，将百叶帘掀起一道缝。越过邻居的屋顶，看见一弯新月低垂在天边。那弯月牙是深沉的橙黄色，温暖而神秘，比她之前任何一次见到的都要巨大和真切，仿佛触手可及。似乎真的可以攀上去，坐在月牙尖翘的怀抱中。

何洛木然地伫立窗旁，凝望着深蓝夜空中弯弯的月亮，心中忽然涌起一股冲动，想要和某个人分享这幅瑰丽的景象。然而她的言语和字句都无处投递，只能在心头反复盘桓，最终归于沉寂。她再一次意识到，横亘在自己和章远之间的，不仅仅是千山万水的距离，十几个小时的时差，还有渐行渐远的人生之路。那些随意谈天说地的日子，早在几年前就已经一去不复返了。

这一切，她只是在一瞬间忘记了。

忘记了曾经的伤痛，忘记了她和他已经分开。因为离得那么远，感知不到对方的变化，就好像远处的时光是凝滞不变的，一切都被封存起来。然而怎么会？他定是踌躇满志，生活日新月异。他们甚至不曾在网络上交换一句问候。她才是被封存在记忆中的那一个。

何洛攥紧了手，指甲扣得皮肉发痛，才抑制住打开电脑给他留言的冲动。

既不回头，何必不忘。

两个人都心爱的《仙剑》中，灵儿这样对李逍遥讲。

这熟悉的句子，必然不止她一人记得。

* * *

期中考试结果出来，何洛几门课程都成绩喜人，她这才意识到，和外向自信的美国同学相比，自己平时实在是太过于谦逊了。之前都靠一股心气支持，她这时才觉得心力交瘁。看看镜中的自己，脸颊似乎都要凹陷下去，何洛找出体重秤踩了一下，发现短短两个月内，自己不知不觉掉了五六斤。舒歌无比羡慕，说自己压力大时吃得更多，每逢考试必长三斤。然而只有何洛自己知道，这一段时间殚精竭虑，身体健康状况已然堪忧。

雨季即将到来，连续几日夜里都是阴云密布，偶尔还洒落丝丝细雨。何洛从图书馆出来，天色阴霾，风里带了凉意，她不想走回去，于是站在路边等公车。翻着书包口袋，想预备出几枚硬币来付车费，手指一滑，一枚硬币滚到旁边的草丛里。何洛弯身去捡，她这几日精神不济，稍一蹲下再站起来便头晕目眩，有那么两秒什么都看不清，连忙扶住旁边的站牌。

一辆小车在路边停下，车窗摇下来。“没事吧，小面包？”问话中带着笑音，正是前几日在超市遇到的冯萧。

何洛哭笑不得，点点自己胸口：“我吗？”

“是啊。”冯萧也笑，“头一次看到有人大义凛然打劫面包，印象实在深刻。”他招呼何洛上车，“这边公车不多，快要下雨了。”

“没有多远的，其实走回去也没关系。”何洛摆手，“还是不要麻烦你了。”

“看你脸色不好，你也不想晕在路上，被他们捡走吧。”冯萧指了指街角游荡的流浪汉，“快点上来吧，这里不能停太久。”

何洛不好再推托，于是拉开车门坐进去。

冯萧瞥向窗外：“他们也不是坏人，但有时候会在小巷里拦住你要钱，心里难免七上八下的。”

“你被拦过？”何洛问。

冯萧点头：“问我要 change（零钱），要是三两块钱我就给他了，但那天我身上只有一张一百的。”

“那你怎么办？”

“我也愣了半天，不知怎么答话，又怕不给的话会被强抢，索性装傻，磕磕巴巴地说，‘me no English。’对方又说了一遍，‘change。’我继续装傻，指着自己，‘Chinese？’他很无奈，一边走开，一边说，‘你们都来美国了，为什么不学英语？’”

冯萧讲着讲着，自己笑了起来。

何洛也笑，多少消弭了一些刚刚坐上车时的尴尬。是的，当她遇到冯萧时，便不知该如何自处。对话时理应看着对方，但她看向他时，心中就莫名地紧张；于是垂下头，目光瞥过去，掠过他棱角分明的下巴。心中却半是烦闷，半是欣慰。

* * *

说笑间很快就到了何洛的公寓。冯萧说："这一带租金还好，不过环境不算太安稳，最好申请学校的公寓，虽然贵一些，但是省心。"

何洛点头："也想过，但是入学的时候没排上，已经申请了，也许下学期或者过一年可以。"

冯萧点头："那祝你好运，需要搬家的话，我可以帮忙。"他启动车子，刚开了几米，便又停下来，向何洛招手。她走过去，冯萧笑："忘了告诉你我的电话。"何洛没有手机，想要从书包里翻出本子来。冯萧摆摆手，递给她一支圆珠笔："可以先写在手上。"

他离开时，有意无意瞥了一眼后视镜，发现何洛站在路边，也正望向自己。不知怎的，心中便有一些莫名的暖意。

* * *

何洛看了看记在掌心的号码，攥紧手掌。回想起短短几分钟里，两个人的那些对话，在刚刚那一刻多希望那个人是章远，但是明明知道那根本不是他。自己在做什么？绝望地从别人身上找到他的影子吗？何洛呆呆地站在路边，直到忽然下起雨来，她才回过神，打了个冷战，转身跑向公寓。她脱下外套，拿好浴巾和换洗的衣物，恍然间总觉得有些熟悉的感觉在心中涌动，攀缘到脑海中。

那是寒冬的雪夜，她在路边呆呆地站了半个小时，整个人都要被冻透，只有心尖还有一点余温。当时她一直站在章远转身离去的地方，茫然望着他远去的方向，是否隐约还希望他对自己有一丝怜悯，能够回到她身旁？而今时今日，自己是否也存了那么一丝微乎其微的侥幸，希望在路边眺望到的，就是他的身影？

过了这些年，为什么还是这么傻？自己究竟还在期盼什么？花洒中的热水浇在身上，寒气透出来，胸口却依旧憋闷，几乎无法呼吸。何洛打了个哆嗦，索性蹲在浴缸里，抱着肩膀，在流水的声音中啜泣起来。她的身体轻轻颤抖，在那一刻，觉得自己是那样脆弱和渺小。

* * *

舒歌回到家中，看到椅子上摊着何洛淋湿的外套，卫生间传来淋浴的流水声，便敲了敲门，问道："没带伞，被雨浇到了？"

何洛声音哽咽，勉强"嗯"了一声。

"那要好好冲个热水澡，"舒歌说，"我给你煮姜汁可乐吧。"

她在厨房哼着歌，何洛出来时恰好听到那一句："就算蝴蝶飞不过沧海，有谁忍心去责怪。"

* * *

任心中思绪万千，何洛也不知要对谁来倾诉。田馨和蔡满心虽然也在美国，但是都远在东部，虽然平时偶有联络，但是大家都各自奔忙，毕竟不像在国内时那样可以秉烛夜谈。连蔡满心有了男朋友这件事，她都是从其他校友口中辗转知晓的，他们说那是个英俊儒雅的瑞士人，看她时眼神温柔宠溺，在酒吧里用萨克斯为她吹奏《茉莉花》和《小河淌水》。

何洛想起临出国前，蔡满心坐在紫藤花架下，对她说起旅途中如盛夏暴雨般骤然而至的感情。她前一刻托着腮凝神："我很迷恋他，迷恋那种心动的感觉。但我不知道这是不是爱，即使我……即使我想和他永远在一起。"下一刻她站起身来，伸展双臂，笑意盈盈对何洛说，"我们都要 keep moving forward！我会找一个比他更好的男朋友，好一百倍。"

何洛一直很好奇，是怎样的人会让蔡满心如此倾心惦念？但她也羡慕蔡满心的果断和洒脱，就算她看起来内心隐藏了落寞和不甘，然而她真的是向前走，不会转身，不会回望。而自己呢？执着于过去，或是放手奔向未来，到底哪一个才算真正的勇敢？

她常常做梦，在梦中回到大学的校园，甚至是高考的考场上。醒来难免觉得茫然，总觉得现在这个日夜奋战在图书馆、实验室里，还要操心衣食住行的人，并不是自己。她觉得自己的躯体在这里，灵魂却飞远。或者反过来，她用强大的精神来支撑着自己身体的行动，否则真的想找一个安静的角落，冬眠一样蜷缩起来。她有一种被割裂的感觉。然而，那个真实的自我在哪里？

* * *

转眼已经到了何洛出国后的第一个冬天。

春节刚过，一地鞭炮的残骸。昨夜下了一场大雪，红色的碎纸屑落在白茫茫的街道上，触目惊心的艳丽。李云微将外婆从出租车里搀出来，章远背起老人，她收好轮椅跟上，在后面张开双臂护着。

回到家中安顿好外婆，李云微走到客厅，歉疚地对章远说："好不容易过节休息两天，还要抓你做苦力，真给你添麻烦了。"

"是挺苦的，但你自己也做不来。"章远捶捶肩膀，笑道，"别内疚，现在我也没有什么过年的意识，太麻烦了。天天吃肉吃饺子，估计就上了年纪的人喜欢这个热闹劲儿。我不怕别的，就怕自己脚底没跟，摔着你姥儿。"

"你敢！看我不用二踢脚扔你！"李云微瞪了他一眼，然后笑得露出两颗虎牙，"我外婆待遇真高，去医院复查，出劳力的都是项目经理。"

"别取笑我了。"章远摇头，"两个组几十号人，不是项目经理，就是项目经理助理。"

"那也比我这样还没有转正的人好啊。"李云微翻来覆去地看着章远的名片，"名片名片，小子，现在你也能明着骗了啊。还看得上大街上五块钱一碗的牛肉面吗？"

"你请客，我就吃。"章远答得爽快。

"我请就我请！"李云微咯咯笑着，"你就不能客气点，推辞一下？"

"老同桌了，推辞什么，多虚伪！"

"我知道，你是给我一个小小的报答你的机会，怕我下次抹不开面子，不好意思找你帮忙了。"李云微边走边说，"我发现，你这个人还是挺善良的。"

"才发现啊！"章远哼了一声，"真伤感情，还老同桌呢。"

“是，是，你是有求必应的大好人。”李云微顿了顿，“你对谁都热心肠，唯独……”

“我对谁不好了？”章远若无其事地笑。他走在雪深的地方，咯吱咯吱大步踩出脚印，牛仔裤的边缘沾了细密的雪片。他转身问：“她和你说什么了吗？”

“她什么都没说。我们都忙，又有时差，所以也很少联络。”

“哦。”章远点点头，“她也什么都不和我说。”

“这个是正常的，我和许贺扬分开后，也没再说过话。”李云微耸肩，“难得去了新环境，有机会从头开始，何必彼此打搅？你不是也没和她联系？”

* * *

“我们和你们，是不一样的。”这句话在章远心头绕了两圈，还是没有讲出口。又有何不同？人人都以为自己的感情是最真挚、最浓烈的，但走到出国分手这一步，还不都是天各一方？他何尝不想对何洛说些什么，但是却不知从何说起。

进入天达公司后，工作的起步阶段并不如想象中那样一帆风顺。他要学习如何从一个出色的技术人员，转型成八面玲珑、兼顾各方的管理者；要分析项目的利害关系，争取领导的支持、信任和各个部门的配合，还要和那些普遍比自己年长的技术人员建立良好的关系——既不能高高在上，又要让他们对自己感到信服。在反复磨合中，已经不知不觉过了几个月。他依然在摸索中磕磕绊绊地前行。

然而，在这熟悉的故乡的雪夜，没有繁忙的工作来冲淡种种思绪。于是，牵扯纠结的复杂情感再次袭来，堆积在心底要迸发出来。章远忍不住给何洛发了张“恭贺新禧”的电子贺卡，留下几句话：“今天这边下雪了，路边很多小孩子在堆雪人。加州呢？晴天还是下雨？你多多保重。注意，是保重，不是保护体重。”

还想说些轻松的话，但千言万语无法诉说，只能凝滞在指尖。

* * *

美国的学制和中国不同，一月就开始新学期。春节到来时何洛已经忙于功课，手边攒了若干学术文献要读。她算准国内的除夕夜，给家里打电话，听筒中震天动地的爆竹声传来，听到父母一句“我们煮饺子呢，你吃了吗”，眼泪忽然涌出，怕路过的同学看到，急忙用衣袖抹着。

“说话，能听到吗？”何妈一声声喊着，抱怨说，“肯定好多中国学生打电话回来，线路太忙啦，都听不清楚。”

“喂，喂……”何洛索性装作听不清楚，断断续续喊了两句，不敢说话，怕一开口，呜咽声就破坏了地球那边乐融融的节日气息。

* * *

这是第一个离家的春节，唐人街新年的浓郁味道只会让人更加思乡。

何洛连续几日心情低落。周末打开信箱，看到章远的卡片，她的心又被揪住，某个角落隐隐痛了一下。这是半年来两人之间的第一封信，随意的几个字，轻描淡写。

当我们彼此看不清对方的生活时，能够轻松谈起的，只有天气吧。和所有半生不熟的点头之交一样，在擦肩而过时微笑致意，互相问一句“今天天气不错”。在这几个字之间，说了“你好”，也说了“再见”。

也许，他还是关心自己的，也在打探自己的消息。何洛拍拍自己的脸，清醒一些吧，偶尔的关心又如何？这一切都是你自己浪漫想象的延续吧。

她想着要不要回信，对着回复按钮痴痴发呆，把网页关上，再打开，再关上。鼠标在屏幕上的几个固定位置间反反复复游移着。

刺鼻的焦煳味儿从厨房传来，何洛一惊，想起了厨房的热水壶。水已经烧干了，壶表面红色的漆皮融化，粘在电炉上。她用力摇晃了两下才把水壶拔下来，底座已经熏黑了，炉子上带着红漆。她低叹一声，把壶丢在水池里，挽起袖子用钢丝球卖力地擦着。

* * *

钥匙在锁孔里转了两圈，舒歌大呼小叫的声音传来：“啊，好大的煳味儿！何洛同学呀，你又要把厨房烧了！”

“上次要烧厨房的是你……”何洛叹气，“谁煎鸡蛋煎了一半就去煲电话粥，也不关火？”

“哎，我是不愿意烟熏火燎的，所以躲一下下。谁想到，我的‘一下下’那么久。”舒歌嘻嘻地笑着。

“煎鸡蛋才多少烟啊？”

“那也不成！黄脸婆就是熏出来的！”舒歌大喊。

“看你的脸，就和广告里的剥壳鸡蛋一样。”何洛点点她的脸颊，“你离黄脸婆还有十万八千里呢。”她又问，“上次你把烟雾报警器的电池拆下来了吧，放在哪儿了？”

“不要不要，炒菜稍微油烟大点儿，它就响个不停！”舒歌摇头，“人家好不容易才研究明白的，别安了。”

“它响了，你就把这个举起来拼命地扇，”何洛把抹布递给舒歌，“报警器附近的烟淡了，自然就不响了。还是有个东西提醒好，我怕咱们再发生今天这样的事情，非把房子烧了不可。”她点点自己的额头，“最近这儿也不怎么记事了，我怀疑自己有成绩越来越好的趋势。”

舒歌好奇道：“怎么这么说？”

“我们本科寝室成绩最好的，就是最迷糊的，几次回来开了门，就把钥匙留在门上不拔，回头四处找钥匙。”

舒歌“哈”地大笑一声，道：“这么说来，我的成绩一直很好呢！”

* * *

何洛踩在凳子上，高度有些不够，要踮着脚才能把天花板上的报警器卸下来。舒歌盘腿坐在客厅的地毯上，看着一屋子尚未拆封的纸箱子哀声连连："我们为什么要搬家为什么要搬家，为什么为什么……"

"因为这里距离主校区近，管理更好。我们最初申请校内宿舍的时候，这儿住满了，你好几天不开心；这学期人家给调了，你又抱怨。小丫头真难伺候。"何洛故意板起脸来。她努力旋着报警器的螺口，细密的粉尘落在脸上，迷了眼睛，侧头用手背揉揉，"我真恨自己矮了三五公分！"

"姐姐别刺激我了。"舒歌哀哀地说，"那我岂不是矮了更多？"她跳起来，伸手扯扯何洛的裤脚，"喂，找个男生吧！"

"别动，你要把我拽下去啊！"何洛低头瞪她，"放心，够得着。那天不就是我帮你拿下来的？"

"但是我们还要搬家具、装网线、大采购，没有个劳力怎么行啊！"舒歌尖叫，"我要疯啦！希望这次马桶不要漏水，浴缸不要堵，天天收拾这些，哪儿是淑女过的日子啊！"

"嗯，小淑女，那你去找个君子呀？"何洛眨眨眼。

"你怎么不去？"舒歌揶揄道，"咦，前两天看到冯萧，他不是说就住在附近，还要帮你搬家？我看他挺热心的。"

"那是因为大家以后都是邻居了。"

"人家分明看上你了。"舒歌大笑，"你看，那天他还主动说，咱们的自行车要是坏了，可以找他修。我和他才见过一面，难道对我一见钟情了？"

何洛哭笑不得："他都说了，自己一个工科生，工具全。"

"工具全也没见他在家门口挂一个修车行的牌子啊！人家还是有选择的。"舒歌问，"你真的没想过找一个男朋友吗？"

"没想过，随缘吧。"何洛弯弯嘴角，"我现在也没那个心情。"她终于把报警器卸下来，从凳子上跳下，拂去头顶的灰尘，"老板说暑假要我通过博士生资格考试，三天十门课程，还有四门我要自修，死人了！”

“如果男朋友可以招之即来挥之即去就好了。”舒歌仰面躺在地毯上，“你不想理他的时候他就隐身，需要帮助的时候随叫随到。”

“应召男友……”何洛哧哧地笑，“听起来这么怪。”

“看你一本正经的，其实一肚子花花肠子。”舒歌笑得拍地，“应召……亏你想得出来。不过这么听话的男朋友，比召唤兽还乖，世界上存在吗？”

“也许有过……但是绝种了。”

“恐龙啊……等我攒够钱，就回老家相亲去。”

两个女生有一搭无一搭地说着话。何洛心中酸涩，招之即来的恋人，得不到几分重视。“不要再这样了，不要再自怜自艾。”她心底大喊，“没有人好好爱你，总要好好爱自己。”

* * *

北加州的雨季将要过去，接连几日水汽充沛，下了两场雨。学校后山一夜之间绿遍，绿意一直蔓延到窗下的草坪，每一株嫩茎都迎风伸展，在月光下毛茸茸一层。

何洛的心情也明朗起来，她的生日就在周末，在旧金山的堂弟何天纬嚷着来祝寿，于是她顺便约了三五个同年来美国的朋友吃晚饭。推开窗，烹调的烟气散出去，北美红雀的鸣声飘进来。她尝了尝刚蒸好的扒羊肉条，总觉得没有母亲做的香气浓郁。国内正是中午，打了个电话回家，一边歪着头夹着听筒和母亲聊天，絮絮地问做菜的细节，一边焯了翠绿的西芹，放在淡蓝色的薄瓷盘里。

* * *

朋友们陆陆续续进门。天纬来的时候带了一束鲜花，见到何洛就大力拥抱，然后吸着鼻子问：“姐你做了什么？好香！”他五六岁的时候便来了美国，英语比中文更流利。堂叔为此还再三提醒何洛，和天纬聊天的时候一定要用中文，他还想暑假的时候送儿子回国游历。

“你知道的，我哪儿都不想去。”天纬研究着电饭煲里的粉蒸排骨，“Angela 要走了，我没心情去玩。”他迷恋的姑娘是漂亮的混血儿。那女孩子的美国老爸一心想要女儿传承衣钵，说大学一定要去美国东部的常春藤联盟，而天纬却想留在温暖的加州。

“小子，你不要反反复复掀开盖子检查啦！”舒歌在准备碗筷，“上次你姐姐还告诫我，说这样米饭会夹生的。”

“不过确实很香，你要不要闻？”何天纬笑得开心。

“到底是小孩子。”何洛的朋友们笑，“前面还愁眉苦脸地说着 Angela，这么快就多云转晴。”

“也没什么关系，我可以去看她，几个小时的飞机嘛。我一定努力打工，把机票赚出来！”天纬雄心勃勃。

众人啧啧：“到底是小孩子，有冲劲。”

借着这个话题，说起身边一些分分合合的故事。谁的女朋友在国内被别人撬走，谁又寒假回国二十天相亲十三次，谁和谁来美国后暗度陈仓、抛弃了等在国内的恋人，谁认识了网友打算暑假回去见面……

大老李的女友在国内，他感慨道：“我还是暑假回去把她带来好了。前阵子回去，两个人见面的头几天，大眼瞪小眼，都不知道说什么好，总这样下去，还有什么共同语言？”

于是有人半开玩笑地对何天纬说：“不如就这么算了，再找个新的吧。上大学前断了，总比拖拖拉拉到了半截的时候再分手好，起码彼此留个好印象。”

“你们别口无遮拦，带坏我弟弟。”何洛拿起蒸锅中的碟子，“不许偷吃哦。家里没有香油了，等我两分钟，我去隔壁借。”

她走到门外，深呼吸调整心情。拖拖拉拉的感情是一把横在心头的钝刀，曾经勇敢莽撞的自己，恐怕再也没有力气去持续这样的拉锯战。

那些悲欢离合的故事，她没有力气评论，也不想听。

* * *

她问过几家，来到冯萧家的门廊外时，心中有些犹豫，但又觉得不应该刻意回避，还是伸手按了门铃。昏黄的灯光从男生背后投过来。何洛的目光与窗棂平行逡巡，直到掠过他的下巴。

“我家根本没有香油。”冯萧笑笑，“我是土人，从不用这么复杂的调料，顶多放个酱油味精什么的。”

“早该知道，没几个男生家预备这个。”何洛走了一圈，无功而返。

“你着急用吗？”冯萧问，“我开车带你去中国店买吧。”

“不用了，大家等我开饭呢。”

“又做了什么好吃的？”冯萧努力吸吸鼻子，“真后悔，我今天怎么吃得这么早。”

“那再去吃点儿，欢迎啊。”何洛笑笑，“真不好意思，没有邀请你，因为都是些和我同年来的同学，怕你们不熟。”

“真是伤感情啊！”冯萧耸肩，“算了，你肯定就做了一口猫食儿，我就不去抢了。”

何洛走出去，听见冯萧在她身后笑着喊：“下次请客提前通知我，听到没，小面包？”

“不许叫我小面包！”她哭笑不得，转身喊回去。

* * *

穿过草坪，微凉的水汽打湿裤脚，何洛将牛仔裤筒挽起一截，草叶刺得脚踝痒痒的。她以为是小飞虫，俯身啪地打过去，低头间，身边灌木丛里明明暗暗的微弱绿光闪过。

萤火虫。

季节还这么早，就看到了萤火虫。

记忆中见到这小小的虫儿，已经是上个世纪的事情了。何洛一怔，可不，真的是上个世纪了。那时，那个男孩扬着头，他才几岁啊，就学大人的样子，故弄玄虚地说："和你在一起，我真的很开心。"又说，"因为你总带很多好吃的。"怎么当初就原谅他的遮遮掩掩了？

那时候我们比现在的天纬还要小吧。当年怎么会喜欢这样张牙舞爪的小孩儿？何洛想起最近有人在校友录上上传了高中旅行的合影，那时的他比记忆中单薄许多，怎么看怎么是竹竿一样高瘦的孩子，一张青涩的娃娃脸，在人群中吐着舌头笑。那些定格的少年时光，是青春单程车票的起点，渐渐远离，远到已经像别人的故事，连怀念都无从说起。

只要忘记后面的纷争，最初的开始，完全是美好的童话故事。

Fairytales never come true.

至于那些蔓延纠结的往事，何洛努力不去想，任由脑海中的记忆像存储室里的杂物一样堆积起来。有一些整理好了堆在角落，覆上蛛网也好，落上重锁也好，总之不会主动触碰。然而还有一些旧物凌乱地堆砌在一起，偶尔某个碎片就弹出来，在心上划一道痕，不会渗出血，只会让何洛捂住胸口，低头蹙眉。

* * *

这是一个真实的世界，想要成熟就要接受不完美。

人，总是要先生存下去。何洛就读的学校每年大批量地发录取通知书，但是奖学金名额相对有限。每年学费和生活费加起来要四五万美金，即使对于美国中产阶级家庭来说，也是不小的负荷。毕竟学校名气大，许多留学生自费来读，希望表现出色，可以在第二年申请到实验室的助研工作。中国学生的刻苦是出了名的，竞争更是激烈。所以像何洛这样拿着全额奖学金衣食无忧的人，也都有居安思危的忧患意识。

日程表被一场场大大小小的考试和实验填满，偶尔忙里偷闲，亲手做些可口的饭菜，便是最好的休息。随着时光的打磨，不能相守的遗憾和哀伤似乎不像刚出国时那么强烈、那么清晰了。因为压力和睡眠不足而爆发的痘痘渐渐平息了，加州的天气总是好得让人心旷神怡……当所有的一切都很好很好的时候……不想到他，便不会孤单；不回忆过去，便没有遗憾。

* * *

Angela 决定去纽约市的哥伦比亚大学读新闻，何天纬则打算去加州大学洛杉矶分校，从此两人将跨越整个美国。两个人说好开开心心玩到分别，此后再不联络。他早先还口口声声说没有心情去旅行，但自从在何洛那里看到蔡满心寄来的海景照片，立刻眼前一亮："酷，这个地方好漂亮，一定适合冲浪和潜水。"

"所以，暑假堂叔会把他发配到你那边，说是旅行，其实是想让他练习一下中文。"何洛给满心打电话，"他还是个大孩子，希望不会给你添麻烦。"

"我可最不会安慰失恋的人。"

"我没看到他脸上有多少依依不舍。"

"想一个人，不需要挂在脸上的。"蔡满心缓缓地说，"对了，我在海边开的青年旅社起名字了，叫作'思念人之屋'。"

何洛应道："许多人或许不理解，你放弃了在美国工作的机会，去南方一个小镇生活。"

"那么你呢？"蔡满心问，"有没有觉得我不切实际，又太执拗？"

"怎么会？我佩服你的勇气，只是担心你会太辛苦。"何洛想了想，"有时候我觉得怀旧是一种负担。过去的痛苦，现在想起来依然痛苦；而失去的快乐，永远不能重来，回忆起来更加痛苦。什么都不去想，远比思念一个人来得简单。所以我们不如对自己好一些。"

* * *

何洛爬上屋顶看流云，远远望着天际，浮云聚散，天空湛蓝清澈，仿佛可以一眼望穿。

你此刻还在梦乡中吧。我的生日过去了，又老了一岁，却没有你的只字片言。

* * *

路边的山茱萸枝干遒劲，粉红或者纯白的花瓣平展开，一层层蔓延开来，从房顶看下去，如同层云蔓延脚下。疾风吹过，花落满路，沿着逦逦的柏油路，一直蜿蜒到天边，融化在变幻万千的玫瑰红霞中。

耳机中的杨千嬅迷离地唱着《再见二丁目》：

* * *

满街脚步 突然静了 满天柏树 突然没有动摇

这一刹 我只需要 一罐热茶吧 那味道 似是什么 都不紧要

……

不亲切 至少不似 想你般奥妙 情和调 随着缅怀 变得萧条

如能忘掉渴望 岁月长 衣裳薄

无论于什么角落 不假设你或会在旁

我也可畅游异国 再找寄托

* * *

何洛想，既然惧怕迷恋一个人的感觉，那么就告别天真梦幻吧。

岁月长，衣裳薄。

关于你，话题无多，可免都免掉。过去的时光，如果可以忘记一点，傻一点，或许现在的自己就会更加幸福一点。

二、我的爱与自由

春末时节适合离别行色悠闲脚步翩翩
其实我比你在乎相爱的盟约
只是不想挡住了彼此的视线
如果我忘了要回到你身边
请你不要怀疑不要否定
我们的从前

by 苏慧伦《我的爱与自由》

春节刚过，章远便接了一单新任务，天达负责技术的副总特意找他谈话，要他从研发部门组织团队，配合市场部参与合同谈判。

任务紧急，刚刚放假回来的同事听说又要加班，纷纷叫苦不迭。

* * *

碰头会上，康满星抗议："这个项目分明是 mission impossible！只给我们三个月不到的时间，来搭建同兴那么大一家公司的信息化平台，还要负责设计他们的电子化业务系统，有软件有硬件，简直要人命。更何况，现在合同还没有到手。"她也是去年的应届毕业生，平时嘻嘻哈哈，工作起来一丝不苟。和她说话最爽快，从不需要拐弯抹角。

"我们面临的困难，竞争对手也有。"章远颔首，"我简单翻阅了一下材料，同兴最初是从南方一个小贸易公司起步，正式挂牌将近十年。我猜对方八成是要用和国际化管理接轨这样的噱头，来做成立十年的献礼，以及进入大城市和国际市场的敲门砖。我想他们现在也没有时间拖下去，如果签不了具体的合同，先有一个大致的意向书作保证也可以。”康满星撇嘴，“会不会太冒进，鸡飞蛋打？”

“章远分析得有道理。”销售经理方斌翻着材料，“我们谈的时候，也会强调时效性，在三个月的时间内，尽可能打造一个强大平台的外壳出来。”

“金玉其外，败絮其中？”康满星小声道。

“这是满足不同客户的不同需求。”章远笑，“所以这次公司要我作为技术代表参与谈判，是希望我对项目预期的结果有个清晰的脉络和把握。”

“你把我要说的话都说了，”方斌留下两个文件夹，笑道，“材料都在这儿，辛苦了。”

“可不是辛苦！谈合同一向是市场部的范畴，现在让我们也介入，真是要加班到吐血了。”几个组员抱怨着。

“能参与初期的谈判，把主动权握在研发组手里，是好事啊。”章远给大家一一分配任务，“做一个进度表出来，看我们三个月能完成多少。硬件方面我去协调一下其他研发组和供货商。”他又笑，“大家想想看，如果只有销售人员贸然去谈，合同一旦签订就是板上钉钉，那时候再对老板说 mission impossible，可就要夹包走人了。”

“老大，让你一说，什么坏事都能变成好事。”康满星吐舌头，“但是你五月份要去美国参加培训，不会到时候完成不了，留下烂摊子给我们，自己一走了之吧？”

“怎么会？我去美国培训，又不是出逃！如果完成不了，老板肯定会取消我的行程。”章远笑道，“为了能顺利出发，拼了老命我也要把这单任务按时完成。”

“呵，原来你也这么崇洋啊。”康满星揶揄，“听到去美国开会就这么激动！”

章远微笑不语。

* * *

在同兴公司总部，章远遇到了朱宁莉。她大学毕业后进了信息产业部下属的一家软件公司，没想到此次二人各为其主，来争夺同一个客户。

交换名片后，朱宁莉叹道："真是冤家路窄，我还说是谁和我们竞标呢。你怎么不专心做技术，跑来和我抢饭吃？"

"这是我们公司内部精诚团结，上下一心。"章远正了正领带，"早知道你在，我们应该再多来几个人才有胜算。"

"你想说我话多就明讲！"朱宁莉白了他一眼，"你这人说话总是拐弯抹角。"

"那多伤同学感情。"章远笑，挥手告别，"不贫了，有机会改天再向您讨教。"

* * *

"是天达的章远啊。"和朱宁莉同来的销售经理问她，"原来是你的同学，没听你说起过。"

"我和他一向说话不多。现在还好些，当年见面就吵。"

"为什么？看不出来啊。"

"这个人自视太高。"

"呵呵，也算是欢喜冤家啊。有这么优秀的老同学，怪不得你看不上其他人。"销售经理感叹，她人脉广博，业内小有名气的青年才俊都认识，总惦记着给新来的同事搭鹊桥，"听说章远本科时做得就不错，很受天达重视，现在让他做项目经理也不过是让他熟悉一下公司的基本运作，估计过不了多久就会升职。当时嘉隆公司放走了他，现在后悔得不行。"

“他和我没什么关系。”朱宁莉摆手，“这家伙又自大，又傲气，比较适合小女生盲目崇拜。”

“噢？应该有很多吧？”

“谁说不是呢。”朱宁莉叹气，想到张葳蕤，她考了研究生，去哪家大学不好，偏偏去了何洛毕业的学校。张葳蕤还振振有词，说：“当然要报考这里，人家的英语系好嘛，你要恭喜我。”

朱宁莉当时就兜头泼了一盆冷水：“何洛的确出国了，剩下你和章远留在北京，但你不要忘了，他们分手就是因为何洛考到这所学校。对章远而言，这是伤心地，你更没戏了。”

* * *

几家竞标的公司里，天达给出的进度表最为翔实，章远提出的几项技术设想也被同兴采纳。项目上马，和时间赛跑，连续几个月里晨昏颠倒，废寝忘食。

不知不觉中，何洛的生日已经从日历上翻过。忽略了，便无从解释，回头说太忙忘记了，无异于雪上加霜。章远计算日期，项目完工之时，恰好可以赶上在西雅图举办的培训，此后一路向南，加州就在咫尺之间。

分开将近一年，要说些什么，要走向何方，他心里一点儿谱都没有。索性不去想，只想能亲自站在她面前。不想过去，不问未来，他只是想再见她一面。

人算终究难敌天算。

* * *

春末夏初，SARS 肆虐的消息一路传到美国。

何洛去国万里，不知道国内的情形到底是如官方所言，还是如一些人所讲北京都成了空城。问了几个在京的同学，有人开心，说街上每天清静极了，人少车少，空气质量都比往常好；有人忧心忡忡，说整个学校都被关闭，好像在坐牢。不知谁传出 3M 公司的 N95 口罩可以有效防止病毒传播，一时间美国各大超市和建材零售商店的存货被哄抢一空，多数是华人买了快递回国。何洛明知道外国的口罩不比中国厚，然而此时人心惶惶，买来送给家人亲友，总算可以宽慰人心，让他们安稳放松一些。算着家里一盒，在深圳工作的李云微一盒，北京同学多，要两盒，还有……想到章远时，她犹豫片刻，给，是否显得自己过于关心；不给，又似乎耿耿于怀，欲盖弥彰。

有了这个念头，她便没心情安心复习。学校附近几家店铺里的口罩已经被中国学生买空，只能去邻近镇上试试运气。何洛还没有买车，又不好意思麻烦别人，于是查了列车时刻表，准备搭校车去火车站。冯萧恰好来图书馆查资料，看见何洛坐在大厅电脑前，便和她聊了两句，听她说起自己的计划。

冯萧忍不住笑，说："你是学生物的吧？"

她点头。

"上次你还给我讲了好多 DNA、RNA、细菌病毒的，还有什么克隆分子抗生素……"

"是离子载体抗生素。"何洛纠正道。

"对啊。"冯萧说，"我学土木工程的，都知道 N95 对于病毒而言是个大眼筛子。你是专业科学家，怎么也相信这些？"

"N95 至少能拦住唾液。就是知道 SARS 没有什么办法防范，我才更着急。"何洛说，"除了买些口罩，我真不知道自己还能做什么。"

"你真要去？"冯萧起身，"我带你去，要不然坐火车下来之后还要再转公共汽车。你也知道美国的公共汽车，可能半小时也没有一辆。"

"这……太耽误你了吧？"何洛犹疑。

"看你心神不宁的，怎么有心情去复习做实验？"冯萧坚持着，"走吧，科学家，我们还指着你研究出新型抗 SARS 的疫苗呢！"

* * *

何洛买好口罩，顿时觉得天气也好起来，有了说说笑笑的心情。冯萧从隔壁购物中心买了冰激凌给她，说："你还真是个小孩子，刚才一路板着脸，这么快就开心起来。"

粉红的重瓣樱花开得绚烂，两人坐在一株花树下边吃边聊。

"我以为这段时间自己长大了很多，"何洛说，"但没想到还是这样一惊一乍、毛毛躁躁的。"

"也没什么不好，所谓赤子之心，就是要像初生的小孩子一样。"冯萧说，"我看好你，你有潜力。"

"什么潜力？"

"保持赤子之心，我早看出来了……"冯萧顿了顿，大笑，"从你抢面包开始。那时候我就说，谁家丫头，这么野蛮？后来发现，你是这么迷糊。"

何洛笑着摇头，垂眼看着两个人的影子，上面铺满樱花花瓣。

* * *

野蛮丫头，他也说过，真是个野蛮丫头。

呆瓜小贼。

野蛮丫头。

似乎手掌上还有那年冬天高中校门外烤红薯的余温。他被烫得跳脚，一边倒吸冷气咬着红薯，一边含混不清地笑着喊她，野蛮丫头。

时光如水，潜藏的记忆是嶙峋的石，总能激起三五朵浪花。

* * *

冰激凌很凉，但牙齿不会疼，因为没有蛀牙。如果一颗心也完整无缺，那么怎样伤怀的往事，都不会让心头尖锐地刺痛吧。

然而，心底你曾经存在的位置，现在是一个空洞。

* * *

“我们往回走吧。”何洛意兴阑珊，“也耽误你很久了。”

坐在车上，捧着几盒口罩，何洛发现自己并不知道章远的通信地址，不知道他去北京后新换的手机号码，不知道他工作的 E-mail，至于 QQ 这样的聊天工具，来美国后渐渐不用，号码都丢失了。

以前的同学和朋友们似乎有默契，不在分手的人面前说起他们昔日的恋人。破碎后勉力黏合在一起的心，就能渐渐忽略裂痕。彼此的生活环境都已改变，对方的生活和心思无从知悉。何洛问自己，而这一切，不正是你想要的从头再来的新环境，还有自我保护的坚强外壳吗?

没有勇气和力气面对未知的岁月了，又何必牵挂呢……想着想着，眼泪就要下来了。

冯萧从车内后视镜里看到了她的样子，几次想开口，又把话吞回去，最后问了句：“花粉过敏了吧？”

“可能是吧。”何洛低头找纸巾。

“在后座上，等一下我给你拿。”正好赶上红灯，冯萧停下车，松开安全带，转身。

* * *

就在一瞬间，巨大的撞击声传来。何洛系着安全带，身体被大力前推，头甩向后面，狠狠地在靠背上撞了一下。眼前骤然一黑，又慢慢亮起来，一时间有些晕眩。

“靠……”冯萧骂了一声，听起来有些遥远。

“啊！”何洛看见他额头上的血迹，探身过来。

“不要解开安全带。”冯萧拦住她，“打 911，手机在我右边口袋里……我动不了了。”

“啊，你的手……”

“怕是脱臼了。”

* * *

后面是一车十几岁的孩子，开了老爸的大吉普出来，摇滚乐的声音震天，虽然开车的孩子踩了刹车，但装甲车一样庞大的车体带来巨大的冲力，仍是尼桑车不能承受之重。

小孩子们毫发无伤，一再央求冯萧不要报警，说家里会承担维修和医疗费用。

“这肯定不行，谁知道有没有后遗症呢？”冯萧叮嘱何洛不要动，“车辆维修肯定是对方全责，但事故发生时我没系安全带，搞不好要我负担部分医药费呢。但你系了，所以你要负责把我们两个的医药费从保险公司都赚回来哟。”他见何洛面色苍白，一边安慰她一边说笑，“看到了吧，在美国坦克面前，六缸的日本车也就是铁片。”

警车和救护车在五分钟之内赶到，在去医院的路上记录了二人的社会安全号和保险信息。冯萧的额发被血浸湿，色泽比周围更深。何洛愧疚，反复说道：“很疼吧？都是我多事。”

“是福不是祸，是祸躲不过。”冯萧左手还能活动，在她手背上重重地拍了两下，“不许再祥林嫂了，你刚刚说了不下二十次对不起，我耳朵都生茧子了。不如撞晕了，还能耳根清净。”

“呸呸，又乱说了，”何洛强自笑笑，“童言无忌！”后颈仍有些痛，她心有余悸，抑制不住地微微发抖。冯萧握住她的手，轻声说：“我们现在不都好好的吗？不要怕，不怕。”他浑厚的声音让何洛安心，渐渐松弛下来。她实在疲倦，竟在救护车上睡着了。

* * *

冯萧额头破了，缝了五针，撞车时右手扶在方向盘上挡了一下，造成肩关节脱臼。医生说了许多肌肉韧带的名称，两个人有一半听不懂，大眼瞪小眼，面面相觑。又有护士走过来，开口便问何洛是否怀孕，如果不确定，可以做一个检查。

何洛脸红，说绝对不可能。

医生笑了，解释说很多人怀了小孩儿，但自己不知道，而剧烈的撞击或许对胎儿有潜在的危害。

冯萧也来凑热闹，冲何洛挤挤眼睛，说："顺便查查，反正有对方的保险付费。"

"真该缝住你的嘴巴。"何洛佯怒。她心中明白，他是不想撞车后自己心情紧张，于是翘了翘嘴角。

* * *

车子送厂检修期间，对方保险公司付费给冯萧租车。他特意挑了一辆拉风的黄色双门跑车，笑道："打死我，自己也不会买这种车啊，现在终于有机会可以免费尝试。"何洛过意不去，总觉得一切因为自己而起。冯萧替她宽心，说："保险公司估价，赔了两千四百美金的修车费，我找的那家中国修车厂，估计只要七八百美金，里外里，我们还赚了。"看何洛还是郁郁寡欢，他扬手，"你这么自责，不如请我吃饭？"

"好啊！"

"让你破财你还这么开心，为了让你更开心，吃顿大餐吧。"

"多大？"

"龙虾吧。"

"嗬，狮子大张口。"何洛笑，"明明是你赚了一千多美金。"

“小面包，原来你刚才装忧郁是想引我上套？”冯萧说，“没用的，我已经把你那顿龙虾记在本子上了，随时催债。”他一向乐天，笑声爽朗，丝毫不提自己上千美金的医疗费还在双方保险公司的拉锯扯锯中。

* * *

章远收到李云微从深圳转寄来的N95口罩，于是打电话给她。那边声音嘈杂，还听到有人用粤语吆喝，她大嗓门抱怨着：“我吃饭呢，老大！你可真是会挑时间。”

“食堂有什么好？”章远笑，“等你来北京，厉家私房菜伺候。”

“才不去！现在北京非典发病率比深圳这边都高。”

“那要我飞过去请你？不会先隔离一段时间吧。”

“别绕弯子了。”李云微笑，“无事不登三宝殿。你神通广大，还有什么需要我帮忙的？”

“没事。对了，口罩我收到了。”

“噢，绕了一大圈，就为了告诉我这个啊……”李云微拉长嗓音，“那我就放心了，紧俏商品，我还怕邮局私下扣了呢。”

“她也真是，总杞人忧天……对了，你有她在美国的联系方式吗？”

“没有，国际长途太贵，从来都是她电话打过来。”李云微笑，“怎么，你也听说她暑假进实验室干活，不回来探亲，这才着急了……”

“你说什么，她夏天不回来了？”章远打断她的话。

“你不知道？”

“我知道了，刚刚，听你说的。”

“想见她？自己去美国啊。”李云微说，“你要是还惦记人家，总要有点儿实际行动！”

“本来，是可以的。”章远黯然，笑得无奈。赴美签证谈何容易？心里惦记了几个月的培训项目，却因为一场非典，组织者认为此时不宜组团大规模出访，推迟了行程。

* * *

同兴公司的项目顺利进入收尾阶段，客户邀请市场部和开发组赴宴。章远说过要逐步戒酒养胃，但偏偏听到这样的消息。只要有人敬酒，他二话不说，笑着一饮而尽。推杯换盏，觥筹交错，不知不觉，便醉得不省人事。

众人还以为是年轻人带领团队大战告捷，难免喜形于色，直到看见他吐得七荤八素，一地血红，才手忙脚乱打了120，将他送去医院急诊。

* * *

此时是美国西部太平洋时间上午九点。何洛即将进行博士资格考试，终日复习，头昏脑涨，在冯萧的大力游说下，和几个朋友来到州立公园的湖畔烧烤。高大的橡树荫蔽，草坪上铺着红白格子的亚麻餐布，男生们从车后备厢里抬出木炭和腌肉，藤篮里有面包、红酒、草莓和蔬菜沙拉。粼粼波光上点点帆影，引火的木柴冒出袅娜的青烟，直升到云里去。

只半日，何洛的脖颈和胳膊就晒得通红，好在有凉帽挡住脸庞。冯萧额头上的伤口明显，不断地躲避照相机，说自己破相了。舒歌便抢下何洛的草帽，扣在他头上。

* * *

北京暮春初夏的夜里，救护车一路疾驶。康满星急得都要哭出来，不断埋怨方斌：“你们怎么都不替章远挡酒，让他喝这么多！”

方斌摊开手，“我看他也没推辞啊，以为东北小伙儿就是这么有量……”

* * *

章远似乎做了一个冗长的梦。

梦到记忆中炎夏的尾声。他说，不管多少年，我等你；她说，你怎么知道我一定会回来?决绝的言辞，语调上扬，初听是讥嘲，今日细想，竟是隐隐的哀婉。

那一日的天空在燃烧，她的发色层层叠叠，深金棕，暗酒红，被夕阳映衬出金属般的亚光色泽。然而她的面孔模糊，最后烙印于心的，只有一个背影，伶仃地立在出租车前。当往事渐行渐远，晚霞燃烧了最后一丝玫瑰红，两个人心底都堆满岁月的灰烬。一阵疾风吹过，散成漫天黯然的星光。

三、城里的月光

看透了人间聚散能不能多点快乐片段
心若知道灵犀的方向哪怕不能够朝夕相伴

by 许美静《城里的月光》

章远住院了，单位的几个同事来看他。

另一组的组长马德兴原来在天达的网络部任职，工作了三四年，手头小有积蓄，刚刚买了一辆小 polo。他开车过来，四个女同事搭了顺风车。

“多亏我们苗条！”康满星缩紧肩膀形容着，“下次换大车。你一个大男人，开小 polo，知不知道那是北京的二奶车？”

“那你们还非要来！”马德兴瞪眼，“让我一个人代表，你们还不干。”

“真的是代表，还是党代表洪常青。”章远挂着吊瓶，斜倚枕头半坐着，笑道。

“是啊，带了一车娘子军！”马德兴说，“一路叽叽喳喳，吵死了。我说你们都别去了，就算章远没胃出血，也要被你们闹得脑溢血。”

“你想表达的意思是，章远见到我们大家很开心，是不是？”康满星大笑，“你分明是嫉妒，嫉妒章老大比你有女生缘！你刚才还吓唬我们，说什么现在医院是高危地区，来一次就要统统被隔离。”

“难道不是吗？你看，明天就把你送去小汤山！”

章远笑：“你说满星，还是说我？我可想着明天就出院呢，不会刚离开这儿，就送去隔离了吧？”

“明天出院？你还是好好休息两天吧！”马德兴挥挥手，“你那组有什么事情我先帮着看一眼，这段时间让SARS闹的，各部门都清闲，你也趁机养病吧。”

“你说过，医院是个危险地区。”

“但你家更危险！你吃什么？做十二个煎鸡蛋，中午半打晚上半打？”康满星嘁了一声。这是公司内部的经典笑话，说章远某个周末终于不加班了，回到家里却不知道吃什么，于是在超市买了一盒子鸡蛋。

“道听途说，我难道还不会去楼下吃馄饨？”章远笑骂，“我不过是说自己不用买炊具，买了也只有时间煎鸡蛋。”

“想找个贤惠的，喏，这儿这么多，选一个！”马德兴一比画，然后把康满星拨到一边，“这个女人就算了，根本就是‘闲会’，闲着什么都不会！”

“我又怎么了？”康满星气鼓鼓的。

“对，对，你没错，你没错。”马德兴讨饶，“我忘记了，你根本不是女人，不能用上得厅堂下得厨房的标准来衡量！”他又转身看看章远，“要找女朋友，还是找一个温柔贤淑的，能照顾你生活的。”

“那我不如找个妈。”章远笑。

“对啊，让伯母来北京吧。”康满星说。

“那我爸怎么办？”章远说，“他还要过几年才退休呢。”

“那你说怎么办？”

“不怎么办，我是小问题，前两天加班赶工，之后交工了，又被客户灌酒。”章远指指点滴，“这个也就是生理盐水，稀释我血液里的酒精浓度吧。”

“顺便稀释你的胃液。”马德兴摇头，“吃点儿清淡的，慢慢调理调理吧，胃病就靠养。”

* * *

同事们说笑了一阵，起身告辞。声音如潮水一样退去。

向南的窗半开着，杨絮飞进来，轻飘飘地，忽上忽下。章远微阖双眼，窗框暗青的影，笔直一线，将金色的阳光缓缓推到床尾。

护士长踮着脚进来，用棉花棒按住吊瓶的针头，飞速拔出。

“噢，谢谢您。”章远接过棉签，“我自己来按着吧。”

“原来醒着呢。”护士长和蔼地笑。

“好久没有闭目养神这么长时间，所以刚才太投入了。”

“今天的访客不少啊，晚上还有人来陪护吗？”

“没有。我想不会再吐血了。”章远笑，“前两天同事们瞎紧张，看着红红的就以为都是血，其实那天吐出来的，多数是饭后吃的西瓜。”

“你的朋友们关心你嘛！”护士长收好吊瓶，“对啦，刚才哪个是你女朋友？”

“您看，有人像吗？”章远笑。

“不像。”护士长呵呵一笑，“没有没关系，小伙儿长得这么精神，等病好了，阿姨介绍女孩子给你认识。”

“谢啦，不过不用了，她……”章远略微迟疑，“她在美国。”

“出差？”

“留学。”

“啊，那要去多少年？”

“不知道……”

真的，不知道。章远惊觉，倏忽之间何洛出国已有八九个月，而自己和她正式分手，更是三年前的事情。此前夜以继日地工作，常常困得熬不住，坐在转椅上也能睡过去，没有片刻闲暇，于是以为心中放下了关于她的念头。而这段时间，她过着怎样的生活，是否适应了新的环境，结交了新的朋友，他一无所知。

“如果她知道你生病住院了，肯定会立马订机票飞回来，”护士长笑，“是吧？”

“也许。上次我住院，压根没敢告诉她，但还是有人多嘴，结果她打电话回来，好一顿埋怨我。”章远微笑。

“打国际长途啊？很贵吧？”

“噢，那时候我们还在上大学，她在北京我在外地。”章远说。

“那你们是怎么认识的？”

“我们是高中同学。”

“难得啊，到现在也很多年了。同学好，知根知底，彼此也都了解。休息一下吧，一会儿开饭了。”

* * *

护士长走后，周围寂静一片，无声的沉默缓缓包围上来。耳边，似乎还有她清澈的声音，说：“那天我给你打电话，你就已经住院了，是不是？为什么都不告诉我？”埋怨的语气里掩不住关切，听在耳中只觉得甜蜜至极；现在回想，竟生出一丝苦涩。

那已经过去多久了？

流转的时光，照一脸沧桑。来不及遗忘，来不及细数，眉毛这样短，思念那么长。

* * *

加州阳光热烈，何洛沿着校园主路跑了半个多小时，觉得精神了许多。她连日来憋在图书馆里自修，翻烂参考书，抱怨自己本科时没有多选几门专业课。舒歌笑问："那你当时都忙什么去了？在学校里看帅哥吗？"

何洛一怔："好吃懒做吧。"

不知何时下了一场雨，虽然不大，但在旱季里足可以让人精神振奋。沿路粉红嫩黄的夹竹桃开得这样好，冯萧和一群中国学生在草坪上踢球，大汗淋漓，远远地向着何洛招手。她轻快地应着，将运动外套在腰间打个结，小跑着来到球场边。

高高低低的原木座椅上还留着雨水的痕迹，深褐色渗在木纹里。透过木条的间隙，可以看见翠绿的草坪和一夜之间绽开的浅紫色野花。

早有球员的家属团在旁边助威，何洛找到一个认识的女生，挨着她坐下。那女生怀孕四个多月，肚子略略隆起。中场休息，冯萧拎着矿泉水走过来："怎么样，复查结果都出来了吗？没有问题吧？"

"没有。你怎么这就来踢球了？胳膊好了吗？前些日子才脱臼，要尽量避免冲撞呢。"

"没问题了。你看武林高手都是一咬牙，自己把胳膊复位，然后接着打。"

* * *

准妈妈的先生也跑过来，笑道：“何洛，我家小文就交给你了，她现在可是行动不便。”

“有我在，球过来了我就踢开。”

“看不出，你也有女足的水平。”

“嘲笑我呢？”何洛笑，“大不了我飞扑上去，甘当人墙，总不会让你家小文姐被球砸到。”

“这还差不多。”

“这差多了，”冯萧说，“难道我们何洛就活该被砸吗？”

小文笑道：“哟，老公你看，护花使者出现了，这何洛，怎么都成他冯萧的了？”

何洛尴尬。小文连忙拍拍老公：“你俩别在这儿站着喝水，刚刚跑那么猛，也不怕岔气。”

男生们说笑着走远了。

“何洛，要抓紧哟。冯萧是大家公认的好男生，热心仗义，性格开朗，又很稳重。不是他不讨女生喜欢，实在是每天埋头苦学，没几个女生认识他，”小文点头，“不像我家那口子。我总说他什么时候能长大呀，不要每天上网找优惠券，找打折信息，家里攒了一堆电子垃圾，还想买，贪贱吃穷人。”话虽如此，她望着场上，右手满足地轻覆在微隆的小腹上，一脸幸福。

* * *

何洛有一句没一句地和她聊着天，偶尔无言，便伸直双臂，搭在椅背上。是否自己的明天就是如此，幸福的准妈妈，坐在遥远的天空下。只是那时候，自己能笑得这样简单吗？

这样的假设，怎能不恐惧？

风起，隐约嗅到熟悉的花香，怔忡之间，对从前爱的人有一丝丝想念。要在异乡微笑着生活，就要学会坚强，要把一切藏起。什么都不能表露，不能心碎，不能伤悲，不能失神。

* * *

博士生资格考试连续进行了三天，何洛的每一个脑细胞都被榨干，只想每天睡到日上三竿。但冯萧不许，他说："只有早晨学校附近人少车少，最适合练车。"

何洛睡到半梦半醒，捧着电话嘀咕道："我这样的状态，很容易出事故的，不……去……"

舒歌笑嘻嘻乜眼看她，走上来呵痒："难得看你撒娇。"

"哪儿有？"何洛捂住话筒瞪她，转念也觉得自己太孩子气，忙对冯萧说，"好、好，等我十五分钟。"

* * *

电话打来的时候，何洛正在练车，手忙脚乱，连声大喊："冯萧，冯萧，快快，我的手机。"

"嚯，IP 号码，国内来电。"冯萧呵呵一笑，按下接听，"你好……哦，她在开车，稍等。"

"谁？"何洛问。

"一个男生，说是你同学。"

何洛心一紧，手下没把住，车歪向路边的灌木丛。冯萧一把抓住方向盘，"你这技术，还号称在国内开过车的。"

"问问是谁吧。"何洛轻描淡写，"我现在空不出手来，告诉他，改天我打回去。"

"现在路上车多，何洛不能分神，有什么事情我帮忙转告她，或者改天让她给你打回去。”冯萧接完电话，转身看看何洛，“沈列。他说听说你寄了口罩，提前谢谢你。”

“噢。”何洛将车停在路边。季风吹过旱季枯黄的蒿草，公路边空荡荡的，一片灰黄。

* * *

“我拿到口罩了。”叶芝在电话里说，“但是沈列比较倒霉，他不过回家一趟，再返校就被隔离了。他刚进入隔离区，学校其他人就解禁了。哈，所以他每天嚷着让我们去探监。”

何洛忍不住笑出声来。

叶芝听到她笑也很开心：“你心情好了？魔鬼考试一结束，你又活蹦乱跳了？”

“是啊！”何洛点头，“我听说是沈列来的电话，一下觉得很轻松，虽然……”她不愿意说起章远，也不想听到朋友们哀悯的语气。

“虽然有点儿失落，对不对？”叶芝啧啧叹气，“过了这么久。你快点儿找个人填补心灵空白，就不会继续胡思乱想了。”

何洛笑：“我很久不做毫无希望的白日梦了。”

“但愿你真的能解脱。”叶芝叹气，“没有走不出的昨天，关键看你想不想走出来。”

“想！”何洛对着电话认真地点头，“Keep moving forward。”

“别拽鸟语，知道我现在英文差。”叶芝咯咯地笑，“哦，对了，说到英文，沈列最近和一个英语系的女生走得很近，据说是在话剧社认识的。你好歹关心一下，祝贺一下。否则人走茶凉，小伙子多心寒啊。”

“我们是君子之交淡如水。”何洛辩驳道，发现真的很久没有和沈列联系了。放下电话，马上打给他。

* * *

“就说你被资本主义的花花世界迷惑了，都忘记了我们这些一穷二白的无产阶级。”沈列话音惊喜，依旧是当初调侃的语气。

“听说最近你结交了美女无数啊。”何洛笑他，“我不给你口罩，你也不联系我啊。”

沈列说：“谁知道你是不是早嫁了老外，拿了绿卡！”

“谁说的？”何洛笑，“和他们沟通有问题。我优先考虑中国男生。”

“那……考虑考虑我？”沈列半开玩笑，“如果你不嫌远。”

“如果你身边的 MM 同意。”何洛故作严肃。

“别乱说，刚刚认识，我还在考虑。”

“考虑什么？人家不够漂亮？”

“说来话长呢。而且，我……”沈列顿了顿，“我常常还是会想起以前的事情。”

“何必呢。”何洛深呼吸，淡淡地笑，“珍惜眼前人。”

* * *

所谓眼前人，是正在哼着歌刷碗的男生。他回头笑笑，说：“你炒菜，我刷锅，公平得很。”

何洛站在他身边侧头看看：“也不用那么用力，锅底都要蹭漏了。”

“来咱们这儿吃饭，就要出力。”舒歌拽开她，“让冯萧刷，而且他也愿意刷，你看他革命干劲冲云霄啊。”

“如果天天有的吃，我就天天来刷。”冯萧招呼何洛，“哎，我的衣袖掉下来了，帮我挽高些。”

“那就把何洛请回去，天天给你做饭！”舒歌嘻嘻笑着，“可惜我就没饭蹭了。”

“给我交伙食费啊，允许你来我家蹭饭。”冯萧看向何洛，“你说怎么样，小面包？我出材料，你出人工，收入二一添作五。”他笑吟吟收拾着灶台。排烟罩乳黄的灯光映亮他的眉梢，柔和了脸部的轮廓。何洛想起刚刚在食品超市买菜，他推着购物车，自己在旁边指指点点，平素爽朗的男孩子，低下头来听自己说话，温和地微笑。她心里面好像也有一盏小小的灯，暖暖的，照亮了一个角落。

* * *

冯萧的导师在做一项大型试验，他夜里还要值班，记录材料疲劳性数据。何洛拎着垃圾下楼，顺便送他去拿车。冯萧说：“还有时间，我们走走吧。”

何洛点头，甩甩手：“刚拎完垃圾，没洗呢。”

“我不在意，又不拿来吃。”冯萧笑着。两个人绕着研究生公寓区走了一大圈。

“何洛，我……”冯萧站住，回头望着她，“我不知道，自己说这些的结果是什么，或许你就此认为我是一个不可靠的人。”

何洛不明就里。一只小松鼠跑到路边，瞪着圆眼，滴溜溜地望着二人。

他双手插在帆布休闲裤口袋里：“但我不能隐瞒你，关于我的过去。”

“谁没有过去呢？”何洛微笑。

“我有过一个未婚妻。”冯萧语气淡漠，仿佛在谈论一个与己无关的人，“很草率的一件事，我很少对别人说起。”他正色道，“但是你，有知道这件事情的权利。”

“我？”

“对。因为我希望你明白，这次，我是认真的。”

* * *

“我大学没有女朋友，而且认为感情是累赘，年龄越大越这样想。或许因为一直太投入学习，我又不是天才型少年，总觉得所有的回报都是要不懈努力才能得到的。所以，我不相信有人会无条件地爱另一个人。我爸妈可能觉得我根本没有这根弦，着急得不得了。恰好爸爸的同学的同事的侄女，很大的圈子，是吧？”冯萧笑，“那个女孩子申请出国，但没有来美国的 offer，又不想去其他国家，所以很想试试其他路子。我家里觉得那女生漂亮乖巧，家庭背景好，所以……我见了她几次，看电影，送她回家，觉得既然和哪个女生都是一辈子，何不就让家人也开心些？所以，大四下学期，我们就订婚了，打算毕业就结婚，然后 f2 她来美国。”

* * *

“就是几面之交？”何洛问。

“对，女方倒是也没有反对。”

“那要感谢你妈妈生了一个帅儿子。”何洛笑。

“也要感谢我妈妈，让我晚生了几天。”冯萧舒了一口气，“我出国那天，距离 22 岁还有小半个月，所以不能登记。多亏如此，否则现在只能发展婚外情了。”

何洛轻颦：“别美了，那就不会有女生和你有任何瓜葛了。”

* * *

“来美国后功课紧张，我也有过连续几个礼拜吃垃圾食品的经历，宿舍乱作一团，真的很想寒假就回去结婚，把她带过来算了。”冯萧叹了一口气，“好在我熬过来了，感恩节的时候去一户美国人家里吃火鸡，看着人家五六十岁的老夫老妻还甜蜜地握着手，说感谢上帝让他们相识相知，我忽然觉得自己要等的人，并不是那个所谓的未婚妻。如果和她结婚，我永远不会有这样温馨的生活。我和她都还年轻，何必为了找一个伴儿，把全部人生都押进去？”

“我理解。”何洛点头，“我刚来的头几个月，很彷徨，很孤单，总觉得自己是被时间抛弃了。”

“所以，我退婚了。”冯萧苦笑，挠挠头，“你看，我订婚了，又退婚了，总共见过那个女生不到二十次。我很自责。”

何洛低头不语。

“我知道，或许你接受不了这样的事情。我自己也想起来就后悔，怎么对感情如此儿戏？”

“没关系，这也是一种成长。”何洛抬起头，“有的人太现实，有的人就太理想。大家都在寻找自己感情的平衡点。其实，我也很怕，怕自己一直活在过去。有一个人，分开这么久，我还是会梦到。”

想念的刺，如此钉住我的位置。

* * *

冯萧反而笑了：“我在未名空间看到有人说，钉子拔了会有洞，聪明人会用画挡住，愚笨的人会一直看，还会把洞抠大，而现实理智的人会再钉一个钉子，但是要更大的，因为如果小，还是会脱落。”

何洛也笑：“为什么不能用水泥抹上？”

“是啊。那我帮你把它抹上，然后钉个新钉子，再挂上一幅画。”冯萧握住她的手，“小面包，我……”

“我刚收拾垃圾了……”何洛抽出手，“你忘了？”

两个人在满天繁星下各自看着脚尖，有汽车驶过，一束亮黄的灯光打破沉默。“我，没有想过这个问题……”何洛嗫嚅道。即使想过，也没有想过来得如此快，更没有想过如何回应。

“我等着。”

“答案或许不是你希望的。”

“那，或许是呢？”

何洛下意识地扭过头，身后并没有人喊自己的名字。来路黑漆漆的，他曾经凝望过自己的双眼，远没有身边公寓楼里几盏灯光明亮。

* * *

检查并无大碍，章远住了几晚便申请出院。马德兴来接他，说顺便要去车市。章远笑道：“你不是才买了一辆？”

“骑驴找马。”马德兴笑，“汽车就和老婆一样，看到年轻漂亮的，总觉得自己结婚太早。”

“不要在办公室，尤其是康满星面前说这些，否则你会死得很惨。”章远道，“我怎么觉得现在的小姑娘们，和我有代沟？”

“我和你们才有代沟。”马德兴笑笑，不再多问。关于章远的感情问题，公司内一直流言纷纷，版本众多。他的个人能力无可厚非，然而此刻形影相吊。众人不禁揣测，还有传言说他的目标是某家企业大老板尚未学成归国的女儿。

* * *

“你不要去车市看看？就在西北四环，距离公司不远。”马德兴建议。

“也好，不过我可没什么积蓄。”章远答应着，路边的楼盘广告飞掠而过。“毗邻昆玉，学府圣地，碧水清涛……”他喃喃念着，忽然斩钉截铁地说，“下一个路口，走辅路，向香山方向开。”

“去哪儿？”

“京密引水渠附近的楼盘。”

“什么？”马德兴怀疑自己的耳朵。

“刚看到的广告，均价六千五，还不错。”章远微笑，“我很想在这边买房，规划中的北京城市绿化带。”

* * *

售楼小姐的三寸不烂之舌，将开发商和物业管理描述得天花乱坠。从售楼中心出来，马德兴建议道：“这个地方公交系统太不发达，只能开车，并且周围好几个小区，只有一条主路，最近两年内的交通绝对是大问题。修路，是以后的事情。你不是没什么积蓄吗？同样的钱，不如买辆车，再买个远点儿的、大点儿的房子。”

“不买车，买这儿的房子，挤车上班。”章远弹了一下宣传册，“我刚才没答应，是想留一个晚上找我爸妈融资，我可没有实力一次付清。”

“这么快就决定了？我们只看了样板间，还没看毛坯房呢。”马德兴摇头，“你得的胃炎是非典型性的吧？怎么整个人都糊涂了？”

“没有糊涂。”章远摇头。他站在车边，望着北方一脉青山。

* * *

那天他吃过病号饭，发现自己已经很久没有时间看街景了。北京的夜晚流光溢彩，远星寂寥，只有半轮上弦月俯瞰千家灯火。塑钢窗隔离了嘈杂的车水马龙声，他终于可以静下心来，反复咀嚼思念一个人的心情。

他想起何洛专注聆听的样子，在图书馆的顶楼，在寝室喝着糯米粥，在雪后喧嚣的十二月，她微笑着点头认可，他便没有后顾之忧，毫不犹豫地向前冲。然而，那是他为之奋斗的目标，不是她的。

何洛不需要他打出一片天空双手奉上，她有足够的能力打造自己的未来。

* * *

她的爱情没有回应，玫瑰空白了花季，在等待中枯萎。笑容背后的孤单，喧哗背后的落寞，章远独自在医院里时才深深体会到。

而此刻，分手后的一千多个日子在蝇营狗苟之间仓促地流逝。时至今日，真正感受到她当初的不安和惶恐，才忽然有永远失去她的感觉。章远像一个初识爱情的毛头小子，在飘忽的未来面前束手无策。

我想问问你，何洛，是否能看到，两个人的未来？

四、一个人的地老天荒

我拿什么和你计较
我想留的你想忘掉
曾经幸福的痛苦的
该你的该我的
到此一笔勾销
我拿什么和你计较
不痛的人不受煎熬
原来牵着手走的路
只有我一个人相信天荒地老

by 张宇《一个人的地老天荒》

张葳蕤找了一层楼，才在走廊尽头的楼梯间看到章远。他正凝神望着窗外，面色灰暗，几乎融到蒙蒙暮霭中，仅留一个模糊的轮廓。即使两腮憔悴得略微凹陷下去，侧脸依旧是一道漂亮的弧线，前额一绺发丝站错了队，桀骜地翘起来，双唇紧抿，看向远方，执着得像个孩子。

“看够了吗？”朱宁莉推推她，“真后悔让你看到他的名片。”

“谁让你把它放在钱包里，还和 KTV 会员卡放一栏？”

“谁让你偷偷溜出学校来找我 K 歌？你们不是应该封校吗？”朱宁莉拉着她，“快走，被看见了你该怎么解释？”她有些后悔带张葳蕤来天达写字楼，虽然这边也有其他的合作公司，但现在这样明目张胆地站在天达公司的走廊里，就颇有些司马昭之心的意味了。

“让我再看一眼……”张葳蕤依依不舍，然后唉了一声，“到底是我哥，生病的时候都比别人帅。”

朱宁莉白她一眼，“看，夕阳下落魄、忧郁的优雅帅哥，满足你小女生花痴的幻想，再燃烧一点儿母性的关爱。”

“我真的对他没什么想法了。”

“那你干吗来看他？一听我说他公司的人送他去医院，就从学校偷溜出来？”

“我真的想起他就像想起哥哥。”张葳蕤反驳道，“真的像亲人一样。”

“狡辩。”

张葳蕤噘嘴，沉默片刻，问：“那你干吗来看他？”

“谁来看他了？”朱宁莉笑出声，“我是要看住你。快回去吧，天达市场部的人都认识我。”

* * *

隔了两日，朱宁莉接到张葳蕤的电话，听到她悲戚戚的声音：“阿姐，我被隔离了……”

“为什么？”

“因为我离开的时候，系里正好查寝了，大家瞒不住……”

人要倒霉，喝凉水也会塞牙缝。

张葳蕤大哭道：“过两天就是人家的生日啊，难道就在中美合作所过了？”

朱宁莉安慰她几句，答应过后补给她一个带浆果的巧克力黑森林蛋糕，又在她的念叨下记下诸如动感地带手机充值卡、新一季《老友记》光盘等长长一串购物清单，这才了事。

* * *

学校要求，曾经离校的学生返回后必须接受两周的隔离。从四月开始，留学生们陆陆续续回国躲避SARS，此时腾出一栋四层的宿舍来，有空调和独立卫生间，比一般学生公寓好。但前后庭院的大门都有校卫队看守，学校也再三声明，有违反规定擅自出入隔离区者，一律记大过。

叶芝隔着栅栏把何洛邮寄来的口罩转交给沈列："咱们两个已经算危险距离之内了吧？"

"隔离就是个形式。"

"谁让你乱跑？"

"我妈让我回家吃粽子啊，谁敢拂了老佛爷的意啊？"

"这儿也不错。"叶芝笑，看花园里一众人在打羽毛球、踢毽子，还有人扯起皮筋，"简直是中美合作幼儿园啊！很适合你，沈列小朋友，好好接受改造！"

她又想起了什么，压低声音："你们话剧社新加盟的那个PPMM，有没有来探望你？"

"没有。"

"没有？"叶芝摇头，"你小子别骗人了。"

"多事！"沈列笑骂，"谁骗你？"的确没有，因为她也被隔离了。

* * *

每天傍晚学校都会来发中药，随意取用，板蓝根和其他草药混在一起，熬成深褐色的浓汁。张葳蕤像英雄就义一样，捏着鼻子咕咚咕咚喝下大半碗，实在咽不下，把嘴里的一口吐在树下。

"草草，你漱口呢？"沈列问。这个外号倒是牢固地跟着她。

“嗯，给草坪浇点儿水，好几天没下雨了。”张葳蕤抬头看天，睫毛闪动，“刚才那个，是你……女朋友？”

“什么啊，本科同学。”沈列扬手，“来，分你一个。”

“口罩？”

“传说中的N95，在美国的同学买的，特意快递回来。”

“哦。”张葳蕤研究了一下白色口罩，“这么简单呀，像一次性的。你学生物的，说说看，真有用？”

“咳，就是个心理安慰，女生就是多愁善感。”

“你还不领情？”她撇嘴，“说明人家在乎你。这次，是女朋友了吗？”

“把你美的，是女朋友给的我还给你？”沈列笑。

“重色轻友。”地上有人用粉笔画了跳房子，张葳蕤过去蹦着，“没人和你玩儿了。”

“我有过一点点贼心。”沈列坦诚道，“但那时她有一个关系非常好的男朋友，两个人是高中同学。”

“嘻嘻，你还想第三者插足啊。”张葳蕤走过来，和他在花坛边坐下，“宁拆十座庙不毁一门亲。”

“我可没拆谁。”沈列辩白，“我是那种人吗？只不过，时间和空间远比人为因素可怕。”

张葳蕤了然地点头：“是啊。我认识一个很优秀的男孩子，他女朋友为了出国不要他了。说起来，也是你们学校的女生呢。”

“咱们干吗讨论这些郁闷的话题！”沈列说，“来来，说点儿轻松的。”他把口罩戴在脸上，“奥特曼！”

“你同学会被气死的！不如下次让她寄点儿别的……”张葳蕤举起手

指数着，“巧克力啊、曲奇啊、提子啊、奇士橙啊……”

“你自己问她要好了！”沈列笑，“说起来，她家乡就是你读本科的地方呢。”

“这么巧？”张葳蕤忽然有一丝预感，“她，叫什么名字？”

“何洛。”

* * *

果然，果然是她。张葳蕤真想打自己两巴掌，就算不知道何洛当年的专业，怎么从来没有想过问沈列一声？

“你认识她？”沈列问。

“就算是吧。”她变得恹恹无力，“我刚才说的那个男孩子，被女朋友抛弃的……”

“你说章远啊！何洛什么时候抛弃他了？”沈列蹙眉，想起大一那年十一，第一次看到何洛明媚的笑，在另一个男生面前。随后她渐渐沉静，温润如玉，却再不见当年的巧笑倩兮。

“恐怕世界上再找不到第二个像何洛这样对章远毫无保留地付出的人。”他说，“是章远从不表态的做法让她无所适从。”

“你又不是当事人！”张葳蕤辩驳道，“当初章远买了站票来看何洛，亲手钉盒子给她邮磁带，住院了都没有告诉她！”她一时激动，倒感谢朱宁莉打听了那么多事情，用来打击自己。

“那你知不知道何洛也曾经买票连夜赶回去？知不知道她一边准备申请出国，一边熬夜帮章远搜集资料？”沈列说，“我只清楚这些。但大家都说是章远伤害了何洛，他只为了自己的将来努力，却从来没有为何洛的幸福而努力。”

“他的行动说明了一切！他的未来难道不是何洛的未来吗？”张葳蕤有些激动，“你没有看到他多憔悴！如果是我，有金山银山也不会出国的！”

“没有人会为了一份没有把握的将来留下来。”沈列说，“他们分手后，章远还来过很多次。不知道他有没有想过，他来去的次数越多，就会让何洛更加惶惑不安。”

“因为你喜欢何洛，所以就一直为她辩护。”张葳蕤气结，“你就胡乱猜测去吧！”她想把口罩扔在地上，踏上两脚，终于还是忍住，扔回到沈列脸上。

沈列愣在原地。怎么会这样？本来是听别人说起张葳蕤过两天就过生日，想开玩笑问问她在集中营过生日有怎样的感受，顺便问她有什么心愿。

他们竟然为了别人的事情吵起来！她提起章远时的激动，更让他感觉不安。

* * *

沈列打电话给何洛，是一个男生接的。他很体贴，捂住话筒，掩饰着，说她无暇分身。她在躲避谁，却并不是自己。

“我还是会想起以前的事。”

“珍惜眼前人。”她委婉一句，说给别人，还是自己？

* * *

每天太阳落山后大家都到庭院里乘凉，就像监牢里的放风时间，谁都不想错过。

抬头不见低头见。张葳蕤这两日看到沈列都没有给他好脸色，心里感慨颇多。十一点熄了灯，她想到自己马上又要老一岁，忍不住起身点了蜡烛，摸出日记本来。

“做人真是好失败！我从来没这么想过，这是头一次觉得一下子老了好几十年。”她写道，“即使是多年前，第一次见到她，也没有这么挫败。我知道，在某人的心里，这个女生是我无论如何都取代不了的。对他的情渐渐淡了，就算我再关心再打听，也不会痴迷到心痛。而现在，当另一个人带来欢笑的时候，居然发现自己再次败到同一个女生手上，真是让人不甘心啊！”

“你还不睡啊？”上铺的女生问。

“哦，太亮了，照到你了是吗？不好意思啊。”

“我怕你烧了我的蚊帐。”

张葳蕤吹熄蜡烛，寂静的黑暗中，孤单如潮水。脑海里全是沈列严肃的表情，平素嘻嘻哈哈的他难得认真一次，认真地为曾经喜欢过的女生开脱。呵，或许是依旧喜欢的女生吧，谁知道呢？

反而淡忘了之前见到的章远的模样。

这倒是再次印证了一件事。她想：朱宁莉不说，但是我看得出来，喜欢一个人，怎么藏也藏不了，如果那么讨厌一个人，收到的名片大不了顺手放在包里，何必放在钱夹的暗格里？

又想起当年朱宁莉说过的话：“一见不能钟情，那二见、三见呢？你这样的小女生对章远这样的男生是没有免疫力的。”

难道她就有？还总说我是个长不大的小孩子。

张葳蕤一时间说不出是感慨伤怀，还是佩服自己的冰雪聪明。

* * *

有人笃笃地扣着窗棂。张葳蕤的寝室在一楼，常常有人忘记带门卡，随便挑个寝室唤人开门。她心情不好，懒得应声。但是窗外人执着地敲着，还是少先队员敲队鼓的节奏。

烦不烦啊！张葳蕤闷声嘟囔道：“别敲了，都睡了。”

“寿星也睡了？”

是沈列，他居然知道自己的生日！张葳蕤半坐起来，忍住笑：“是啊，都睡了，在说梦话呢。”

“啊，可惜了这么好的蛋糕，只能去喂流浪猫了。”

“这就是你说的这么‘好’的蛋糕？”借一束槐树枝叶间漏下来的莹白月光，张葳蕤打量着面前分不出造型的奶油和蛋糕的混合物，“真是好抽象。”

“你试试看从墙上摔下来呀，也会变得很抽象。”沈列揉着腰。

“啊，你摔下来了？……活该。”

“不是我，是这个蛋糕。我不是武当派的，拎着蛋糕还能来一手梯云纵。”沈列指指墙头，“我本来想先把盒子放在那儿，然后自己翻过来，谁想到一失手扔过头儿了，直接从墙外甩到墙里。”

“你成心的吧？”

“是蛋糕不想被你吃，我有什么办法啊。”沈列转身，“我走了。”他还哼着歌，“没有花香，没有树高，我是一棵无人知道的小草。从不寂寞，从不烦恼，虽然我就这么老掉了……”

“不吃也别浪费啊。”张葳蕤摸了一手奶油，飞快地在他鼻尖上一抹，“哈，这样也不错，byebye，白鼻头，回马戏团去吧！”

沈列还手，张葳蕤脑门儿上立刻多了一道巧克力酱。“印第安人。”他笑道。

两个人打打闹闹，片刻满脸红绿，蛋糕只剩下可怜的一小块。

“真浪费。”沈列说，“我走了好远，才找到一家十一点打烊的蛋糕店。”

“好吧，我们分了它吧。”张葳蕤伸手。

“什么？”

“刀叉，还有蜡烛呢？”

“啊，忘记要了……”

“真是个猪头。”

“你就捧着啃吧。”

* * *

“我有蜡烛！”张葳蕤冲回寝室。

“这样的危险物品，您这是打算烧了中美合作所，在烈火中得到永生吧？”沈列笑着揶揄她，“头一次看到这么大的生日蜡烛。”

“还不是因为你忘了！”温暖的烛光映出两张朦胧的脸。

“许个愿吧。”沈列说。

“三个！”张葳蕤举手，“前两个可以说，第三个不能说。”

“好好，随你啦。真贪心，不怕一下老三岁吗？”

张葳蕤跺脚：“别贫了，听我许愿！”

“好好，我听着呢。”

“第一，希望我们的隔离早早结束，所有的人都平安。”

“嗯。”

“第二，祝愿爸爸妈妈健康快乐，他们把我养这么大很辛苦。”

“我也很辛苦……”沈列点点自己的鼻子，又指指墙头。

张葳蕤白了他一眼。

“第三呢？”

“不能说。”

“不说就不说。”沈列笑，“来，吹了你的蜡烛，一会儿被楼长看到，消防车就该来了。我还要被记大过。”

张葳蕤微合了眼，留一条缝，偷偷看沈列。他捂着腰，一脸奶油，白色T恤上还有灰尘和杂草。

我希望所有的人都幸福。她在心里许愿。似乎，又看到一份值得期许的期许。

* * *

隔离结束没两日，各大院校纷纷解禁，众人抱怨白白在合作所住了两周。朱宁莉特地找张葳蕤逛街，说：“憋坏了吧？”

“是啊，我们经历了黎明前最黑暗的时候，刚刚牺牲，全国就解放了。”

“两周不见，你怎么变得这么贫嘴了？”朱宁莉讶然，“我还担心你憋出抑郁症来呢。”

“那又不是我说的……是……网上别人说的嘛……”

“看你乐得合不拢嘴，你那天打电话说有事情要告诉我，还不从实招来？”

“没什么可招的，我只是想明白了一些事情。”张葳蕤笑道，“人还是要向前看，时间可以让所有的事情都过去。”

* * *

对于一部分人而言，时间是疗伤的良药，可惜章远属于另一部分人。每一分每一秒，都是蚀骨的毒药。

他买的是期房，首付三十万，二十年按揭，月还款三千九。他拿到钥匙的那天风很大，铺了一地金黄的银杏叶，叶子蹁跹飘坠时，如蝴蝶的彩衣。楼盘后的青山也染了斑驳的秋色，红枫黄栎似乎触手可及。

他犹豫着要不要给何洛打一个电话。

前两日联络李云微，想让她打听何洛的联系方式。她听出章远的欲言又止，揶揄道："隔了大半年，总算想起来问我了。你这么婆婆妈妈的，还创什么业去什么私企？干脆找个事业单位每天喝茶看报算了！"

"工作的事情，必然有风险。风险越大，可能获取的收益越大。"章远说，"我在这些事情上从来不怕失败，有什么关系，本来就一穷二白，跌倒了顶多夹包走人，从头再来。"他顿了顿，"但我现在发现，有些事情我输不起，判了秋后斩立决，可能就没有上诉的机会了。而且，她有她的生活，我也不知道是否应该贸然联络她。"

"借口！荒谬！怕输就是怕输，还说这么多冠冕堂皇的理由。"李云微叫嚷了一阵，幽幽叹气，"我以为你们俩都决定把对方忘了，重新开始。"

"我忘不了。我也不知道，告诉她我还在这里等她，是否还有意义。"

"我明白，你是觉得现在连好朋友都不是，很难恢复到过去情侣的关系。而且距离这么远，缺少交流和沟通，只靠往事是无法维系感情的。我懂，这些我都懂。"李云微说，"可是，你对她还有感情，对不对？你不担心过去的这一年里何洛已经被别人抢走了？"

"我开始担心了，而且担心得不得了！"

"我也挺替你担心，自求多福吧。"

"那还这么多废话！"章远笑，"赶紧去问！"

* * *

说时容易，做时难。

已经夜深，算算何洛那边刚起床，这才打好腹稿，心提在嗓子眼。

“Hello。”她遥远而熟悉的声音，懒懒的，仿佛从脚下穿透地心。

“是我。”

“哦，是你。”她沉默片刻，“还没有睡呢。”

“是啊。新开的楼市，今天过来踩踩盘。”

“然后决定买了？兴奋得睡不着？”缥缈的声音，她似乎在笑，“你……不是打算结婚了吧？”

“这个太早了吧。”

“哎，咱们高中同学好几个人结婚了，比如田馨，搞不好明年孩子都有了。”何洛莞尔，“如果你有了合适的对象，也不需要对老同学隐瞒吧？”她握紧话筒。

如果，如果你有了意中人，如果，如果你要成为别人的丈夫，千万不要让我最后一个才知道，或者，你干脆就不要让我知道。

“难道你结婚了？”章远反问，“还是……有这个打算？”

“打算什么啊？”何洛飞快地说，“谁有那个闲情逸致？险些被老板逼疯了，真不知道，自己出国干什么，真是遭洋罪。”

“……那就回来吧。”章远松了一口气。

“回不去的。”她浅浅一笑，“高不成低不就，回去也没有工作，怎么养活自己？”

至少还有我。他几乎脱口而出，想到何洛听到这样的话或许又要蹙眉，于是笑了笑：“是啊，怎么养活呢，你一天到晚变着花样吃。”

“对啊。有人也这么说……”何洛握紧听筒，“他总说，我投入到做饭上的精力如果拿来学习，肯定也是个大牛。”

章远听她语气凝滞，心中一紧，强自笑道：“谁？这么犀利？”

“我……男朋友。”

* * *

前几日，冯萧带何洛去旧金山看音乐剧。演出结束后时间尚早，他要去体育商店给网球拍换线，何洛说想找家书店看一眼。

冯萧从体育商店出来，迟迟不见何洛来会合，手机也关机，天色将黑，唯恐她找错了停车场，心急如焚地四下去找。终于在连锁书店 Barns and Nobles 看见了何洛，她盘腿坐在地上，背靠一大排书架，拿着一大瓶矿泉水埋头苦读，看一会儿喝一口，悠闲得很。

冯萧哭笑不得，挨着她坐下：“我以为你丢了，手机是不是又没电了？”

“啊，果真，自动关机了。”何洛吐吐舌头，“已经这么晚了，不好意思。我从小就这样，进了书店就忘记时间。”

冯萧呵呵地笑，说：“是啊。说起小时候，我爸妈带我逛街，转两圈后看不见我，以为丢了，结果发现我就在书店的角落里猫着看书。那时都晚上七点了，我妈看到我，不由分说冲上来，先甩了两巴掌，然后开始抱着我哭。亏得她是知识分子，饿着肚子，还有那么大力气，可真打得我都晕菜了，好端端地在看书，怎么弄得跟生离死别似的。”

何洛笑道：“我小时候也一样。我妈也是，只不过她都是掐人，不动手打。”

冯萧说：“嗬，应该掐你。我现在可真理解家长那种担心了。刚才我看到你，真恨不得冲上去拿书打你的头。你知道我有多担心吗？就怕把你落在旧金山，天都黑了，你怎么回去啊？遇到打劫的怎么办？”

“谢谢，害你担心。”何洛笑，“不过我真的丢不了。也许刚来美国的时候有些不适应，迷迷糊糊的，又垂头丧气，但现在很好，一个人走过很多地方。你看，一旦习惯了新环境，我就又活蹦乱跳了。”

冯萧微笑：“怎么会不担心？再怎么坚强独立，你也终归是个女孩子。”

何洛心底很温暖，像在漫漫冬夜里喝了一碗热汤般舒适安逸。

* * *

汽车驶过浓雾弥漫的跨海大桥，转过一道崖壁，雾气忽然散尽，朗月清冷地悬在天边，亮白的银辉碎在海上，光线凉凉地爬过每一寸皮肤。几颗星子疏远零落，明灭不定，闪着微弱暗黄的光芒。深蓝的天幕比起伏的大海更寂寥。

二人将车停在路旁。向着外海的崖边波涛汹涌，海风强劲。

* * *

“我的一个朋友住在海边小镇，她常常讲，面对外海的时候，失意的人往往会觉得到了路的尽头，要么大彻大悟，要么自行了断。”何洛抱着肩，瑟瑟地说，“风真大，就这么笔直地栽下去，也会被崖底涌起的风托住吧。”

冯萧把外衣披在她背上：“刚才吃牛排的时候不应该让你喝红酒，开始乱说话了。”

“我才不想轻生。”何洛瞥他一眼，“但有人明知道自己要开车，还嘴馋喝了半杯。”

月光下，她佯作薄怒的神情分外生动，双颊有淡淡的酡红，寒星样的眸子目光流转，微醺时有平日看不到的娇媚。

含嗔带怨的小女子，和平日端庄明丽的何洛大相径庭。酒只半杯，心先醉了。

冯萧身形高大，棱角分明的英俊脸庞上有浓浓淡淡的阴影。他站在上风处，翻飞的衣襟不断拍打着何洛的手背。她不知说什么好，总有股冲动想按住猎猎作响的衬衫。飞舞的衣襟太吵闹。她刚探出手，便被一只温暖的手握住。下一刻，他把何洛拉到怀里，紧紧地拥住。

当时当日，此情此景，温暖的怀抱，何洛终没有拒绝。

* * *

不待秋后，就被直接推出午门斩立决。

章远颓然。他记不清后来和何洛聊了些什么，回过神来的时候已经是半夜十二点了，原来自己一直坐在飘窗宽大的窗台上抽着烟。楼盘外的公路迤逦如长蛇，车灯如流星，点点滑过，蜿蜒到山边的黑夜里，似乎一路通到深邃的夜空中去。

房还是毛坯房，光秃秃的白炽灯泡无比刺眼，明晃晃地让所有心事无所遁形。章远宁愿把灯关上，坐在窗台上，披一身月光。仿佛这样，长夜就不会过去，也不需要面对忙碌却空虚的现实世界。

她是真的离开了，从他的世界里彻底抽身。

* * *

他已经叫了施工队开始改水管电线，充满石灰水气味的房间，白墙凿开，露出红红绿绿交错的粗缆细线。他早前用数码相机拍过屋子的原型，大幅打印在白纸上，闲暇时用彩笔画了诸多装饰。多年不碰画笔，他的工具已经不齐全了，但当时心情无比激动，还特意跑去文具商店买了水彩涂料，在纸上将房间效果图画出来。客厅直通露台，画一张茶几，两把藤椅，地上一块浅驼色厚绒圆毯，窗外添一轮夕阳。傍晚下班，可以跷着脚读书，或背靠着背坐下来看日薄西山。每一笔添加上去，心情都更激动。

粗糙的毛坯房，在纸上俨然生动起来，温暖素净的色泽洇染开，章远只恨不得添加一个巧笑嫣然的身影。

然而，一眨眼，如梦如露亦如电。

依旧是空荡荡的房间，满地凌乱的工具。

她的笑容不见，她的声音遥远。

章远感觉到前所未有的孤寂。他终于明白，什么是女孩子们在 KTV 里面唱的“心痛得无法呼吸”。这样晚了，恐怕已经没有公交车了，这一带如马德兴所说，两年内恐怕都是偏僻的，夜里也没有什么出租车。或许要饥肠辘辘地在窗台靠一晚上，章远下意识地按住上腹。当时只一眼，看到路边的广告牌，他就决定买了，根本没有细想关于道路和基础设施这些关键问题。

自己还真是冲动呢。他苦笑。

门岗那边冷冷清清，没有半个车影，只有路灯映照着马路对面的巨幅广告，山明水秀，楼阁交错，潇洒的行草写着：

毗邻昆玉，学府圣地，碧水清涛，河洛嘉苑。

他默念着：何洛家园。

* * *

怎么忽然间，她的离去变得无法挽回？如果最后自己喊了她的名字，不顾一切地拥抱她，任她挣扎也要吻住她，是否一切就会不同？

她早已放弃，不是在说再见的那天，而是在遥远的某个昨天。

* * *

我最初没选择的岔路，现在又有谁到达？

第二乐章

微风般的中板·那么近，这么远

一、转眼之间

想自己在时光里有多少改变
想自己对你还剩下了多少眷恋
转眼之间流行又转了一圈
转眼之间朋友们换了新身份携家带眷
生命像一个圆圈但你呢怎么还没出现

by 萧亚轩《转眼之间》

章远坐在机场大巴上，看着窗外一辆辆流线型的新款小车开过，不由得心急银行的项目还没有完成。反复修订的计划书终于被对方采纳，其中功不可没的还有天达的行销人员。此后这两个月，技术人员不眠不休地鏖战。虽然这只是银行的一个子项目，但这块蛋糕巨大，能分一杯羹，便可以考虑添置新车。那他就不需要像现在这样，手捧一束香槟玫瑰，傻傻的，要坐在机场大巴的副驾驶位，才能躲避众乘客打量的目光。花托是柔和的绿色棉纸衬里，乳白色薄纱外围，他一直揽在怀中，馥郁的花香让人产生错觉，以为冬天已经离开。

* * *

思念仿佛海浪，反复冲刷着白日里逐渐功利冷漠的心，安静的夜里，更能清晰地听到时光怅惘的感叹。机场高速路边一片片的杨树林褪光了叶子，细高的枝干伶仃地指向天空。朗月下，旷野中薄薄的浮雪也被夜空映成微凉的宝石蓝，远望就像圣诞卡片上常见的图画。

章远从校友录上得知何洛即将回国的信息，又托李云微确定她的航班号和行程。老同桌叹气，说 :“不是我打击你，人家这次是带男友回家看父母的，你的明白？”

怎么不明白？他的手揣在口袋里，掂着方方正正的小绒盒。

出国前，何洛送来一个纸盒，说 :“东西还给你，但走得匆忙，能整理的只有这么多。”

“不要这样，那我也应该有好多东西还给你，但我现在没有时间整理。”章远说，“而且，都是女孩子用的，你给我我也用不上。”

何洛没有争执 :“好吧，我留下，但是有一样东西一定要还给你。”

章远看着落入掌心的戒指，眉头蹙起，又无奈地展开 :“就当……我先为你保留着。”

这是只属于她一个人的。今后，还有机会物归原主吗？

* * *

首都机场人声嘈杂，各种肤色的人笑着擦肩，交汇川流。章远来到国际航班出口，向周围扫了一眼，发现自己并不是唯一手持花束的人。

但似乎是唯一手捧大束玫瑰的人。

他再次庆幸，自己捧的不是一束热烈的红玫瑰。

看到这样清淡的颜色，他不自觉地想到她，从不曾浓烈绽放，只有温柔、长久的守候。

站在接机的人群中，不断有人推推搡搡，章远将花捧在胸前，依然有人撞上来。他只好举得更高，几乎挡住半边脸。难免有人投来打探或鼓励的目光，仰望着。章远局促尴尬，索性退后几步，站在人群稀落的地方，立起风衣的领子。

说些什么，见到她的第一面说些什么？

* * *

波音 747 平稳地滑翔，盘旋降落，灯火通明的城市在机翼下缓缓展开。远处是漆黑广袤的平原，云端之下流光溢彩的夜灯让人误以为银河泻落脚下。天旋地转，何洛有些晕眩。她递给冯萧一粒口香糖，自己也嚼着。

“有用吗？”冯萧笑，“是用来塞在耳朵里的吗？”

何洛筋筋鼻子。每次飞机起降，耳中轰鸣不止，既然听不清楚，索性闭目养神。

冯萧拍拍她的手背：“饿不饿，下飞机后想吃什么？”他的声音嗡嗡的，只感觉到空气在震动。

“喝粥吧。”何洛说，“肚子很空。”

“可真难为我哥们儿了。”冯萧笑，“他肯定不知道哪儿有粥铺。你知道的，男生都是肉食动物。”

“随便喝点儿白粥，吃点儿咸菜。蜷了十多个小时，千万别让你同学请咱们吃大餐。”

“不会，项北直来直去的，想吃什么直接提要求，他也不会瞎客气。”

* * *

项北是冯萧大学里的铁哥们儿，虽然是工科出身，但本科毕业便去了会计师事务所。刚过了出闸口前的绿色通道，冯萧拍拍何洛的肩，说：“看那边，项北来了。”

“哪个？”

“就是那个，看起来一张包公脸的。我们那时候总说他像陈道明，还是中年陈道明。”

“中年的陈道明更帅，我觉得。”何洛一脸认真。

“待会儿你当面夸他，他肯定脸红。”冯萧附在何洛耳边，小声说，“当初有女孩子追他，人家表白的时候他转身就走，一点儿面子都没留。后来我们发现，他是因为耳朵都红透了。”

“真的？这么有趣！”何洛闪身，“要是让他向别人表白，那还不是要他的命？”

“是啊，那肯定就有人问他，哥们儿，咋啦，让人煮了？”

何洛咯咯地笑着：“别学俺们那旮儿说话。”

* * *

章远知道，何洛没有看到自己。她的目光一直投向另一个方向，身边英挺的男生指点着远处什么人。章远看不清他和她的脸，但可以看见他们在笑，肩膀轻轻颤动。何洛双手推着行李车，那男生背着双肩电脑包，左手拎着旅行袋，右手便搭在她肩上。

轻轻地，他不过是轻轻地揽着她的肩膀，偶尔拍拍她的背，那一只手却仿佛有天大的力气，一把将章远推到黑暗的泥淖里。

冯萧冲项北挥手，两个人隔着警戒线大力拍着对方的肩膀。“我当初的铁哥们儿，黄金搭档，项北。”冯萧介绍着，“这是何洛。”

“久仰。”何洛笑，“冯萧总说起你们一群人的光荣事迹，翘课踢球，半夜翻墙吃羊肉串儿。”

“向来是萧哥举大旗，我们跟上。”项北一笑起来脸上的寒霜消融，带了几分孩子气的真挚，“我是不是第一个见到嫂子的？真是荣幸啊。”说话间，冯萧与何洛走到出口，项北接了何洛手中的推车，“我早就有本了，一直没买车呢，这次要好好向萧哥咨询一下。今天我借的车，你们敢坐吗？”

冯萧跷起拇指点点何洛：“她开车和开碰碰车似的，我心一横都坐了，还怕你小子？”何洛笑着，任他挽住自己的手。

* * *

大厅内顶灯明亮，章远站在原地，手中的玫瑰越来越沉重。他下意识地闪身，已经贴到出口的玻璃墙。

“欢迎回到祖国的怀抱啊。”一句调侃的问候，在心底演练了千百次。虽然知道她有了男朋友，但不到真正面对的这一刻，都下意识当他是透明的，隐约还在盼望执手相看泪眼的重逢。

然而，那三个人说说笑笑，且行且近，何洛偎依着的男生决不是隐形人。他笑声爽朗，举手投足干净利落。何洛笑眯眯地弯着眼睛，半仰着头，偶尔颔首，好一个幸福的小女人。

已经不是当年孩子一样的她。

此地不能久留。

章远自嘲地叹息，为了自己的天真莽撞。他转身，险些撞到从外面冲进来的小伙子。小伙子嘴里嚷着：“晚了，完了。”

“接人吗？”章远问。

小伙子一怔：“对，您知道旧金山来的航班到了没？”

“刚到。”章远说，“给你。”他想都没想，将手中的玫瑰塞到小伙子手里。

* * *

“啊！我爱死你了！”

何洛听到一声幸福的尖叫，回头，看见女孩子接过一大捧香槟玫瑰，配着小苍兰、黄莺，清新淡雅的浅绿色棉纸。她的男友傻呵呵笑着，满头大汗。女孩儿扑上去，几乎是跳到男生怀里。二人笑着，鼻尖顶着鼻尖，女孩儿狠狠地在男生面颊上啄了一口。

“真是浪漫的小孩子。”何洛掩不住艳羡感慨，长出一口气。

“萧哥，还不表现一下？”项北促狭地笑。

“你问何洛，我没送过她花？经常的啊。”

“对对，都是盆花，还是我去挑的。”

“我可是力工，什么百合、杜鹃、风信子，不都是我从 Homedepot[1] 运回来的？你自己说的，喜欢盆花，不喜欢剪切花。”

“话是这么说。”何洛微笑，“但哪个女孩子不喜欢收到花束呢？尤其这样的场合，被别人羡慕，充分满足小小的虚荣心，不算过分吧？”

熙攘的机场，满眼都是熟悉的黑发、黄皮肤，何洛忽然觉得，自己从来没有离开过这个国家，然而又似乎一切已经恍若隔世。

* * *

章远来时因为打不到车，才被迫坐了机场大巴，但走出机场大门，面对一排排的出租车，却下意识地走到大巴车站。他一抬头，发现这一路正是去往何洛学校方向的。

下了大巴，章远踟蹰着，走不了多远，右手边是学校的大门。他转身走入街对过的小吃店，挑了一张靠窗的座位。

“田螺，谢谢。”

“现在冬天，没有田螺卖。”

“那……牛肉面吧。”

室内温暖的水汽凝结在玻璃窗上，结了一层朦胧的雾。已经入夜，学校大门口到处是熙来攘往的学生，还有卖冰糖葫芦、糖炒栗子，以及烤红薯的小贩。

* * *

三五成群的大孩子推门进来，吆喝着，大声说笑着。

1　美国家得宝公司，销售家居建材用品等。

仿佛下一刻，她也会笑着端着两碗绿豆沙过来，说：“我喝冰的，你喝温的。”然后就坐在桌子对面，低头吃着田螺，认真地用牙签挑着，嘴角还沾着几星红色的辣椒片。

章远猛然回过神来，衣襟上犹自留着玫瑰馥郁的香气，怀抱却是空荡荡的。

原地踏步，或是向后看，都不是自己的处事原则。然而最近却反反复复陷落在回忆中，重重复重重，以至于不得不将手边的事情搁置下来。章远想到银行证卡项目的收尾工作，还有一些说明文档和总结材料要检查，就飞快地吃了面，起身结账。

* * *

“也不知道项北能不能找到停车的地方。”

“应该可以停在学校里，当初我们就说学校是个廉价停车场。”

章远站在柜台前，挺直脊背，浑身的血都涌向耳膜，怦怦的心跳声震颤脑海。他怔在原地，宁愿自己是幻听，也忘记了拿回找零。收款员叫了一声又一声：“先生，您的零钱。”

* * *

那么熟悉温暖的语气，不用回头也能看到脸上的微笑。

“真过意不去，”何洛说，“害得你同学兜了好几个圈儿。”

“呵呵，最后还是靠你带路啊。”冯萧说，“不用和他客气，我们比亲兄弟还亲，都是自己人。”

“这里的小吃、清粥和小菜都不错，我以前总和寝室的姐妹们来吃宵夜。”何洛打量着店铺，装潢依旧，满室融融泄泄的米香。而那边，居然还有人的背影如此熟悉。

看到相似的背影，她的目光忍不住流连。

* * *

他缓缓地，缓缓地侧过头来，回身。

“我听声音就是你，还是三句不离吃。”章远走过来，低头微笑，“什么时候回来的？”

“刚刚，才下飞机。”

“真巧，我来这边办事，随便吃点儿东西，刚结完账要走。”狭小的空间内，目光无法躲避，触及何洛身侧的男生，“和朋友一起回国的？”

“对。哦，我介绍一下。”何洛侧身，“章远，我高中同学。这是冯萧……”无须多说，牵起的双手证明了一切。

两个男生握手，微笑点头，算是打过招呼。

* * *

章远看向何洛，笑道：“美国的生活还不错？看你还好，没怎么变瘦。”

“没胖就不错了。”何洛浅笑，“虽然学习挺累的，但吃得也挺好。”

“知道你不会委屈自己的胃口。”章远也笑，“在国内能待到春节吗？”

“不能，美国人不过春节，一月中旬就要回去上课了。”

“没有几天啊。”

“是啊。”

“那在北京待多久？”

“不久，就是来办签证。两三天吧，然后回家。”

“噢。明后天一些高中同学聚会，原来是为你接风啊。”

“可能吧，他们组织的。我好久没看到大家了。”

“我也是。最近日程紧，有几个大项目，我争取去吧。”

“是啊，何洛也好久没遇到老同学了，在美国就总嚷着要去看田馨。”冯萧笑，“难得这么巧，一回来就遇到你，不如一起坐坐吧？”

“不用了，我还有事儿，改天聚会再聊吧。”章远深深地望了何洛一眼，目光从她肩头滑下手臂，落在二人相握的手上。

他转身，背影落寞。何洛不想再看，别过头来。

* * *

冯萧仰头看着菜单，扯扯她的袖子：“小面包，你想吃什么？红豆粥还是白果粥？”

“都好。”何洛垂眼，咬了咬唇，“刚才……那个男生，是我以前的男朋友。”

“哦。”冯萧点点头，沉默片刻，说道，“你们的眼光都还不错。”

“你生气了？”

“哪儿有？”他笑，“你也说了，是以前的，过去时。”

“要么，你和我一起参加同学聚会？”

“那多不好，”冯萧摇头，“你们玩得就不尽兴了。”他戳了戳何洛的脑门，笑道，“我对你有信心，也对自己有信心。”

* * *

高中同学有不少人相继来京，聚会时来了两桌人。章远到的时候，何洛在的一桌已经满了。有人很识趣地站起来，喊道：“来，章大老板，对着门的座位留给你，这可是最后买单的位子哟。”

章远也不多推辞，挨着何洛坐下，问："时差倒过来了？"

"嗯，差不多，不过今天凌晨就醒了。"

"我多数是凌晨都没睡。看来，如果我去美国，都不用倒时差了。"章远笑着，又和其他老同学打招呼。何洛和周围的人聊天，别人问一句，她便答一句，多数是问些在美国的生活状况。老同学们没有她太多消息，难免事无巨细一一问来，何洛便需要从盘古开天地时仔细解释，说了一会儿时差来袭，便觉得疲倦困顿。

* * *

"先别着急聊天，菜都要凉了。"章远把话截下，"不会是大家觉得我点的菜很没有水平，都不屑于吃吧？"

众人哈哈大笑，边吃边聊，起初还发发牢骚，片刻后就开始回忆当初的点滴趣事，谈天说地，渐入佳境。章远笑容温和，举手投足随意洒脱又谦和内敛。这样的他让何洛感觉陌生。她索性不多说话，自顾自吃着口水鸡。

"没想到你现在这么能吃辣。"章远说，"给你来点儿凉的饮料？"

何洛弯弯嘴角："你不知道，在美国的时候菜都没味儿，特别想吃这样麻辣鲜香的。"

"早知道带你去吃俏江南或者沸腾鱼乡好了，麻辣诱惑和西蜀豆花庄也都不错。"章远说，"要么，这两天去试试看？"

"嗯……再说吧。"何洛摆手，"我明天去办签证，后天就回家看爸妈了。"

"他们身体都好吧？"

"身体倍儿棒，吃嘛嘛香。"

"你到底离得远，有什么需要的，或者家里需要帮忙的，尽管告诉我。"章远想了想，又补充了一句，"大家都是老同学，别客气。"

* * *

吃了饭，众人意犹未尽，嚷着去钱柜 K 歌。十一个人，三辆出租车嫌挤。章远说 :“我再等一辆，谁和我一起？”余下几个人飞速分组，只把何洛落单。

何洛大方地站到章远旁边 :“那捎上我吧。”

出租车来了，章远拉开后门，让何洛坐进去，想了想，自己也在后排坐下。

何洛感叹道 :“很喜欢和高中同学在一起，大家都很亲，亲人一样。你看，过去吵得多厉害的人，动手打架的，现在都可以不计较了。”

“是啊，可这些人真能说，吵得我头都晕了。”章远关上门，无奈地叹气，一双长腿懒散地抵在前排靠背上，“幸亏田馨没有回来，否则就能地震了。”

“是啊，她在美国陪老公呢。”何洛笑，“想不到吧，她结婚这么早。”

“还有几个隔壁班的也结婚了。”章远苦笑，“平时联系不多，发请柬的时候叫上我，真惨，随了份子，我也吃不了什么。”

“他们都说你发大财了，还在乎份子钱啊。”何洛笑，“上次，你说买房了？”

“没，看了看，没买。”章远矢口否认，“北京楼价太高，都是泡沫。”

“哦。”何洛又问，“你的胃还不好吗？”

“谁又和你说什么了？”章远蹙眉，额头上隐隐有两道细而浅的抬头纹。

“我看你刚才还是不怎么吃辣的，也不吃油大的。”

“哦。现在应酬多，吃不动了。”

“总之，你自己多注意吧。”

“我知道了。”章远颔首，“你啊，还是这么啰唆。”

“三岁看到老，改不了了。”何洛看着窗外，微笑着摇头。

* * *

“他……很照顾你吧？”章远忽然问，看何洛轻轻点着头。

“是啊，冯萧对我很好。”她说。

“我们的约定，你先实现了。”他声音凝涩，“看来，你找到自己的幸福了。”

“那你呢？”何洛依旧望着窗外，“你……有女朋友了？”

“我哪儿闲着了？”章远说，“我很忙，没时间。”

“你也不用怎么追，自然有女生会送上来。”何洛笑，“只是你不要再送黄菊花给人家了。”

“你还真记仇。”章远呵呵地笑，“八百辈子前的事情了。”

“过生日收到黄菊花的，我是第一个吧。”何洛耸肩，“还是我这辈子收到的第一束花。”

“也是我送的第一束，”章远低声说，隔了半晌，微笑道，“所以没什么经验，可以原谅。再说，送别的花，你爸还不当着去吃饭的十来个同学的面儿，直接把我打出来？只能挑了最素淡的，那时候谁懂什么花语啊。”

“还有，礼物价签。”何洛提醒，“你第一次送我的音乐盒，底下还有价签呢。”

“谁知道藏在那么隐蔽的地方。”章远说，“要不是你提醒，我真忘记自己做过这么土的事情。”

“会气跑女生的。”

“会吗？”章远哑然失笑，说，“如果我想宠一个女生，我可以对她非常好。”

何洛笑道：“那我就放心了。”她深吸一口气，“真没有想到，我们还能这样聊从前的事情，时间的力量真大。其实现在想想，也没有什么好尴尬或者是避讳的。现在说起以前的事情，都是笑料了。”

那只是你的想法。章远脸色铁青。戒指的盒子依然在大衣口袋里，横在侧腰和车座之间，硌得不舒服。

* * *

在钱柜唱了一会儿，何洛就说要走。

“怎么不多玩儿一会儿？”同学们问。

“太累了，还是很困。”

“那你好好休息吧。”章远说，“别过两天顶着熊猫眼回家。对了，给叔叔阿姨带好。”

“嗯。”何洛答应着，拎起手袋，“不用送了，一会儿有人来接我。”

“冯萧？”章远笑了笑，“好，那我们就放心了，不送了。”

* * *

何洛下了楼，冯萧还没到。凛冽的风在开门关门之间钻进大堂里，她在墙角的沙发上坐下，大屏幕里萧亚轩唱着：“只怪我们爱得那么汹涌，爱得那么深，于是梦醒了搁浅了沉默了挥手了，却回不了神……”忽而换成刘若英的歌，“你说我们很渺小，躲也躲不掉，命运的心血来潮。那已经是很久很久以前的事了，曾经是很深很深的感情。那已经是很久很久以后的事了，可是，还是会很怕很怕再伤心……”

* * *

这些靡靡之音听来却惊心动魄。她刚才在包厢里就如坐针毡，只盼着早点儿离开。起身走到大门口，看见冯萧赶来，双耳通红站在门外时，何洛无比歉疚。“我们走吧。”她主动挽住冯萧的胳膊。

“怎么不多玩儿一会儿？”

“都是这两年的新歌，只听过几次，不大会唱。”

即使会唱，也无法开口。

* * *

那么多歌词，仿佛都另有深意，直指那段苦不堪言的回忆，让她想起曾经彷徨无助的自己。而章远看起来泰然自若，不再拘泥于前尘旧事，还拉着她一起唱《花样年华》的主题曲。

可是自己呢？何洛痛恨自己的怯懦，不是已经和昨天一刀两断了吗？为什么听到那些情情爱爱的歌词，依然有落泪的冲动？

为了那个人，那段情。

二、听说爱情回来过

有一种想见不敢见的伤痛
有一种爱还埋藏在我心中
我只能把你放在我的心中

by 林忆莲《听说爱情回来过》

何洛办好赴美续签手续，就带冯萧回家乡探望父母。

何爸何妈一年多不见女儿，在车站相逢后笑逐颜开。刚说了几句话，何妈的眼圈就红了。何洛不禁唏嘘。

回到家，趁父母忙碌着找拖鞋时，她对冯萧说："爸妈真是老了，好像一下就多了好多白头发，小时候我总觉得爸爸特别高大魁梧，现在……"她低头叹息。

冯萧握着她的手轻声宽慰道："没关系，过两年我们工作了，就接你爸妈过去，好不好？"

何妈耳朵倒是好使，立刻回身表态："我去了就是哑巴聋子啊。你文彬叔，就是你爸爸的堂弟，他们一家不是移民了吗？你三奶奶去了美国，后来直叫着无聊，待了半年还是回上海去了。要不是后来过去看天纬这个长孙，恐怕那半年都熬不住。"

何爸笑道："你妈口口声声说不能去美国当保姆，带一个小孩子会累得蜕皮，结果刚才看到人家抱着小孩子接站，冲过去稀罕得不行。"

何妈说："哎，刚才那个小孩儿真好玩儿，你伸手指给他，他就过来抓，小手胖乎乎的，又白又嫩。我这个小老太太就是命贱，真给我个外孙，肯定就做牛做马了。"

何洛晃着母亲的肩膀，拖长了嗓音喊了一声"妈"，半是嗔怪半是赧然。

何爸说："你妈听说女儿要回来，提前一个月就开始收拾客房。洛洛不在家，里面全是她大学毕业时拿回来的破烂，我们又不敢乱扔，现在还堆着两三个纸箱子，冯萧你先将就住吧。"

何洛说："没扔最好，李云微的表弟大三了，一心要出国，向我要当年申请的材料呢，正好把那一大袋子送给他。"

* * *

冯萧和何爸将行李拿到客房。何妈拉着女儿回自己房间，看她打开箱子，一件件整理，感叹道："我刚才看到人家的小孩儿，就想，洛洛前两天也就这么一点点，怎么现在就忽然变成大姑娘了？再过两年，我也有个这样的外孙了。"

"妈！"何洛噘嘴，瞟了母亲一眼，"我还上学呢。再说了，我们都还小，还不稳定。"

"洛洛，妈问你……"何妈欲言又止，顿了顿，道，"我和你爸都不是老封建，也知道很多学生在国外很辛苦，大家彼此生活上有个照应是好事。但是，你可要学会自我保护啊。如果不打算要孩子，那么……"

"你说到哪儿去了？"何洛蹙眉，"我现在还是和舒歌一起租房，妈你放心，我心里有数。"

* * *

"田馨结婚了，是不是？"何妈问，"真没想到，你们这些同学里她最像个孩子。”

“她老公很照顾她的。”何洛笑，“你看，事情就这样。如果女孩子自己身段柔和一点儿，自然有人来保护你，反而容易找到坚强的后盾。”

“是啊，我和你爸最担心的就是你一直逞强。不过现在放心多了，我看冯萧这孩子说话、办事也挺大方的。”

“是啊。他想问题还是很周到的，基本不用我动什么脑筋。”何洛微笑，“和他在一起之后，日子倒是轻松了很多。”

“这样就挺好的。”

“嗯，挺好。”

* * *

“有结婚的打算吗？”吃过晚饭，何妈又问。

何洛站在厨房里和母亲一同洗碗，一把筷子在手中颠来倒去的。“暂时没有。”她摇头，“真要结婚，肯定先向你和爸爸请示。”

“你爸正在考察呢。”何妈笑，指了指客厅。何爸沏了一壶茶，正拉着冯萧一同看《新闻联播》，天南地北地闲聊。

“我真同情他。”何洛苦笑着摇头，“我爸从商这么多年，还保留着大学老师滔滔不绝的激情。”

“让你爸多观察观察，不也是为你好呀。”何妈说，“你们这些孩子，有时候看人看事不长远。”

何洛瞟一眼客厅：“冯萧的导师下半年起要跳槽去美国东部的一个实验室，可能顺便要带他去那边做实习生。我顶多看这么远，再以后的生活变数太多。”

“瞧你说的，我们的生活好像一成不变似的。其实我们这一代不比你们动荡？”何妈说，“我和你爸一起下乡，他考了大学，毕业后本来可以留在北京的，因为我进不去，他就回来了。后来你爸自己去做生意，前两笔赔得一塌糊涂，每个月都跑俄罗斯，偶尔回来一趟，还总和关系户喝酒，半夜醉醺醺地回来乱吐。我一个人拖着你，还照顾这个家，当时真以为挺不过来了呢。”

“你又忆苦思甜了。”

“我是说，彼此要为对方考虑。你们这一代孩子，太以自我为中心了。”

何洛失笑：“你和爸爸不也一再叮嘱我，千万不要把别人当成自己的生活重心，否则很容易失落吗？”

何妈哑然：“此一时，彼一时。”她想了想说，“我们不希望你过得辛苦。其实，当初你外公外婆对你爸爸也没少抱怨。”

何洛低头：“我知道了。”

* * *

何爸喜滋滋对何妈说：“冯萧这孩子不错，懂事，也有见地。”

何妈叹气：“我也挺喜欢这孩子。但我总觉得洛洛心不在焉呢。还是她大了，喜怒哀乐也不挂在脸上了？”

何爸笑道：“前些年她哭哭笑笑的时候你担心，现在沉静了，你又担心。你到底想咱们洛洛怎么样啊？”

“想她开开心心的。”

* * *

冯萧十二月底就要返回北京，和家人一起迎接新年。临行前一日，何洛一家三口陪他去冰雪大世界看了冰灯、雪雕，还买了木耳、榛蘑一类的特产让他带回去。

回到家里，何妈沏了热茶给大家暖手。何爸来了兴致，非要冯萧陪他下象棋。第一局何爸旗开得胜，接下来连输两局，第四局分外仔细，拈着棋子迟迟不决。

何洛笑道："爸，我和你们都下过，冯萧的棋力比你好很多，第一局他输掉，多半也是紧张。"

"到底是女生外向。"何妈扯扯女儿，小声道，"给你爸留点儿面子啊。"

冯萧说："何洛的棋下得也不错，经常和我打赌，谁输了谁洗碗。"

"那一定多数是她洗。"何妈笑道，"我知道洛洛，让她做饭可以，最厌烦洗碗了。"

冯萧笑着看何洛："可别说我告状啊。有时她连输两盘，就找借口，说，哎，天色这么晚了，我要走啦，然后拎包就跑，剩下一堆碗筷。"

何洛哼了一声："你还说，第二天我再去找你，家里还是一摞碗筷！"

"那不是你头天积攒的？"冯萧揶揄，"跑掉就能赖账？"

一室茶香，其乐融融。

* * *

何妈去接电话，转身喊女儿来听。

"家里很热闹，聚会吗？"章远声音低哑。

"没有，我爸……他们在下棋呢。"听见他嗡嗡的鼻音，何洛很想问一句——感冒了吗，还是太忙，没有休息好？嘴唇轻轻开合，问询的话语在舌尖打了个转儿又吞回去，只剩下几个毫无意义的音节，像是不耐烦时"唔唔嗯嗯啊啊"的应答。

"噢，我也没什么事情……你什么时候回北京？"

"一月十二号吧。"

"能不能……抽空一起吃顿饭？"

“恐怕不成，十三号一早的飞机回美国。”

“这么紧？那出来一下吧，一两个小时。”

何洛咬紧下唇，忍不住回头望了一眼客厅。何爸像孩子一样，拽着冯萧又开了一局，何妈在旁边支招，喊着“跳马，跳啊”。何爸很懊恼，“观棋不语真君子。”

“我不是君子，我是你家姑娘的妈！”

冯萧摊开双手，冲何洛无奈地耸耸肩。

何洛浅浅笑，低下头，刘海挡在面前，索性垂了眼帘：“他家里可能也有安排，我走不开。”

* * *

挂断电话，章远埋头，十指穿过头发，掌根压在太阳穴上用力按了几下。在何洛踢踢踏踏地走近之前，一家人的说笑声先钻入他的耳朵。他觉得自己像捞月亮的猴子，因为她照亮了黑夜，便去捕捉，落得满手支离破碎的影像。她依旧远在天边，笑容清冷。

最近公司事务繁忙，外部市场竞争激烈，负责技术的副总偏偏在此时跳槽，拉走不少老客户。总公司将副总的行政职能暂时分划给章远和另一位项目经理，提议他们拓展服务领域，但一时又找不到理想的新晋技术人员，只有和别家公司合作。各个组长推三阻四，又不公开反对总公司的决定。章远面对好高骛远的上级、唉声叹气的同事、隔岸观火的局外人，颇有心力交瘁的感觉。

此时专注地想一个人，也是奢侈。捉不住，便放手吧。

* * *

章远原组开发人员暂时交由马德兴带领。他挠头：“这次简直是纯通信设备支持，和我们相差太远，只能被合作方吃死，估计我们从别人牙缝里也抠不出什么肉渣来。”

“总比被自己人吃死好。”章远低声道。

马德兴明白他在说什么。风传天达上层意见不合，争权诸方拿新兴的软件公司做擂台，大家都无端成了权力斗争漩涡的中心，被动接令，上诉无门。

“天将降大任于斯人也。”二人异口同声。

章远感慨：“前提是我们死不了。”

* * *

拿到年终分红，加上前两期的项目款，他一次性付清房贷，便开始寻下家卖房。“河洛嘉苑”一带楼盘价位扶摇直上，市价已经达到七千三。马德兴说：“章远这次真是成功的投资啊，转手就挣了十万。我就说，买个远点儿的房，外加一辆好车。”

章远笑：“我也是无心插柳。”电话接进来，有一对儿中年夫妻通过代理找上门来，要求隔日去看房。

他摸出门钥匙，思忖片刻：“下周吧。哦，不，还是赶早好了。嗯？今天，那也好……”

康满星见章远要出门，忙喊住他：“章老大，你早退！”

“当我请假吧。我刚才和上头打过招呼了。”

“不是，你走了，我们那边搞不定。你也知道的，客户总打电话过来，问新插板旧插槽的，我也不懂啊。”康满星埋怨，“还不都是老大你惹祸上身？我早就说，维护工作，尤其是和硬件相关这部分，我们一点儿都不该管，给售后服务，或者是设备部嘛！”

“那你说哪部分我们来做？”章远抿嘴，语气强硬，“你当还是前几年，IT 那么好做？现在竞争这么激烈，能多做点儿是好事，左也推掉，右也推掉，过两天清闲了，也就是大家该走的时候了。”

“老大，你危言耸听。”

“多学点儿总没坏处，我也不是没有原则地接活。”章远欲言又止，看见康满星强作笑颜，叹了口气，“对不起，我刚才态度不好。但是，遇到逆境，规避是上策，变逆境为顺境，才是上上策。我去去就回，有事电话联系。”

“明白了。”康满星点头，“老大你先忙去吧。”

* * *

马德兴幸灾乐祸：“喂，挨骂了不是？”

“哪有，那是老大提点我！没听到吗，规避是上策，变逆境为顺境，才是上上策。”康满星嘁了一声，又小声道，“不过，最近老大心情不大好，他以前从来不会对我们摆臭脸的。”

“喂，不要背后诟病你的上级。”马德兴左右看看，“搞不好，以后还是我的上级。”

“你也听到风声了？”康满星一脸兴奋，“我就说嘛，组长现在名义上是代理一部分行政工作，但什么跑客户、参与全年总结，上面也很放权给他啊。要不是因为他资历浅，论能力，早就应该提升了。新的开发计划，他听一遍，转头就能把技术核心分析给我们，从不用反反复复地想。你说，他最近不爽，是不是为了人事上的事情？那天我们吃饭，他还感慨，以前从不会说‘应该没有什么大问题’这样敷衍了事的话，现在也要见人说人话，见鬼说鬼话了。”

马德兴啐她：“好好工作，不要嚼舌头，不怕我打小报告？”

康满星哈哈大笑：“马哥人最好了，宰相肚里能撑船。你肚量大。”

马德兴摸着二尺七的腰，瞪她：“好，你就讽刺我吧，千万别让我抓着你小辫子！”

“我有什么小辫子？”

“你对某些领导过分关心。”

康满星瞥了他一眼："你怎么和新来的实习生乔晓湘一样八卦？"

* * *

过分关心？开什么玩笑？康满星站在洗手间里梳头，心情恍惚，"哎哟"一声，梳子刮断几根头发。她心疼地看了看，低下头对着镜子左望右望，怎么看都觉得比大学时少了不少头发。

做 IT 真是摧残女性青春，掉头发长痘痘。康满星懊恼。

"你的头发看起来真好，又黑又密。"深藏心底的声音又响起来。

康满星叹气。很没骨气啊，总想看到章远赞许的笑容，尤其是从侧面，仰望，线条坚毅的下巴，有些方，但又不会太宽。

简直和冯萧一模一样。

冯萧出国两年半，不再有任何交集。说给在英国的好友殷潍听，她在电话里笑："其实我觉得你可以考虑一下你们头儿，你总是夸他，年轻英俊，温文有礼，前途无量。"

"饶了我吧。"康满星抗议，"第一，我每次看到他笑，都会想到冯萧，我可不想一辈子有这么个心理阴影；第二，我们头儿看着平易近人，其实像……像隔着一层玻璃，对大家没有保留，但是谁也别想接近。有时候，我真觉得他冲我们发发脾气也好，还能让我们知道这个人在想什么。"

"很高傲？"

"嗯……也不完全是，有些……孤单。"康满星断言，"给这种人当女朋友，一定非常累。算了，不说了，说多了你该讲我是酸葡萄心理了。"

"说来说去呢，还是萧哥最好。"殷潍叹气，"过去的，就都过去了，明白吗？"

明白，怎么不明白？呵，不该想了，你都是有老婆的人了吧。

谁唱的什么“原来暗恋也很快乐”，害人不浅。大三结束的夏天，听说他要结婚。还记得那是一个大雨滂沱的日子，她站在银杏树下，望着人去楼空的男生宿舍瑟瑟发抖，却再也不会见到冯萧，那个曾经帮她在实验室里收拾残局的男孩子，笑着说：“那台仪器也老了，坏掉就坏掉吧，如果导师问起来，我来扛着。”

为了他那让人宽心的笑容，二十岁的康满星辗转反侧，夜里两点半还没睡着，凌晨五点多就醒了，盯着日历牌，恨不得把所有和冯萧一起进实验室的日子用红笔勾出来。

以为那些说说笑笑的日子能够天长地久，听说他要出国，自己也鼓足了力气复习英语。但他忽然消失了，带着一个石头缝里蹦出来的未婚妻，没有上下文交代，比韩剧还狗血。

时至今日，或者，你根本就忘记了我这个师妹的存在。

“如果这样的暗恋也算快乐，那我每天简直都是幸福得冒鼻涕泡了。冯萧，你还记得我吗？记得你夸奖过我的头发很好吗？”康满星将梳子上的头发清下来，团成一小团，扬手扔在垃圾桶里。

* * *

中年夫妻对楼盘质量、户型、采光、物业管理等都没有太多异议，但总是希望价钱可以压低一些。

丈夫说：“老弟，房子从开发商手里出来是新房，自己卖就是旧房了，怎么说，价钱也不能叫太高了。”

妻子也道：“没错，其实我们也不是没房住，也不大着急买。要不是这边距离孩子的高中近，我们也不用折腾着把城南的房子兑到这儿来。”

丈夫又说：“你看，这边交通也不大方便，每天开车还要绕一大圈。”

章远四下环顾：“这房子我也不是用来投资赚钱的。只要本金加上手续费，还有一些添置的材料费，还算公道吧。”

* * *

夫妻二人絮絮地挑了很多无足轻重的毛病，比如距离小区中心花园不够远，晚上会吵；附近有苗圃，城里乡下人来人往太纷杂……章远均微微点头，不多说话。

那妻子说道："嗯，这楼盘的名字也太土气。河洛，河洛，说起来就像算命的。"

丈夫附和道："是啊，河图洛书，开发商一下把楼盘命名到河南去了。要不是附近现房开盘的太少，孩子又要开学了……"

章远不悦，收回钥匙："这边还有小户型，估计很多房主会有出租的打算。我还要回公司，咱们一起下楼吧。"

夫妻对视。妻子忙不迭地说："嫌货才是买货人。我们不过是说说，可并没有压价啊。"

丈夫也说："就是，我们坐下来，慢慢谈。"

"再说吧。"章远蹙眉，"我真的赶时间，改天再说。"

* * *

记忆中的盛夏，她说："总不能因为我的名字，就叫我来给你们算命吧？"孩子气的嗓音已经略微沙哑，却依然兴致高昂地转向他，"来，看章远花落谁家。"

还坏笑着问："不会是看破红尘立地成佛了吧？"

"这辈子又不是一副纸牌能决定的。"在多年前的慢火车上，章远笑着拂乱一桌扑克，"如果我认准的，管它天涯窝边，通通移植到窝里。"

当时不谙世事，勇气是天真和莽撞的混合物，随着年龄的增长，就像飞到高空的气球，砰一声炸裂了。

抽屉里还有大四冬天与何洛的合影，西服配唐装，傻傻两个孩子，笑得多甜。难道我们从此分飞，只能各自苍老，各自去爱？

* * *

冯萧回北京之后，何洛每日陪着爸妈参加各种亲友聚会。她从美国带了不少化妆品回来，打算新年家庭聚会的时候送给七大姑八大姨，何妈好奇国内外的差价到底有多大，非要拉着丈夫和女儿到商场一一确认。又看见有返券活动，何妈说："你表嫂快要生了，买些婴儿用品吧。"

何洛摇头："我就不去看了，我对这些东西又没有研究，不如去云微家一趟，给她外婆带了些西洋参。我还想去一趟音像店。爸，你要不要去附近的书店？"何爸倒是一反常态，对自动摇篮和新式磨牙器表现出浓厚兴趣，和何妈二人兴冲冲地指指点点。

爸不是最讨厌逛街吗，尤其不喜欢看和自己无关的商品，怎么人过了一定年龄，反而就像小孩子一样？何洛摇头无语。

* * *

音像店里和当年一样人潮汹涌，一楼零零散散放了一些正版音像制品，估计是到了年底要严查，架子上空了一片。年轻的店员是何洛不认识的新面孔，正大声回应着顾客的要求："大哥你说你要谁的专辑吧，别看架子上没有，你问就有！"

这样明目张胆。何洛笑着，也挤过去："有《阿甘正传》的原声 CD 吗？"

"啊，有……啊……没了！"小伙子一拍脑袋，"最后一套刚刚被买走。一时可能没有，等过了农历年还能来！你留个名字，等来货了我给你留一套。"

"哦。"何洛有些失望，"谢谢，我可能赶不上了。"

她低头，忽然 *San Francisco* 明快的乐曲声响起，飘荡在整个店堂里。

* * *

If you are going to San Francisco

Be sure to wear some flowers in your hair

If you are going to San Francisco

You are gonna meet some gentle people there

* * *

For those who come to San Francisco

Summertime will be a love-in there

In the streets of San Francisco

Gentle people with flowers in their hair

* * *

然后又是琼 • 贝兹的 *Blowin' in the wind*，木吉他牵动心弦：

* * *

How many roads must a man walk down

Before they call him a man

…

曲声悠扬，何洛站在楼梯口，听着楼上飘下来的歌声出神。高一的夏天，她把《鬼马小精灵》的 VCD 借给章远。假期结束，他说被亲戚家的孩子拿走找不到了。两个人一起来这家音像店，何洛选了《阿甘正传》，章远送给她。

在一起之后，某日章远在何洛课本的扉页上画了鬼马小精灵，无意中说漏了嘴："当然画得像，经常看啊。"

何洛佯怒："原来没有丢，你贪污我的光盘。"

"什么你的我的？"章远笑，"我的就是我的，你的也是我的。"又说，"其实你占便宜了，用九十分钟的电影换了一百四十二分钟的，多值！"

"谁占你便宜了？斤斤计较。"何洛噘嘴。

"哟，占电影的便宜还不够，还有我的？"章远凑过来，"哦，你想怎么样？"

* * *

似乎又看到了阿甘不知疲倦的脚步，横跨了北美大陆，一寸寸土地地丈量。路程有多远，爱就有多广博。

何洛忍不住向上走了几步，快到二楼时回头问店员："你们还有这盘CD的样品？不是新的我也可以拿。"

"噢，一定是刚刚买碟的顾客在楼上试听呢。"

"这样啊，那算了吧。"何洛转身。

身后传来砰的一声，还有一众人哧哧的笑声。一定是有人撞到头了。所谓的二楼，不过是由小阁楼改造而成，对外宣称是杂物间，来了工商税务文化局的检查队便锁起来。其实是D版仓库，举架很低，何洛站直时，头发堪堪蹭到天花板。像章远这样的高个子，一不留神，伸个懒腰就能撞到头顶。当初他最不愿意来这里，说店家一定是身高媲美赵承杰的"根号三"。

何洛走出门来，仰起头，纯净的蓝天上似乎还飘着那根白色羽毛。居然还会记得，这么遥远的事情。还有他不知从何处捡来的鸽子羽毛，抛起来，打着旋儿落下，再抛起来……还有他考试前递过来的巧克力，笑着说："生活就像一盒巧克力，考试也像，你永远不知道下次老师出什么题。"

* * *

章远脚步急促，冲到一楼的店堂里。CD 架前的女生背对着自己，米白色呢子大衣，麂皮裙子，及膝的长靴。她微扬着头，伸长手臂，纤细的指头滑过一排排 CD 的背脊。他轻咳了一声："你在找什么呢？"

"有周杰伦的最新专辑吗？"女生回头，一愣。怎么看，面前的男子也不像店员，他微笑着，似乎是认识自己多年的老朋友。

* * *

不是她。

章远尴尬地笑了笑，是幻听吗？刚刚在歌曲的间隙，似乎听到她的声音。他四下环顾，又推开店门跑到街上。公共汽车停靠又离开，街边有人扬手拦下出租车，两旁都是商场，每秒钟都有纷繁的脚步进进出出。商业区熙来攘往的人群，很容易就把搜寻的视线吞没。他给何洛家拨过几个电话，都没有人应答。从下飞机到现在三四个小时，章远都没吃什么东西，却也不觉得饿，只是站在凛冽的风中，觉得从北京带回来的大衣过于单薄。

由内而外，全身透着寒气。

* * *

Life is like a box of chocolate.

无法预期，无论相逢或分离，或者，就是在茫茫人海和你擦肩。

三、两个冬天·二

你离开了以后
我就这么生活着寂寞
两个冬天后
希望你是快乐你礼貌问候我
……
我的手指在颤抖有点不知所措
爱过恨过复杂的心忽然又复活
原来爱不会消失
只是心情已经不同了

by 侯湘婷《两个冬天》

章远走了一站地，回到高中的校园。年底了，孩子们正在准备联欢会，走廊里散放着桌椅、气球和彩带。有男生拎着冰刀一路小跑回来，被女孩儿堵在门口："自告奋勇说帮忙画黑板的，现在回来干吗，接着滑去啊！"

"我错了我错了。"男生一迭声赔着不是，抓住女孩子的手腕，"我这就去。"

"不用！"

"不用我，黑板上面你够得着吗？"

"我不会踩桌子椅子吗？"

"摔着你，还不是要我背你回去？"

“好啊，你咒我！”女孩瞪圆眼睛，“不用，就是不用！”

“我负荆请罪还不行吗？”男生从门边拽过一把扫帚，“要我扛着吗？”

“怎么用你啊！”女孩笑了，“你手那么凉，能拿得住粉笔吗？”

* * *

她，也曾经笑着把手背贴在自己的脖颈上，说：“冻死你！”

那时学校里用的是地下水，夏天也冰凉。扫除后她双手浸得发白，微扬下颌，调皮地笑着。握着她柔软的指尖，像握着冬天的冰雪，一不留神，融化了，消失了，掌心湿湿的，空空的。

* * *

“这样不行，灯管上面不能缠彩带，温度高了会着火，多危险啊。”

“老师，这是日光灯，不会太热的。”

“我说不行就不行。”

“小林老师，”章远走过去，“您还是这么认真。”

“噢，怎么现在回来了？”

“哦……接了一个项目，过来出差。”他找了个借口。

* * *

林淑珍很高兴见到爱徒，嘱咐学生们几句，便和章远站在走廊的窗前，问他和其他同学的近况。

“那时候我总说你们不懂事，淘气，结果现在的孩子啊，越来越有个性了。”

“这样也挺好，老师您可以永葆革命青春！”

“青春什么啊，儿子都上幼儿园了。”

“哦？几岁了？我总以为他才出生不久呢。”章远说，“上次我们去看您，他刚满百天。”

“那是什么时候的事情了，都好几年了。”

“是啊，您带完了我们这届毕业班，第二年要的小孩儿。”

那时候还和她在一起，两个人想要买点儿什么礼物，站在百货商店的婴儿用品专柜前，你看看我，我看看你，一起笑出声来。她还捶他的背，说笑什么啊不许你笑，自己却乐得脸都红了。在林老师家见到同学，大家还打趣道："如果你们以后结婚，小林老师可是当仁不让的证婚人啊。"

当时她还戴着他送的戒指，两人十指紧扣。真的，已经是很多年了。

* * *

“你怎么样了啊？”小林老师问，“有没有女朋友呢？”

“老师，您教导我们不要谈恋爱的，现在就我最听话吧。”

“你听话？那人家家长就不会找到我办公室了。”小林老师笑了，“据说何洛的爸爸当年是历史系的大教授，满面严肃地和我谈你们的问题，引经据典。当时把我紧张坏了。”她拍拍胸口，“你说，你俩给我添了多少麻烦。”

“我也一直挺怕她爸。”章远也笑，“不过后来他也没为难我们，此事就不了了之了。”

“是啊，因为何洛的数学成绩又上来了。我当时就说，何洛只是一时没有发挥好，你们都是懂事的孩子，在一起互相帮助，不会耽误学习。”

“原来您支持我们早恋。”

“我倒是想打压，压得住吗？”

章远笑了笑，不说话。

“对了，何洛回来了，前两天回学校来着……”小林老师叹了口气，“还是，挺可惜的。”

* * *

小林老师的儿子从转角跑过来：“下班啦下班啦，去买玩具枪。”

“小家伙，不去幼儿园！”章远拍他的脑袋。

“这是妈妈以前的学生，来，叫大哥哥。”

小男孩闪着眼睛，憋了半天，脆脆地唤了一声：“叔叔好。”

* * *

一楼门厅有一面落地的大镜子，是建校七十周年校友捐赠的。连日奔波，镜中的自己满面疲累，一身风霜。周围说说笑笑的孩子们，都是腰板笔直，头也是微昂的，正是不知道胆怯、不知道退缩的年龄。

他想起体育组的器械库外，还有自己高三时写给何洛的“Thanks”，一路找过去，赫然发现旧日的仓库被重新粉刷，墙角的杂草连根拔除，露出雪白的墙壁来。

冰场平整如昨，但护栏都是新的。

“原来不都是木头的吗？”章远问一个滑冰的男生。

“早就拆了，去年的篝火晚会都烧掉了，还有一些破桌子烂椅子。”

一点儿痕迹都没有留下。

一种无能为力的感觉袭上心头，这种挫败感遥远而熟悉，在他的生命中曾经真切地出现过一次。明明是踌躇满志、胸有成竹，怎知下一刻就要自顶峰跌落。而更令人追悔莫及的是，这时并不能埋怨命运的不公，而只能懊悔自己的盲目自信和疏忽大意。

* * *

高考答完最后一科，章远有一种楚霸王面对乌江，大势已去的悲壮。

这种感觉其实始于数学交卷，走出考场，就有同学迫不及待地交流答案，或者是答得太好，或者是太需要别人给一个安慰。章远不属于这两者，然而他听到别人说起某某大题的答案，和他记忆中并不相同。那道题他记不清具体数字了，但是他得出的结果是根号套根号，很诡异。就听到一个声音弱弱地说："我得到的不是这个数字，是好多根号啊。"

马上被另一个声音驳斥："你是不是加盖子了？题干里说得很清楚，没有盖子。"

那个微弱的声音有些低沉，沮丧地喃喃道："一个水箱，为什么不安盖子呢？"大家嬉笑起来。

一个水箱，为什么不安盖子呢？章远笑不出来。他心中一凛，在七月盛夏的阳光中出了一层薄薄的汗。

英语做得倒是出乎意料地快，还检查了三遍，又修改了一些地方。之后他才知道，那年的题目出奇地简单，他想得太多，后来反而都改错了。

* * *

考完之后两天，学校下发标准答案。他们几个都没有班级钥匙，于是盘腿坐在走廊上，一道一道看过去。章远一直记得，那天大雨滂沱，身后的水声几乎掩盖了大家低声讨论的声音。何洛忧心忡忡，说自己估分就在 640 左右，说道："但是感觉今年题目简单呢，录取分数线没准比往年要高一些。"

事实证明，她估算得略为保守了。稳健的英语和语文成绩，正常发挥的理化，还有超越平时水平的数学，让她的成绩在学年位列前茅——那是随便哪一所大学都可以去的成绩。而她要去的城市，将和他相隔一千公里。

* * *

成绩公布，几家欢乐几家愁。然而大家都不想放过这难得的假期，约着一起去游乐园。炎热的夏日里，没有什么比急流勇进更加清凉。在小船不断爬升时，何洛紧紧握住章远的手，几个女生高声叫着，飞速俯冲下来，每个人都浑身湿透。而章远并不觉得刺激，人生的大起大落，远比游乐场更叵测。

何洛买了棉花糖，回家的路上一直举着，像个天真的小孩子。但是她的笑容并不自然，章远明白，她和自己一样，不知道如何面对长久的别离。在道路分开的岔口，她仰着头，他伸手拂去她唇边一丝飘舞的棉花糖。那个时候，多想低头吻下去。可是他的心里，只有浓重的悲哀和深深的懊恼。高考前填报志愿时，他曾经对何洛说，随便她选择哪个学校，自己都可以考去她附近。那些轻易许下的承诺，还有不知天高地厚的狂妄言语，如今碎裂一地，如何捡拾？

* * *

在何洛前往北京的那一天，章远和同学们一起去送站。她被家人簇拥着，每个人都喜气洋洋。章远在亲友团的推搡下避让到水泥柱后面，两个人连拥抱的机会都没有。何洛走到他面前，伸出右手来。他也伸出左手，像以前每次走到回家的岔路口一样，二人四指握拳，拳侧轻轻一击，拇指肚顶在一起。在手指相碰的那一瞬，他看到何洛眼中起了一层雾，但还是抿着嘴唇，努力做出微笑的样子。章远心如刀绞，想要紧紧抱住她，让时光停留在这一刻。老师曾经说过，骄傲自大的人也更容易自卑。的确如此吧，章远忽然明白了这句话，深切地体会到，对于那些极度自信的人，是多么难以接受生命中的不完美。他暗自发誓，不能让这个女孩子有一丝不开心。然而，他没有想到，两个人自此真的走上了分岔路，渐行渐远。他太急于证明自己，却忽略了何洛的感受。

* * *

她曾经在公车上低着头，说：“我，总怕自己是一厢情愿的。”

是的，章远很怕，此时此刻是自己一厢情愿，天涯思君不敢忘。门外卖烤红薯的小贩依然还在，章远买了一个捧在手里，香气扑鼻，却一口都吃不下。

在两个人分手后，不是没有其他女生对他示好，看他打球，给他递水递毛巾。章远和她不远不近，在学校的主楼门前遇到，被她拉着，一起去吃冰棒。她咬了一口，就皱眉说牙疼，章远顺嘴接道："我的邻居是牙医。"

女孩仰起头："改天你带我去好不好？"

这是个多么美丽的姑娘，光洁的额头，小而翘的鼻头，饱满的唇，眼神中满是崇拜和爱慕。可惜，不是她，她不是她。章远心中浮现的，都是另一个女孩肿着脸，像松鼠含了松果的样子。他一时怔忡，过了片刻应道："你还是在学校附近看吧，那边太远。"

他写给何洛的第一张纸条，就是牙医的联系方式，扭成"又"字放在她的文具盒里，不知字斟句酌了多久才落笔——太过体贴，怕自己的心思流露了痕迹；太过随意，又觉得不足以承载他的关切。

这世界有千千万万好姑娘，但是何洛只有一个。

* * *

何洛到李云微家里时，保姆徐姨正在收拾饭桌。"吃过了吗？"她问，"屉上还有包子，刚蒸的，吃两个？"

"好啊！姥姥指导出来的，味道肯定错不了。"何洛笑着把西洋参交给徐姨，又拿了一个包子，馅儿是肥瘦相间的肉丁和白菜丁，偶尔还能咬到小粒的脆骨。"我最喜欢这样香喷喷的山东大包子了，吃着痛快。"她坐在云微外婆的身边。两三年过去了，老人的腿脚没有当初利索，但眼神依旧澄明，精神状态也很不错。

"小风也最喜欢这种了，不过云微比较喜欢豆角排骨馅儿。"

"小风？"

"常风啊，是云微打小玩到大的，不也是你们同学？"

“不是我们高中的，也许是云微的初中同学。”

“看，我都记混了，人老了记性就是不好。”外婆戴上老花镜，拿出李云微的高中毕业照，“云微爸妈走得早，她这些小朋友都没少帮忙。喏，去年春节，人家从北京回来就一个礼拜，还被云微抓着带我去体检。”

“哦？”何洛探头过去看。

“这个，高个子的孩子。”

集体照上他的面庞不是很清楚，但蓝白相间的校服无比清晰。何洛的心霎时软软的，嘴角扯出一个笑容。

“章远，是云微原来的同桌。”

“这孩子也很有心，每次回家都会来这儿看看。”

* * *

有人按门铃，徐姨从门镜往外看了一眼：“说曹操，曹操到。”

何洛不禁站起来，手里还举着半个包子。

“外面好冷啊。”他在门厅跺着脚，还不时把手里的烤红薯按在耳朵上。牛仔裤，半长的深蓝色大衣，还有一张缺乏睡眠的脸，扬眉时，额头隐隐有了细纹。

北京的见面是在夜色中，看不出彼此眉眼间的变化；此时站在午后明亮的客厅里，冬日煦暖的阳光倦倦地洒一脸，所有细枝末节无所遁形。

那些花儿都老了。

* * *

章远眼睛一亮，紧皱的眉头舒展开来：“这么巧，没想到，这个城市也太小了。”他和外婆聊了几句。刚坐到沙发上，口袋里清脆的一声响，他连忙掏出来放在桌子上。

CD 盒，《阿甘正传》的原声唱碟。

“好在只是盒子裂了。”他舒了一口气，“早就过来了？”

“哦，才到，上午陪爸妈逛街来着。”

“叔叔阿姨呢？有你这么陪的吗？”

“他们在看一些和我无关的东西。”她信手翻看着 CD 的曲目。

“第二张第三首。”章远说，“*San Francisco*，是你在的城市呢。”

“我不住在那儿，不过距离很近，经常去。”

他笑：“Gentle people with flowers in their hair，真的人人戴着花儿吗？”

“呵，那不成了大雁飞过菊花插满头？”何洛也笑。

这是半个月内的第二次邂逅，笑过之后，一时间不知道说什么好。

* * *

“远啊，最近胃还疼吗？”外婆问，“我听云微说，怎么，你前段时间住院了？”

“啊。”章远抬头，看着外婆，发现何洛也抬眼望着自己，目光相遇，她又低下头去。他笑了笑：“没什么大事，同事们太紧张了，我那天就是喝多了而已。”

“你们年轻人啊，都不注意身体，云微也是，可要按时吃饭啊。对了，洛洛你上次来学熬粥，你那个小朋友后来好些了吗？”

何洛不知道说什么好，尴尬地笑了笑。

老人家毕竟精力不济，聊了一会儿就倦了，章远和何洛起身告辞。

* * *

两个人并肩走在街上，胳膊偶尔碰在一起，然后又荡开。十字路口的积雪被车辆碾化后又结成冰壳，章远一个趔趄险些跌倒。何洛在他的肩头扶了一把，不待他说谢谢，就飞快地抽回手，揣在大衣口袋里："你要是摔倒了，我可拽不动。"

"我可不像某些人，走路能撞到电线杆，还痛得吱哇乱叫。"章远微笑，"到了冬天，就摇摇晃晃走得像只企鹅。"

"没人和你贫嘴。"她抬头，"说真的，你当心一点儿自己的身体。定时定量吃饭，少食多餐，不要吃得太着急，不要吃得太油腻。"

"你在北京已经念叨过一次了，可真比姥姥还像老太太。"他蹙眉抱怨，下一刻却忍不住翘起嘴角，眼中蓄了浓浓的笑意，"好了，忙过这段时间，我就修身养性，像太上老君一样开炉炼丹。"

"好吧，我也不多啰唆了。"何洛站定，微扬着头看他，冷风刮在脸上针刺一样地痛，眯上眼睛，熟悉的轮廓渐渐模糊。她顿了顿，深吸一口气，"那……我回去了，爸妈等我吃晚饭。"

"时间还早，再走走吧。"章远说，"好久不见了，等你下次回来，不知道是多久以后了呢；也不知道那时候……"他欲言又止。

何洛垂下眼帘，她明白章远没说出口的后半句："也不知道那时候你会不会有了新的身份，成为别人的妻子。"这个念头让她心生感慨，然而正因如此，她知道自己不应该停留更久。转身离开，微笑着说再会，才算得上果断、坦然。

章远看出了她的犹豫，补充道："就当帮我个忙……有些事情还想问问你。"

"我？有亲戚朋友要出国吗？"何洛抬起头，"最近倒是很多人问我申请的步骤。"

"一些工作上的事情。"

“IT 方面我是外行，你知道的。而且听说你们公司发展得很不错，我就不要班门弄斧了吧？”

“也遇到不少棘手的事情，没少碰壁，风光只是表象。”章远蹙眉，“有些新想法，想听听你的意见。”

我有朋友是计算机专业的，在硅谷实习；校友聚会上认识的师兄，现在在 IT 领域发展得不错，可以介绍你们认识……何洛脑中闪过一百种回答，然而望着面前章远疲惫倦然的目光，却是她无法拒绝的请求。

“手机借我。”她说，“我和爸妈说一声好了。”

* * *

寒风凛冽，刚走了一会儿，两个人就开始抽鼻子。用光了何洛包里所有的纸巾后，章远建议去麦当劳。“进来暖和一下再走？”他耸肩，“就是要委屈你吃洋快餐了，档次比较低，没问题吧？”

“那倒无所谓，在美国我还真的从来不吃。国内的改良过，而且做得也精致些。”

店里人很多，没有空位。“咱们还是去前面的咖啡厅吧。”章远说，“等我先买点儿东西。”

何洛站在窗边，看着他在乱哄哄的一群小孩子和家长中排队，知道他一定会买苹果派。偏偏又来到这家店。她转身，临窗的高脚凳还在，似乎还听得到郑轻音哭哭啼啼地问“你会拥抱她吗”“你会 Kiss 她吗”“你会和她结婚吗”……“如果，你愿意一辈子和她在一起，也许是真的喜欢吧。”

然后是章远摸着下巴故作严肃地说：“啊，你没发现吗，我还是很帅的，你要看紧点儿。”

这些似乎都是很久很久以前的事情了，至少何洛已经许久不曾回想他们在一起的时光。尤其是在故乡共度的最后一冬，想起来就会感到凄冷。似乎雪夜中还伫立着茫然无助的自己，在冰天雪地的街角痛哭失声；他甩手走开，消失在路灯照不见的黑夜里。那一段过往，她懒于回忆。有时候铭记伤痛，比遗忘幸福，更需要执着的勇气。

* * *

章远果然举着两个苹果派过来 :“怎么了，冷吗？”

“嗯？”

“看你缩着肩膀。”他递给何洛一个，“吃点儿热乎的。”然后又促狭地笑。

“又想到什么恶心笑话了？”

“哪个笑话比得过你的手纸？”他扬手，“看，又要了一沓儿。”

“放心，我不是心脏的人，当作没听到。”何洛拆开包装，“这个和美国人家里做的还不一样，去年感恩节我还学了怎么做。”

“味道差不多？”

“嗯，像一个圆的蛋糕，外皮不是这样的。”她咬了一口，“这种特殊的味道是 Cinnamon。”

“什么？”

“Cinnamon，月桂，卡布奇诺里面有时也撒一点。”

“听起来很专业。”章远笑，“别是光说不练哟，什么时候做一个来尝尝。”

“国内家用的烘焙工具和材料比较难买。本来我想带月桂粉回来，给叶芝她们调咖啡……”

何洛说了一半，想起临行前冯萧带着购物单去了一趟超市，回来递给她一个小盒子 :“喏，你要的 Cinnamon Powder。”

Cover Girl ？这不是彩妆品牌吗？何洛看着盒子的包装，无比纳罕，果然是一盒散粉。

“老大，这是月桂皮色的散粉，化妆品啊！”她笑得肚子疼，“是定妆用的。”

“啊？我看到写着 Cinnamon 和 Powder 就买来了。”冯萧也笑，“算了算了，你留着用吧，我就不去退了。”

“你没见过月桂粉吗？褐色的，只适合黑 MM。”何洛摇头。

“我只负责吃，没有研究过你的瓶瓶罐罐啊。”冯萧说，“要不然夏天咱们去夏威夷，你晒黑点儿，变成炭烤面包？”

交错的记忆，霎时提醒她，你的身边已经有别人陪伴，和眼前这个人，毕竟是过去时了。

章远的手机隔几分钟就要响一次，他听着电话，嘴角还沾了些果酱。何洛停住脚步，抽出一张纸巾递给他。章远擦拭的时候，手里举着的苹果派又蹭到脸颊上，自己不知道，依旧讲着一串何洛听不懂的专业词汇，表情严肃而陌生。她微歪着头看他，站在积了冬雪的大街上，人潮来往如海浪，忽而觉得他还是当初的少年，忽而又觉得两个人像站在地球两端一样遥远。

* * *

两个人找到一家咖啡厅，在木棱窗前的沙发坐下。何洛说："刚才你说的术语我都不懂，看来未必能提供什么建设性意见。”

“哦，我们最近在争取一家挪威客户，有些技术内容我也没接触过。”

“那怎么办？”

“活到老学到老嘛。这个行业更新快，你也知道。”章远说，“你距离硅谷很近吧？其实如果有机会，我很想了解一些大公司的运作方式，以及那边的行业标准。”

“我认识一些朋友。”

“不认识印度哥们儿？”他笑，“恐怕全中国的外包软件量，都比不上印度一家公司。”

“他们有语言优势，也比较规模化吧。”

“印度的公司比较成熟，美国拥有核心技术，可以制定标准；印度主要做子模块开发和独立的嵌入式软件开发。而我们大部分做的还是应用软件。”章远说，“国内公司发展不起来，主要是美方对公司规模和正规化要求很严，国内的草台班子根本通过不了审查，但正规一些的大公司还不屑于做这样的外包业务。不过从市场和人力资源来看，我们都有优势。”

完全是何洛不知道的世界，她有些茫然，不知道如何应对。

“这也只是一个想法，还不确定可行性如何。”章远说，“国内大部分IT企业规模小，急功近利，产品种类单一，质量不高。集成业务火热的时候，所有的人都去做集成；企业信息化的时候，所有人都去做信息平台。不过没办法，我们首先要保证自身的利益和生存空间，然后才能求发展。这也是国内人力资源过剩、恶性竞争的一个循环。其实整体的理念，相对国外成熟的企业，都还很滞后。”

“如果你这样想，不妨在适当的时候，走出去看一看。”

“本来，我们几家公司一同联系了去西雅图和硅谷的商务考察，就是今年春天。”章远放下搅拌咖啡的小勺，“但是，因为非典取消了。”

“哦，机会肯定还会有。”何洛拨弄着CD盒子，似乎听到他怅然地轻声叹息，心里不禁闪过一个念头，如果，如果那次旅程没有取消……她不敢多想。有的事情错过了，并没有回旋的余地。

* * *

这一刻相对无言。何洛低下头，读着CD盒子上的歌名。章远想问她些什么，又怕她下一刻起身就离开，从此再不回头。

“我让他们放来听听吧。”章远拿过碟片，和咖啡香气一同氤氲开来的，还有一首首流淌的乐声。“加州好玩的地方挺多吧，”他说，“四季温暖的阳光海岸。”

“我还真没怎么玩儿，抽不开身。去年夏天通过了博士资格考试，以后不用选很多课了，但又要一直关在实验室里。”

“你们现在做什么？克隆吗？”

“一百个人里面九十九个会这么问。”何洛笑，“也算吧，但不是你们想象的那种，什么多利羊之类的。我们主要还是做基因的表达与控制，还有一些疾病基因的功能性研究和疫苗开发，所以很多人毕业之后去了药厂。”

章远听了何洛的描述，笑道：“上帝之手呀，创造生物。”

“哪儿啊。常常盯着显微镜，做实验到后半夜。我大四有一次连续三天一共睡了八个小时，估计下半年确定导师后，这样的日子也是家常便饭。”

“大四？什么时候？”章远蹙眉。

“拿到 offer 之后。那时我觉得自己还有很多东西不知道，都说国外学生动手能力很强，我很担心自己到美国之后丢人，所以跟着研究生做了很多实验。”

“没有听你提起过。”

因为你那时并不关心我的喜怒哀乐。她笑得勉强：“我也很少和别人说起这些，有点儿辛苦，挺挺就过来了。”

“你向来报喜不报忧的，”章远清楚何洛的脾气，“也从来不示弱。如果你说有点儿辛苦，那么一定是非常辛苦了。”

“每个人都有每个人的不如意，和很多人比起来，我的路算是一帆风顺，没有真正吃过什么苦，所以现在也没有什么可抱怨的。”她淡淡一笑，一缕额发垂下来。

* * *

“田馨，还有你一起出国的大学同学呢？大家一起相互还有个照应吧。”章远问道。

“关系特别亲近的，离得都蛮远。田馨在美东，我们俩的距离大概比从这儿到新疆还远吧。满心本来也在东部，不过她去年就辞职回国了。”

“这么快？”章远惊讶，“听你说起过她，似乎挺厉害的一个女生，是国内有什么更好的职位？”

“她……一些个人原因，没有回大城市，在海边开了一家青年旅社，现在想做一些保护当地环境的项目。”

章远感慨道：“不顾别人的眼光，走自己的路，还真是让人佩服。”

何洛点了点头，微笑起来：“是在说你自己吗？好多人觉得她的选择太可惜了。”

“那么好的前途都能放下，必然是因为心中有更重要的事……知道自己最想要什么，并且勇敢去做，让人佩服。”章远坐在灯影里，棱角分明的脸半明半暗，“可大多数人，只知道追逐，不懂得珍惜和取舍。”他停下来，这蝇营狗苟的众生中，似乎也包括他自己。

“有时候，不是要去追逐什么，而是不清楚自己的方向，只能向前走，不可能，也不敢停下来的。”何洛想要理清心中的思绪，但是发现找不到合适的措辞，“不过你也是那种知道自己最想要什么，并且勇敢去做的人。”

我曾经以为自己目标明确，但其实何尝不是在追逐的过程中，失去了最宝贵的东西？章远想要紧紧握住何洛的手，告诉她说：“我错了，这些都不是我想要的，我只要你回来。”可是她目光投向一旁，看着周围墙上的老照片，并没有在自己身上多做停留。

章远黯然。你凭借什么去争取她？在那些她忙碌辛苦的日子里，你又在哪里，竟然毫不知情。当她面对即将到来的拼搏和挑战时，你又在何处？他似乎可以想到，疲累的她走出实验室，有人开着车接她回家；在她需要鼓励和安慰时，轻轻吻上她素净的额头。终究，那是自己给不了的贴身关怀。

* * *

二人间的沉默有些尴尬。章远又问道："云微现在怎么样了？我是说她的个人问题，一直没好意思问她，显得我很八卦。"

"似乎没什么动静。她说打算有点儿积蓄就回来工作，方便照顾外婆。"

"靠她一个人还是有些辛苦。她和许贺扬，再没有可能了吗？"

"许同学离得那么远，能帮上什么？他们当初分手，也不仅仅是距离的原因。而且，就像你当时说的，两年后，可能什么都变了。"

"我说的吗？"

"是。"

"真的，什么都变了吗？"

何洛点了点头："真的。"

"是吗……"章远强自笑笑，"也对，估计再过两年头发都要大把大把地掉了。"

面前还是当年那个曾让自己心动不已的男孩子吗？为何心里安静得没有丝毫伤痛？何洛无法辨别自己的思绪，胸腔里感觉不到心脏的跳动，似乎它凭空消失了，血脉经络被打了死结。她不想继续留在这里，生怕宁静背后酝酿着风暴，下一刻就无法压抑心中漫涨的情绪，那些辛酸、惶恐和愤懑的过往会迸发出来。

"你也注意身体，别太辛苦。"她站起身来，"咱们走吧。要是有机会遇到和你工作相关的朋友，我会帮你们搭搭桥。"

似乎结束了一场学术论坛。我们之间的话题，仅剩这些了吧。

* * *

"我送你吧。"他说。

“不用了，你刚刚不也说就回家几天吗，多和家人聚聚吧。”何洛看表，“现在还早，我打车回去就好。”

“好吧……”章远拍拍口袋，“你先走吧，我抽支烟。”

不想眼睁睁地看她离开，再次验证自己的无能为力。

章远转身走回店里坐下，定定地看着一桌五子棋的残局，不知到底谁才是真正的输家。

本来想把 CD 送给何洛，她忘记拿，扩音器里还在悠悠唱着。

* * *

How many roads must a man walk down

Before they call him a man

…

手机响起，康满星气急败坏地喊着："老大，您到底什么时候回来啊！我都要撑不住了。大老板说我们争取客户不够积极，都要怒发冲天了。"

“怒发冲冠吧。”

“冠？你在这么关键的时候请假，我们这边就急得什么冠都被冲掉了，只能冲天了！”

“我明早赶回去。”

“不是我催……你这么匆忙回家……不是家里人……”

“都好，是我瞎紧张了。”章远交代了几句工作上的事情，端起手边的咖啡，已经冷了，苦涩难咽。

* * *

何洛回家吃晚饭。何爸蹙眉 :“和同学去哪里了，身上还有烟味儿? ”

“不是我们，是旁边那桌。”

“洛洛，来，帮帮忙。”何妈把女儿叫到厨房，小声问，“看到谁了? ”目光疑惑。

“没什么。”

“问你是谁，你说没什么，这不是答非所问吗? ”何妈摇头，“你们还有几个同学在这边，他不是去了北京? ”

“真的没什么。”面对洞察天机的母亲，何洛乏力。

“冯萧是个好孩子。”

“我也知道。”她帮忙盛菜，“妈，我不是小孩子，相信我，我有分寸的。”

* * *

二十几天的假期稍纵即逝。何洛返美前夕住在叶芝的宿舍，洗漱完毕，躺下来看见上铺熟悉的木板，恍然间不知身在何时何地。

“我总觉得，还是在读本科。”她说，“长大真累。”

叶芝用筷子绾了个发髻，拿着桌上的矿泉水瓶作话筒，“发表一下重逢感言吧，叶芝频道现场报道! ”

“他说明天去机场送我。”

“你怎么说? ”

“我能说什么? ”何洛摇头，“自然拒绝了。冯叔叔和阿姨都去送我们，还有冯萧的弟兄们。他不应该出现在这样的场合。”

叶芝听了何洛的描述，跪着凑上来打量她的眼角 :“让我看看，你是不是口是心非? ”

“哪儿有？你看仔细点儿！”

“那他没坚持？”

“坚持什么？无非是客套一下。如果不是偶然遇到，我想他以后都不会再联络我。他一向很傲气，也不会低三下四地去祈求什么。”

“对。买卖不成仁义在，他不能给你拆台！你也不能不为冯萧考虑，人家在美国和你一天到晚举案齐眉的。”叶芝点头，“不过，你和某人可以人约黄昏后，哈。我可不相信，这一次又一次，都是偶遇。就算是偶然，也是偶然中的必然。”

“不要乱说！”何洛嗔道，“本来我没想什么，你非要说出点儿什么来。”

“生活寂寞，需要花边新闻调剂。”叶芝不死心，又问，“真的没什么？你真的没有怀疑这种偶然性？你的心海就没有泛起一圈圈涟漪？”

“我回到国内，觉得自己从来没有离开，但估计返回美国，又觉得自己从来没有回来过。”何洛阖上眼，微仰着头，“这是我现在的生活，感情之外，还有很多其他的因素要考虑，并不是某一个人某一句话，就可以推翻，重新洗牌的。”

“女人冷漠起来也很可怕。”叶芝摇头，“这也好，冯萧是个很好的男生，有他照顾你，我们大家都放心。”

我不是冷漠，我是不敢深想。何洛翻身，面向白墙。迷迷糊糊地想，缅怀过去太过心痛，回头太难。我们的人生是两条直线，又不平行，交会过一次，从此便越行越远，永不能再重逢。

* * *

春末时分，章远的事业渐上正轨，风生水起。他已经被提拔为总经理助理，分管和各大国有单位合作的相关事宜。这消息在老同学中传得轰轰烈烈，经过几千公里的过滤，在何洛眼中不过是网上的几行字，大家说章远高升，纷纷要他请客。

更有人爆料，说章远早就买房，因为他买房不买车，每天挤公车或者打车上下班，已经成了同行的笑料。还有人说，他或许早就做好金屋藏娇的打算，没准工作再上个台阶，就会请大家喝喜酒。

万一见客户，也是要西装革履吧。何洛想到他拎着公文包，挤在北京颠簸的公共汽车上，伸展不开。但他上次对于买房一事矢口否认，或许已经有了理想的追求对象，即使曾经等待过谁，最后他的怀抱也不会落空。

* * *

到了那时，自己再不是他的唯一。

和他，终于也是陌生人了。

四、听说

只能被听说安排着关于你我的对的或错的
两个人曾经相似的却以为都变了

by 刘若英《听说》

章远拿到总经理助理的任命书，有了自己的办公室，人事部还指派新来的实习生杜果果做他的秘书。杜果果不久前刚从上海来北京，说话轻巧且快。

章远说：“果果这个名字念不好就成了蝈蝈。”

“原来的朋友都叫我 Apple。”她面色红润，声音清脆，的确像一只烟台苹果。

“你刚来，有什么不懂的，可以问我或者满星。”

杜果果点头，又转转眼睛：“老大，我想问问，以后你进进出出，大堂的保安会向你敬礼吗？”

“嗯？”

“我那天看到董事长进来，所有的保安都立正敬礼。下次我跟在你身后好吧？不要太威风哦！”

“似乎只有董事长有这个资格，这座写字楼都是他的。”章远笑，“或者是保安公司的头头。”

“这样啊。”杜果果也笑，“没关系，我每天向老大敬礼。”说着脚一并，扬手喊了句，“嗨，希特勒！”

* * *

“新来的女生还真是够嗲的。”实习生乔晓湘扯扯康满星的衣袖，“她不是学通信的吗？又不是文秘专业，为什么让她做章远的秘书？如果说熟悉业务，她又是刚来的，不会帮倒忙吗？”

“因为最近我们拓展的业务，都在通信领域吧。”康满星说了一半原因，不禁想到马德兴私下里告诉她，任用杜果果是章远自己的决定。

“他喜欢这个类型的？”康满星讶然。

“不是。”马德兴得意地挑眉，“面试那天你去见挪威人，我去当考官了。面试的女生有几个，好几个去了人事和财务，但只有杜果果面对章远的时候最自然。”

“嗬，你是火眼金睛？”

“不是我，是市场部方斌说的。他天天和客户打交道，那个人精的眼光，你总信吧。”

“有道理，章老大也是个人精。”康满星点头，又摇头，“你们这不是害他吗？平时就看不到几个女人，好不容易找个秘书，你们又安置一个对他不感冒的，难道让老大去做和尚？”

“是，看到的都是你这样不像女人的女人。”马德兴总不忘揶揄她，“傻瓜，到底你是新人……”

“嗯？有什么八卦？快说快说。”

“章远有女朋友啊，在美国。”马德兴无比得意，“那次医院的护士长说的，要不然他那么积极买房干什么？”

“又是美国……”想到冯萧，康满星有些黯然，“那个地方有什么好啊，所有的人都削尖了脑袋钻过去。”

“是啊，这两年也没听章远提起他女朋友，我知道了都不敢多问。”

“八成是劳燕分飞。”康满星歪歪嘴，“而且那边女生少，抢手得很，所以出国前临时抓一个就结婚的男生，也不是没有。”

* * *

她心绪不佳不想工作，看见大学同学常风在 MSN 上，打开对话框就扔了一句“Kick”。

“满星姑娘，我招你惹你了？”

“没事儿，心情不好想抽人。”

“好，打完左脸我让你打右脸。”

贫嘴几句，常风又说：“别说哥们儿没有提醒，过两日你的仇家就上门了。”

“谁？”

“项北，还记得吗？”

怎么会不记得？虽然打交道不多，但这位师兄一向对自己吹毛求疵，如果不是看在他和冯萧是好友，满星才不会和这个眼高于顶的男生打交道。

冯萧，冯萧，你总是阴魂不散。常风刚刚说起他的消息，因为学术表现突出，刚刚获得国家优秀自费留学生奖学金。

他到了哪里，都是最优秀的。康满星想。这些都和我无关，没什么值得开心或者懊恼的。想着想着，还是忍不住跑去冯萧学校的网站上，一步步链接到系里的主页，想从一条条新闻里找到关于他的只字片语，没有留心章远拿着文件站在她身后良久。

他的目光停留在角落熟悉的校名上，一时忘记言语。

* * *

“啊，老大！”康满星回头看见章远，吓了一跳，“我，我不是偷懒摸鱼啊。”

“哦……”

“只是同学告诉我一个好消息，忍不住来看看。”她忙乱地关掉闪烁的MSN对话框，又去点网页。

“你同学在这个学校？很不错呢。”章远笑，“什么好消息？”

“我师兄拿了国家留学生奖，据说有五千美金呢！”康满星尽力表现得兴奋开心，“关键是每年全世界的中国留学生，就评出这么两三百个！”

“牛人啊！”

“是啊，成绩好，人缘好，动手能力强，还是原来系足球队的主力。”

“哦……”章远露出恍然大悟的神色，“不仅是你的偶像，还是……”

“老大你和他们一样八卦！”康满星撇嘴，“人家啊，可能已经结婚了，至少我知道他已经订婚了。”

“好，我不八卦。”章远放下文件，“这些，你帮忙给Apple讲讲。”低头之间，看见google搜索页，每一个搜索条里，都标着红色的“冯萧”。

“冯萧？”他下意识念道。

“哦，哦，就是我说的师兄。”康满星手忙脚乱。

“已经，订婚了啊……”

“呃，是啊。”

章远勉强笑笑：“没事，下次我们多介绍有志青年给你。”

* * *

李云微问起冬天两个人的重逢：“真是的，跑到我家去碰头，一点儿都不浪漫。姥姥和徐姨又不知道内情，连个煽风点火的人都没有。”

“以后不要再提她了。”章远冷冷地说。

“嗯？”

“够了。人总是要往前走的，我不想为了这件事情牵扯太多精力，最近工作上的事情已经让我焦头烂额了。”

“可是……”

“已经太晚了。”

没有任何预警，比“9•11”来得还突然，世界在一瞬间崩塌了一个角落。订婚，是什么时候的事情？在这个冬天里吗？他毫不知情。坏消息总像一条盘尾于草丛深处的蛇，什么时候踩到了，便露出森白的牙，闪电般咬上你一口。更可恶的是，它一直在那里，危机四伏，但在感觉到疼痛前，你毫不知情。

* * *

冯萧在旧金山中国领事馆参加了颁奖仪式，致辞时他说：“虽然很俗气，但我还是要和获奖的每一位同学一样，感谢给予我指导和帮助的师友，感谢远在北京的父母，感谢一直在身边支持我鼓励我的人，特别是，”他向着台下伸长手臂，“我的女朋友，何洛。”

众人微笑着鼓掌，目光聚过来。

何洛说："你的答谢词也太老土了。"

"那下次你来准备讲稿，"冯萧贴在她耳边说，"贤内助食谱秘籍。"

何洛向后微倾，侧头看他："养猪秘籍吧。"

"喏，这回有资金了，我们夏天的时候去阿拉斯加，或者夏威夷，你喜欢哪边？"

"暴发户，你不是打算换辆车？"

冯萧耸肩："想做的事情太多，再说，军功章里……"

"别，别酸我了。"何洛笑，"大热天的，要我出鸡皮疙瘩给你看吗？"

* * *

二人心情都不错，从蜿蜒的花街一路走到渔人码头。Pier 39 有一家叫作 Bubba Gump 的主题饭店，一向是何洛的最爱，店里摆放着《阿甘正传》的海报、剧本、服装，菜单也别具一格，写着诸如 Run Across America、Ping Pong Shrimp 一类的菜名。

一队游客模样的日本小孩子说笑着，还有人举着 Run Forrest Run 的牌子，在听到店内音乐的时候，把一朵假花别在侍应生的鬓角，拉着他一起照相。

歌声飞扬，*If you are going to San Francisco，Be sure to wear some flowers in your hair.*

"我们换一家店。"何洛说，"今天这里太闹了。"

"你说了算。"

* * *

何洛买了两份奶油蛤蜊浓汤，盛在硬壳的面包碗里，拉着冯萧在露天长椅上坐下，偶尔有海鸥飞来，她便撒些碎屑。街边艺人吹着萨克斯，暮春的空气中飘散着咖啡香，混合着低沉徘徊的爵士乐。这里可以看到海景，夕阳坠下，红色的金门大桥被镀上柔和的金黄，温暖沉静。

何洛慨叹道："天气好不好，真是不同的感觉呢，心情都会不一样；还是说，心情不同，眼中的景物都不一样？"

"怎么这么感慨？"冯萧笑，"《岳阳楼记》里早就说过，淫雨霏霏和春和景明当然不同。"

"想起上次满心来，海上雾气弥漫，都看不到金门大桥的尽头……那时候，大家似乎都有点消沉，所以印象中金门大桥就是阴云密布的。"

"到底是女生，感情细腻，其实就是季节不同嘛。"冯萧喝了一口汤，"听你说起过，满心回国的决定还挺匆忙，有些可惜了。"

"以她当时的状态，回去或许是好事。"

"每个人都有难熬的阶段，咬牙坚持过去，也许就雨过天晴了，才能看见更好的风景。"冯萧指指远处的大桥，"说来也奇怪，你一向都很谨慎，居然很支持她一时冲动的决定。"

何洛莞尔："也许我的谨慎就是表象，其实我也是个冲动的人呢？"

"冲动的念头当然人人会有。"冯萧揉了揉她的头发，"不过你不是会被冲动情绪驱动的人。你也就是想想，不会走错路的。"

什么是对，什么是错？蔡满心的选择，只是不寻常，但是，她有她的理由，何谓对错呢？何洛心中这样想，嘴唇翕动，并没有讲出来。她明白，好友并不在意他人的眼光，但也并不愿成为别人茶余饭后的谈资和争执的话题。

* * *

"我这学期结束后要去美东一段时间。"冯萧没有留心她的情绪变化，低头继续喝着汤，"上次和你提到的那个土木工程实验室，要和我老板合作，对方的负责人也是当年'9•11'之后调查组的专家之一。"

“去多久？”

“短则半年，长则一年，项目是这样的。但似乎我的老板有跳槽的打算，那我们几个博士生肯定就要跟过去了，也比较麻烦。”

“是啊，又要转学，又要搬家。”

“这些都不算麻烦。只是，”冯萧顿了顿，抬头笑道，“每天又要想实验，又要想你。”

他在艺人那里点了《西雅图夜未眠》的主题曲 *When I Fall in Love*，说：“我不想离你太远。”

“那，我也找一个去美东实习的机会吧。”何洛想了想，说。她微阖着双眼，随着拍子轻轻摇摆。把那些欢快的歌声甩开吧，把那个额头撞在天花板满脸倦色笑容淡定的人甩开吧，把那朵旧日的花儿丢在风里吧，不要让它在心口腐烂。

* * *

“洛，你真打算先做一段时间实习生？”导师戴维斯蹙眉，“你知道，我们实验组人手有限，而且你一气呵成，拿到学位也比较快些。虽然去大药厂也是个不错的出路，但是我们组有很多商业合作项目，可能比你做实习生更能了解目前的尖端技术。”

“戴维斯教授，我主要还是有一些私人原因。我男朋友可能会去美东一年。”

“个人原因，或许是家庭原因？”戴维斯教授了然地笑，“萧是个好男孩儿，你们在一起很般配，我无法阻拦，好的，我会给你签推荐信。”

“谢谢戴维斯教授。”

“我也希望一年后你还能回到组里。”教授夸张地耸耸肩膀，“亲爱的洛，你的博士生资格保留着，但那时你要和新的申请人竞争奖学金了。”

“我明白。所以我想趁早和您打招呼，以免耽误今年组里的招生录取。”何洛笑笑，“我会努力杀回来的，为了师母独家秘方的天使蛋糕。”

戴维斯教授哈哈大笑，胡子一翘一翘的：“一桩是一桩，既然你告诉我一个消息，我也告诉你一些事。不知道你想先听好消息，还是坏消息？”

“我通常选择先听坏消息。”

“哦，你会后悔寒假花了 700 美金买回国的机票。”

“已经是很好的折扣了呀。”

“因为……”戴维斯教授狡黠地笑，“我能提供你免费机票，往返旧金山和北京，中国一月游。”

“什么？”

“你还记得姜吗？他去年回到中国，去你的母校做客座教授，似乎中国政府给了他很不错的待遇。他邀请我去讲学一个月，我需要一名助手和翻译，而你是最好的人选。”

“姜教授是新聘任的长江学者，这个我知道。但是您从来没说过要我给您做翻译的事情。”

“也是刚刚决定的。”戴维斯教授挠挠头，“本来我打算找别人，但是既然你决定去实习，我想先做完手头的实验，你可以暂时不接新任务，免得到时候半途而废。而且姜很得意，说他的实验室在国内是最好的，你跟着我过去做联合项目，也不算耽误时间。当然，决定权在你，可以仔细考虑一下。”

“我的签证过期了。”何洛说，“因为是敏感专业，所以寒假我被 Check 了，而且只给了一次入境，就是说，这次回去我还要办签证。”

“申请费是多少，我可以给你报销。”

“而且如果我家人知道我要回去……”

“你可以周末回家。”

“我，我想……”何洛一时找不到拒绝的理由。

“你可不可以离开萧片刻，就这么短短的时间？”戴维斯教授捏起拇指和食指，“真是让人嫉妒，他拐走了我的博士生翻译。”

“不是这样……”何洛叹气，对面的戴维斯教授顽皮地笑，身后墙上挂着姜教授送的毛笔字，大大的一个“忍”。

“忍字心上一把刀。”教授说，“希望我只放了一把小刀。”

* * *

“何止一把刀？你老板简直是投放核弹！”田馨在电话里笑，“何洛啊何洛，你在犹豫什么？老板掏钱让你回国，多好的机会？”

“这还算好机会？相当于把我从组里架空。也不知道这些老美，是真好心，还是真糊涂。”何洛“唉”了一声，“你看我现在没学会别的，只学会叹气了。”

“你叹气，不只是为了这个原因吧？”田馨咯咯地笑，“寒假回家，有没有被双方父母催婚？这次他们会不会再接再厉？”

何洛无奈：“倒是也旁敲侧击地问过……不过，也有点太着急了。”

“说起来，你和冯萧在一起也快一年了，就算近期不打算结婚，总不至于想都没想过吧？”

“还真的没计划过……”何洛答得果断，“我总觉得，还是应该慎重一些，先稳定一下。以后的事，顺其自然吧。”

“还得稳重一下……那得多稳多重啊！”田馨嘻嘻笑起来，“这要是几年前的你，恐怕连生几个宝宝，男孩女孩各自叫什么都想好了。”

“我哪有？每次都是你起哄。”何洛脸上一热，嗔道，“不同的年龄，考虑问题当然不一样。我也不能总吃一堑不长一智，还像以前那么冲动，不顾一切。”

“那个……”田馨顿了顿，“你确认是年龄的问题，不是对象的问题？”

何洛一时语塞，不知如何对答。她想了想，说道：“每一段感情的相处模式，总不能都是一样的吧……”她犹豫片刻，还是告诉好友，“我冬天回国，在北京看到他了。后来我回家，又遇到了他。他说，是回去出差，不过后来想想，我总觉得……”

“觉得他是为了你才回去的？”田馨恍然大悟，“怪不得现在让你回国你这么犹豫！老实交代，冬天发生什么啦？你是不是心里有鬼，怕再见到某人后心潮澎湃？”

“能发生什么？就是坐下来聊了个天！而且，不知道是因为经历和环境越来越不一样，还是因为彼此的身份尴尬，坐下来都不知道要说什么好。可是……”说不感慨唏嘘，那是假的，“我心里有些慌。就好像你明知道抽烟是不好的，戒掉了也就戒掉了，但是别人在你面前喷云吐雾的，难免勾出你的烟瘾来。”何洛简单复述了两个人的对话，“我对着他，就会想起那些好久都没有想过的事情。可是我不想再回想那些不快乐和难熬的日子了，我不能让回忆成为我的生活，我要向前看，向前走，你明白吗？”

“不是很明白，你们两个一向比别人想的复杂些。”田馨说，“但我支持你找一个真心对你好的，光凭这一点，章同学可以三振出局了。他当初的表现也太逊了，根本就不在乎你的付出。这次也是，大老远回去就为了和你商讨商业发展？想说什么就直说嘛，三杆子打不出一个屁来，和他交流太累人。”

“拜托你说话文雅点儿……”那边田馨老公的声音传来。

“那你也不要敲人家脑门呀……”她娇憨地抱怨着，回头又来数落何洛，“反正你们的事情我都懒得管了，只是你在他面前一向不理智，总会委屈自己。你好不容易平静一些，他就跳出来扰乱一下。”

“我不会那么幼稚了，摔跤之后总要长记性才好。”

“这是你自己说的，你要记得哦，立场坚定一些，不要为了他，反而为难了自己！放轻松呀，有时间乱想不如多和你家萧哥亲热亲热。我要睡美容觉了。”田馨在老公的催促下，打着美容万岁的幌子收线。

* * *

躲避终归不是办法，何洛翻出护照，把个人信息发送给戴维斯教授。遇到困难，躲避是上策，化困难为机遇，才是上上策。她告诉自己，是时候与你的旧梦和缅怀告别，勇敢地面对现实了。

* * *

章远没想到，自己在三年后能重新看到熟悉的鲫鱼糯米粥。蓝色盖子的微波炉饭盒里，隐隐透出糯米的莹白，点缀几星葱花绿。心在一瞬间，老了一点点。清晨出门时的满腔斗志，在心底凝结瑟缩成几分钟的记忆碎片。

她托着下巴颇为自得地说：“哪儿也不卖，我自己熬的。”她坐在他的电脑前，噼里啪啦地打字，还说你快去睡吧。那么吵，一时间怎么睡得着？于是微阖双眼，隐约看见她望过来，凝视的目光似乎会胶着一辈子。彼时，房间里有片刻的寂静，就算周围有人出入来往，但他在那样的午后感觉无比放松，终于可以倦然睡去。以为以后的岁月里日复一日，如此到白头。然而只是转瞬，梦便醒了。

她，也走了。

* * *

康满星端着饭盒，歪头解释道：“老大，虽然不是我亲力亲为，但好歹煤气费我也出了一半啊，您总要给我们俩一个面子不是？”

“这两天你师兄来做审计，让你帮忙准备的财务系统资料，都搞定了吗？”章远微笑，“你们不气我，我就不会胃疼，否则别说鲫鱼糯米粥，估计人参灵芝也没用了。”

“这、这，嘿，我们什么时候气您了啊，真冤枉！”康满星大叫，“是那个会计师事务所的家伙和我起刺，好端端跑来我们公司做什么审计。您就看着下属被人欺负吗？还不许反抗？”

“我相信项北和你师兄妹二人一定配合默契的。”章远推开饭盒，“你刚刚说也给了项经理，那我就更不能收了，好像是你巴结上司，买一赠一附带给他一份。我知道你们是关心我，别人看呢？”

“怎么当了领导，就和我们这样生分了？”康满星嘀咕着，又不好在办公室里辩驳什么。

* * *

“如果你有女朋友，拜托把照片放在桌子上。”杜果果把一摞文件放在章远面前，“我刚刚在复印室都听到了。谁让你昨天吃午饭的时候说什么大三胃疼啊，一位朋友推荐了鲫鱼糯米粥很好用啊，还一脸神往，分明是怂恿啊！我不是说满星姐，我是说和她合住的那个小丫头。”

神往？怂恿？章远失笑，颔首道：“好，下次我记得说黄金钻石可以治胃病。”

“那个朋友……”杜果果环顾四方，压低声音，“就是女朋友吧？”

章远抬头，笑而不语。

杜果果面露得色，“哈，他们都说我不适合做技术，做娱记就比较适合，直觉敏锐啊！”

“我不会给你的直觉发工资。”章远指指身后的材料，“快分门别类，发送到相关部门。”

可以吗？把别人女朋友的照片放在自己的桌子上。他的手掠过抽屉把手，想起里面那张大四时的合影，心微微颤抖。

五、冰雨

我是在等待一个女孩还是在等待沉沦苦海
一个人静静发呆两个人却有不同无奈
好好的一份爱怎么会慢慢变坏

by 刘德华《冰雨》

何洛作为交流学生，这一个月都住在短期留学生的公寓里，和一群来自世界各地的小孩子为邻。她还在倒时差，清晨起来，走廊里已经有三五个金发碧眼的孩子，穿着宽大的T恤，交流晨练时学的二十四式太极拳。他们来中国几个月，就学会了“一个西瓜滴溜溜圆”的太极速成口诀。何洛翻出一条水洗白的牛仔裤，套上带着大学标志的连帽衫，马尾扎高，歪戴一顶棒球帽，把帽檐稍稍压低。她对着镜子吹了一声口哨，想起田馨的至理名言：“善待自己，五米开外，二十五岁也可以和二十岁一样无差别。”

＊ ＊ ＊

早餐去了久违的食堂，油条豆浆，搭配免费榨菜。阳光从窗棂踱到水泥地面，带着细嫩的叶影，恍惚间和本科的光阴重重叠叠。何洛口袋里揣着MP3，还能当作收音机，此时铿锵有力的新闻播报听起来也分外熟悉、亲切。寒假因为要见太多的亲友，奔波忙碌，全然没有此刻的恣意舒适。此时，暮春的风吹散了挥之不去的漂泊感，她在这样的城市里懒散着，似乎从没有离开过。

叶芝说要和何洛一同去新开的家乐福，添置一些生活必需品，但她一向是瞌睡虫，约好上午十点，足足晚了半个小时。她一路连跑带颠，在门前看不到何洛，不由心急，四下张望，才看到一个女生盘腿坐在花坛边，捧着煎饼果子大快朵颐，虽然有棒球帽遮住半张脸，还是能看见她不断地吮着手指。

“你怎么越活越没出息了？”叶芝扯住她的帽檐，向下一拉。

“别别，快弄回去。”何洛嗔道，“我手上都是油。”

“你没吃早餐吗？”

“吃了。但我好久没吃煎饼了，忍不住买了一个。”何洛笑嘻嘻把吃剩的递过来，“但现在吃不了了，还剩一半，我猜你没有吃早餐。”

“我才不吃你的剩饭呢！”叶芝摇头，“看看你的形象啊，要不要把帽子放在地上？或许还有人扔两个硬币进去。”

“我看起来很邋遢吗？”何洛嘀咕着，“看来只有田馨可以装嫩，我就是典型的老葱刷绿漆。”

“你不是要改走成熟女性路线的吗？怎么去了美国，反而变得随意了？”

“生活状态不一样了。”何洛微微一笑，“我希望自己可以活得简单轻松一点儿，变成自己喜欢的样子。”

“不是冯萧喜欢的样子？”叶芝揶揄着，“看你现在像小孩儿一样，分明就是有人宠。”

“他最近也忙得很，每天都要深夜才能收工。”

“听说冯萧做得很好啊，找工作应该挺容易吧，你们以后就在美国发展了？”叶芝感慨道，“时间过得真快，我总觉得你才出国不久，但一转眼也都两年了呢。”

“可不是吗……刚出国的时候，总觉得时间过得很慢，又有做不完的事情，但是回头看，这两年的时间似乎都是空白的。”何洛说，“回到北京，我就觉得，这两年似乎就是一场梦，我似乎还是大四没有毕业的时候，连实验室里的仪器摆放的位置都没有变化。”

叶芝点点头 :“生命就是个圆圈。”

“或许俯瞰是个圆，但从侧面看，也许是盘旋上升。”何洛用食指在空中画着圈，“就像一个盘山道。经度纬度保持不变，高度全然不同。没有哪段生活可以重来。”

* * *

两个人推了手推车，选了些拉拉杂杂的百货。

“沈列有女朋友了，知道吗？”叶芝问。

“知道。”何洛点头，“我那天看到沈列了，他说他有一个小灵通，这个月可以借我。”

“你听过那个小灵通的顺口溜？”

“嗯。手握小灵通，站在风雨中，左手换右手，就是打不通。”何洛笑，“总比没有好，也方便和冯萧联系。他对于我再次回国羡慕得不行，过两天我去他家看看。”

“儿子不回来，儿媳妇也是一样的。”叶芝笑道，“你们有结婚打算？刚才你还说这两年是空白，怎么会？你有冯萧呢！等以后有家有娃，就更有你忙的啦。”

“暂时没有，我还想装几年小孩子。”

“小心夜长梦多，人家抓到更加年轻漂亮的。”

何洛扬眉 :“那我也找个小帅哥。当初做助教，班上的美国小孩儿都以为我是高中生。他们对于东方人的年龄，分辨率很低。”

两人嘻哈打趣着，何洛借帽檐挡出半脸的阴影，低垂了眼帘。

结婚，和冯萧，多么遥远。一向当它是无须提及的话题。

* * *

学校在礼堂里组织了最后一期招聘会，算是本学年的扫尾。朱宁莉来为公司做宣讲，此时接到的简历有大半是外校的，到了下午三点多钟便应者寥寥，她乐得早早结束，顺便约张葳蕤吃晚饭。天有一些阴，但是银杏和国槐鲜嫩清爽，叶子浸染了白日里的阳光，晴翠的绿意流泻到林荫路两侧的石板步行道上。校园里的紫藤开得正好，一串串从墙头垂下，暗香浮动。

“让人想起紫丁香呢。”张葳蕤闭上眼睛，深吸一口气，“啊，可惜北京的丁香早就开过了，我原来一直都以为那是初夏的花呢。”

“是啊，原来主楼前面那几株，白的紫的，开得很精神。”朱宁莉捶捶腰，“还是学校里好，你看我们现在上班，一天到晚自我摧残。”

“嘀，不像你的语气呢。”张葳蕤笑着，“还以为你又要说我只知道花花草草。”

“拜托，我是这么无趣的人吗？看你做白日梦的时候当然要打击，但是我现在说的是实话，学校里的生活真好。”

“参加工作的人，都会怀念学校吗？”

“会吧。”朱宁莉一张张电影海报看过去，“你看，才几块钱就能来看大片，你们的生活太腐败了！我要经常过来混混，你请客哟。”

“看来，还有人也愿意来混校园哦。”张葳蕤扯扯她的衣袖，“我哥。”

“你还要过去打招呼？有没有搞错，贼心不死，小心我告诉沈列！”

“什么什么啊！有一个沈列在我耳朵边每天叽叽喳喳已经足够了，难道我是为了自己？人家在美国都有男朋友了，我哥又是老哥一个了。”

“你说什么啊？前言不搭后语。”

张葳蕤拽着朱宁莉的衣袖，跌撞着站在路当中。

*　*　*

“好久不见啊。”章远看到二人，笑着打了个招呼。

“您和朋友先聊，”杜果果接过他手中的材料，“我打车回去啦。”

“没想到天达这么大架势，出动总经理助理来出席招聘会。”朱宁莉挑眉，“很可惜，似乎今天有些大炮打蚊子。”

“难说，每年最后一期招聘会，我们都能挖掘到一些宝贝。希望今年人事部门运气一样好。”章远笑，“我来，是有别的事情。”

“总不会是来缅怀吧？”张葳蕤在嗓子眼儿里咕哝了一句，估计只有自己听得清。

“什么？”朱宁莉问。

“啊，我说，你刚刚不是说几个大学同学提议找个周末大家聚会吗？正好，男生女生班长都到齐了，你们慢慢商量吧。”张葳蕤很得意自己的说辞，“我去沈列的实验室，估计他们的例会也开完了。”

“沈列？”看她走远，章远笑了，“我认识，很不错的人。”

“是。虽然不大适合小女孩儿做梦，但是热忱，也踏实。”

“是很热情。他们在一起，挺合适的。”

*　*　*

张葳蕤一步三跳，打沈列的手机：“喂喂，我今天做了一件非常伟大的事情，你猜是什么？”

“你记得加饭卡了？”

“啊……又忘记了……”

“就知道是这样，算了，反正你和朱宁莉一起，也别去食堂吃晚饭了。”

“哪有，我安排她去见帅哥了。”张葳蕤笑，“别问是谁了，反正比你帅，呵呵。”

“切，帅就帅吧。那你和我们一起吃饭吧，”沈列说，“都是实验室里的同学，你都认识。还有一只海龟，你来见见吧。对了，你在哪里？”

“就在你们实验室楼下呢。”

“哦？我们这就出来了，你看到了吗？”

张葳蕤抬头，一群人说笑着从楼中走出来，沈列、叶芝，还有他们本科班上几个同学。中间一个女生穿得随意，笑容温暖明亮，除去眼神变得内敛，和五年前并没有太多改变。

“你……”

“张葳蕤，何洛。”沈列介绍二人，“见过吗？”

两个女生点头致意，不知道当初舞会的仓促一瞥，彼此是否算认得。

“哦，听说过。”何洛打破沉默，“我早听说沈列的女朋友漂亮可爱，你小子，怎么拐骗人家姑娘的？”

“就是就是，沈列有了女朋友，一直都没有请客呢。”叶芝附和。

“对对，索性今天就是他的脱光报告好了。”众人推搡着。

“好、好，我请就我请。对了，朱宁莉呢？”

“她……她遇到老同学了。”

“呵呵，原来是佳人有约，那我们走吧。”沈列牵起张葳蕤的手。她想看清何洛的模样是否和记忆中丝丝吻合，又不敢直视，目光总徘徊在水洗蓝的牛仔裤上，耳边是一众人天南海北地闲侃，偶尔蹦出些她不明白的基因蛋白病毒术语。

张葳蕤索性漫无边际地遐想，顺便偷眼打量何洛。总觉得她的装扮看起来分外眼熟，白色的套头衫，歪戴的棒球帽，微笑着听别人说话，习惯扬扬眉，鼓励别人把话题继续下去。

这样的神情，这样闲适的装束。

张葳蕤心念一动，不禁攥紧沈列的手。他大叫："我说你迷迷糊糊而已，不要这么大力气呀。"

是的，是章远。

不知道是谁影响了谁，也不知道他们当初是努力变成对方喜欢的样子，还是因为相隔千里，相思情深，不知不觉变成了记忆中对方的样子。但两个人都曾有一样飞扬的眼光，现在，也一同沉静下来。

她的温婉娴雅，他的深沉内敛，曾经跳脱的两个少年人，就这样被时光雕琢。

* * *

"你现在没有大学的时候那么讨厌了。"朱宁莉忽然冒出来一句。

"就因为我请你吃饭？"章远笑，"你也一样，以前你也不会赏脸啊。"

"哈，看你们最近忙得焦头烂额，我怎么能放弃打击对手的机会呢……怎么不说话，被我猜中了？"

"我是想虚心请教，可别说我刺探你们的商业机密。"章远轻轻摇头，"的确最近也不是很顺利。上次竞标那个五千万的项目，还不是输给你们了？"

"天达现在在推动产学研一体化不是？"

"呵，你消息灵通得很。"

“我们本来就和很多高校有合作，别忘了，我们是信息产业部的下属。你们是新组建的私企，信誉度就不可同日而语。”

“嗯，所以我希望可以和高校合作。”

“我明白，很多有部委背景的大单子，人家信得过高校，却不一定相信你们。”朱宁莉笑，“所以联合高校开拓人才培养，进一步加盟到高校的软件园或者软件学院里，依托他们参与一些大型项目的招商，是你们的构想吧？”

“你是克格勃出身？”章远也笑，“太犀利了。”

是我太关心你们公司的举动吗？朱宁莉心里微苦，依旧笑，“八成都是你的诡计。”

章远也不否认：“说对了。还可以顺便培养适合自己企业的技术工，毕业就能直接上岗。”

“这么多经济利益驱动，难怪。”她顿了顿，“要么，我以为你以后都不会再来这个学校。”

“我为什么不来？”章远反问，“公是公，私是私。我们看好的是智力资源和发展前景，目前是公关初期，几家相关高校我们都会尝试性地接触，没有理由跳过这里。”

“公私分明，不如说男人比较冷血。”朱宁莉嗤之以鼻。

“侠骨柔肠也不能拿来当饭吃。”章远笑，“谁没有摔过跟头？但是总用昨天的绊脚石当成今天的负担，未免就太看不开。”

“绊脚石？一段深厚的感情，怎么就成了累赘呢？”她抬眼。

“我可没这么说。”章远面色平静，心中却一紧。朱宁莉的问题咄咄逼人。是的，曾经以为两个人的未来是自己背负不了的重担，急于向这个世界证明自己的实力，而当意识到失去她是如此令人煎熬时，却早有别人为她遮风挡雨。绊住自己的，不是这段感情，而是自己的念念不舍。两个人各怀心事，不觉都多喝了几杯。

* * *

“你们还有联系吗？”朱宁莉问道。

章远摇头：“听说，她订婚了。”

“啊，她出国后你没有挽留？不像你的作风呢。”

“对方是很好的人选，家世、学历、个性，据说都无可挑剔。现在是非常时期，我没有时间和精力去做徒劳的尝试。”这借口可以说服别人，也可以用来说服自己。

“是你自己胆怯，怕被拒绝吧？”

“或许。”章远笑了，“你不会明白。尝试了，失败了，那她以后都不会再见我。而且，我们依旧隔着那么远的距离，也太不现实了。”

“我怎么就不明白？……无论尝试与否，你都是永远失去她了。”朱宁莉哼了一声，“难道她嫁人之后，还会和你说说笑笑，没事儿就见个面？”

“我们怎么说到这个话题了。”章远又倒了一杯酒，“我很久不提这件事了。”

“更没有想到是和我说，对吧？”朱宁莉低头，“放心，我嘴很严。本来我也不爱说这些话题的……那，我也说个秘密来交换，”她抬眼看着章远，“我喜欢的人，他……”

“嗯？”

“他……也要结婚了。”朱宁莉笑着举杯，“干杯干杯，与尔同销万古愁。”

一共喝了五瓶啤酒，大半还是女生解决的，走路时有些虚飘。章远结了账，两个人从学校的餐厅出来，他说：“我送你去打车吧，你回去之后记得给我发个短信，要不我可就报警了。”

朱宁莉摆摆手：“不用担心，我自己没问题。”

“你这个人啊，真是爱逞强。”

我不是逞强，我是胆小啊。我知道你的心对别人设了防，我知道自己永远只能在针锋相对的时候才有勇气和你直视。草草当你是偶像一样崇拜，小女孩儿的暗恋时代在甜蜜的幸福到来之际迅速落幕。然而，只有我舍不得和过去说再见，一个人看着你的痛苦而痛苦，又怕别人嘲笑我毫无希望地单相思。朱宁莉眼睛湿润：“他，也总这么说我呢。可惜，我想我没有机会告诉他‘我喜欢你’这几个字了。”

可以，放纵自己片刻吧。她的额头抵在章远肩窝，听见他用醇和的嗓音低声安慰着：“一切都会好的，真的。”

* * *

“你出什么神呢？一会儿卖水果的收摊了，就买不到荔枝了。”叶芝站在何洛身边，扯扯她的衣袖。

“没……”

“看什么，看帅哥吗？”叶芝嬉笑着，顺着何洛的目光看过去，“啊？那不是……那又是谁！”

“不关咱们的事，走。”

什么佳人有约，约的就是他吗？树影斑驳地爬过脸颊，明明暗暗之间，你们站在餐厅外的灯火中，霓虹闪烁，映出偎依的两个人的轮廓。

她拼命眨着眼睛，视线一片模糊。

你不是很开心回到校园吗？你不是说一切如新抛开前尘往事吗？你不是说不再缅怀，要让每一天都简单快乐吗？为什么眼前这一幕仍能够轻易刺痛心脏，自己的那些豁达和乐观难道都是伪装？你在骗谁，骗得那么卖力，骗得自己一颗心都麻木了。

“你还好吧？”叶芝扯扯她的衣襟，“难过就说出来。”

“我有什么资格难过呢？”何洛牵动嘴角，“我知道有这一天，早晚的事。其实，我根本不应该为了他难过，只是事情来得突然，我一下子蒙住了。让我自己走走吧，一会儿就好了。”

“就是，冯萧不知道比他好多少。哎，我还是陪陪你吧。章远这家伙也太奇怪，冬天的时候还追回去，吞吞吐吐依依不舍，这才几个月，就和别人搅在一起，太不严肃不负责了。”

“不能怪他，我们也分开很久了。他现在也很辛苦，听说去年还住了院，在他最需要关心和帮助的时候，我并没有守在他身边。我选择了冯萧，他选择了别人，我们都不能停在原地踏步，是吧？如果他过得开心幸福，我心里反而觉得好受些。”

“真的？”

“真的、真的，道理我都懂，只是来得太突然。让我自己走走吧。”

* * *

何洛不记得自己是如何走出校门的，她甚至没有意识到自己的脚步如何挪动，只觉得人潮汹涌，一抹抹身影扑面而来，在熟悉而又陌生的街头和自己擦肩。

冯萧打来电话，说：“我这边是清晨五点，刚出实验室，看到你的E-mail，有没有左手换右手地听小灵通？”

“又熬夜到这么晚。”何洛说，“那还不赶紧睡觉去？”

“我想你了啊。”冯萧大笑，“所以打电话骚扰一下。真的，我都后悔同意戴维斯教授带你回去，还走那么久。”

像溺水的人拼命抓住一根稻草，何洛抓紧电话，叹息一样地说：“我也很想你呢。”

她茫然走着，路边人来人往，嘻嘻哈哈，花儿朵朵开在春风里。有男孩儿骑车带着女友，两个人一路说笑，到了何洛附近，她也不闪躲。男孩儿急忙刹车，车把歪斜，还是擦到何洛的胳膊。女孩儿从车上掉下来，埋怨道："过路怎么不看车？"

"骑车就应该带人吗？"何洛仰头，此时很想和别人大吵一架，但是看见两张年轻的面孔，心里又开始责怪自己，"算了算了，我没事。"

"真的吗？"男生看见她眼中的泪光，将信将疑。

"真的没事。"何洛强自笑笑。

* * *

她站在天桥边，看车河川流，胳膊擦破了皮，火辣辣的。她告诉自己，没什么没什么，你要勇敢面对，不要逃避，不要做鸵鸟，生活并没有偏离它的既定轨迹，这一面只不过让你更坚定自己的选择。

这样，很好，不是吗？

你不是说过，再也不会为他流一滴泪吗？但咸涩的滋味滑过嘴角，散在风里，那又是什么？

* * *

"好像下雨了。"章远说，"有车了，走吧。"他帮朱宁莉关上出租车门，抬头，看见一弯上弦月，还有远方几颗寂寥的星。

北京暮春的风，干燥，夹带细微的沙尘。就算每天喝八杯水，都好像倒在龟裂的黄土地上，瞬间被吸收，嗓子依旧干得冒烟。

但在这一瞬间，心头为什么会有浓浓的、挥之不散的潮湿气息？

六、最熟悉的陌生人

只怪我们爱得那么汹涌
爱得那么深
于是梦醒了搁浅了
沉默了挥手了
却回不了神
如果当初在交会时能忍住了
激动的灵魂
也许今夜我不会让自己在思念里沉沦

by 萧亚轩《最熟悉的陌生人》

美国大使馆不能带通信设备入内，何洛领了签证，出来时在街边的报刊亭打电话给项北。过了十来分钟，他开着簇新的帕萨特转到街角。

“给你添麻烦了。”何洛说，“你不是因为要送我回去，特意说今天去学校打球吧？”

“客气了不是？”项北笑，“你看我这身打扮，不像去打球吗？我每个周五周六基本都会回去转悠转悠，正好今天可以把你从这边带到城北去。”

“你们事务所就在附近吧？”

“对，但有的时候会去别家公司，出差也是常事，难得有些自己的个人时间。”项北感慨，“如果萧哥在就好了，他最爽快，这样打球喝酒的日子绝少不了他。”

“他如果不忙，隔三差五总是叫一帮人，弄得家里和土匪窝一样。”何洛笑，“进了实验室颠倒黑白，估计他就要憋出病来了。”

“你要是没事，可以去我们学校看看。”项北提议，“看看当年萧哥战斗和生活的地方。”

何洛看天色尚早，点点头：“也好。”

* * *

项北在事务所已经换好球服，他把车停在运动场边上，从后备厢里拿出篮球来。约好的同学还没有到，他们挑了场地，一边随意投篮，一边聊着天。

“我好久没有摸过篮球了。”何洛站在罚篮线前，右手举起篮球，左手在侧边轻扶，轻盈地一扬，篮球画了一道圆滑的曲线，应声刷网。

“不错嘛，还是单手投篮呢。”项北又看着何洛跑了三步篮，笑道，“你也算女生里球感不错的。”

“我不行，自己玩玩还好，一上场就发蒙，眼花缭乱，根本找不着自己的队友，比赛时还投过乌龙球呢。”何洛拍着球，“只不过当初同学告诉我，女生力量小，但是准头都不错，所以如果硬要用蛮力，出手僵硬没有弧度，反而会把球弹出来。”她举高手，又投入第二个，“所以出手要软，挑高角度，瞄着篮筐的后沿。”

“原来是有高人指点的。”项北手痒，“来来，咱们比罚篮，我觉得你比我准头还要好。”

“好啊！”何洛答得爽快。每人十个球，项北进了六个，何洛进了五个。

“这肯定不是你的最佳成绩吧？”项北问。

最佳成绩？何洛侧身，仰头看着半透明的篮板。那次，十个球她进了八个。自己苦练了一个暑假的投篮，高三刚刚开学就拉住章远比赛。“谁输了谁请客，冰激凌，怎么样？”她扬眉。章远失笑：“你想吃冰激凌，我请你就是了。”“你怎么知道我赢不了啊？”何洛把篮球塞给他，“太小看人了，你严肃点儿。”

章远敛了笑容，前五球投入四个，何洛却是五发全中。他更加认真，微微眯了眼睛，舒展手臂，后五球也是进了四个。何洛反而发挥一般，最后两人打成平手。

“哈哈，虎父无犬子，强将无弱兵啊。”章远得意，扯扯何洛的马尾，“到底是我调教出来的。”

何洛摊开手掌，指肚灰黑，掌心就干净得多。而曾经与自己执手的人，将要与谁偕老？呵，不关你的事吧？她暗自摇头。他是谁的男朋友，你是谁的女朋友，大家各自寻找各自的幸福，是你说出的，做出的，就不要唏嘘感伤。

她掏出钱包：“你在这儿占场地，我去买些饮料备着吧，矿泉水和运动饮料如何？大概有几个人？”

“你留在这儿，我去买吧！”项北拦住她。

“还是我去吧，你留下来等同学，要不然他们来了我也不认识。”

* * *

康满星看见项北，冲他扬手，“你也混进来了？没有被球场的看门大叔打走？”

“你都能混进来，啧啧，还穿着高跟鞋，马上就有体育组老师赶你出去。到时候可别说是我们系毕业的。再说，你过来干吗？”

“哼！我也是这儿毕业的，你能来，我就不能来？来了当然是打球，也太小瞧我了。”康满星坐在球架下，“转过身去，我要换鞋。”

“换鞋还怕别人看？袜子上有洞啊！”

“我怕熏到你，可不可以？”

“用不用给你开个更衣间啊！”项北揶揄她，“你换了运动鞋，估计也是白给。”

康满星瞥到身旁的女士背包，抬眼，疑惑地看了看项北：“这是……你的？”

“一个朋友的。”

“女的？”

“女的。”

“哦。”康满星闷头系着鞋带，半晌无语。总要找些什么话题，她左顾右盼，“你那些狐朋狗友呢？我们老大也真慢，换个衣服也去那么久。”

* * *

何洛在场外的小卖部买了十来瓶矿泉水和饮料，看三五成群的男生涌到场里，宽大球服，各色护腕和发带，脚步轻快，或微扬着头扮演球场冷面酷哥，或嘻嘻哈哈和同伴大声说笑。前面走着一位个子高高的男生，何洛没有戴眼镜，于是他的背影看起来有些模糊，轮廓边缘像蒙着一层雾气。他挺直了背，用右手食指转着篮球，又轻巧地递到左手。

这动作带着久违的熟悉感，不知道是不是所有的小孩子都愿意耍帅。那些白桦一样挺拔俊秀的年轻男孩子，颀长的身形，目光里满是傲然的自信，但无论怎样故作沉着，青春的步履都踩着风，呼一声飞快地从面前掠过。她放慢脚步，一下下踩着地上被夕阳拖长的影子，鞋面倏尔明亮，倏尔暗淡，前边的人当然不会发现。他漫不经心地拍着球，几次仿佛要脱手，指尖轻轻一勾，篮球便顺服地回到掌控之中。

两个人一前一后，走到操场尽头。项北二人还在不知疲倦地抬杠，康满星回身喊：“老大，你快来主持公道。是你要我来的吧，不是我死活求着你，对吧？”

“是啊，正好我们今天来学校谈事情，满星了解这里的情况，可是特别顾问呢。”前面背影挺拔的男生答道。

听到他的声音，何洛拎着两个大塑料袋子，僵在场边。项北看到她，跑过来："买了这么多，辛苦辛苦，喊我过去拿啊。"

"没关系。"她小声说。

章远猛然回头，女生被项北挡住，隐约只看见压低的棒球帽。

"真巧。"何洛知道无处躲藏，索性大方地站出来，冲他摆摆手。

项北奇道："你们认识？"

"我们是高中同学。"何洛解释。

"那正好，也不用我多介绍了。"

"你也会打吧？"康满星笑，"Apple 穿了 A 字裙，肯定不上场的，我正发愁没有女生。"

项北说："算了，你让让吧，什么都不会。"

师兄妹二人开始新一轮唇枪舌剑。

* * *

"回来了，还是没走？怎么没给我打个电话？"章远走到何洛身边，从堆在球架旁的公文包里拿出瑞士军刀，帮她把系成死扣的塑料袋划开。

还是她送的那一把，磨得有些褪色。

"老板讲学，我来做助手。大部分时间比较忙，更何况我寒假刚回来，不想太张扬。"

"你比大明星还低调。"章远说。他有些气闷，不是么，连订婚这样的事情，都没有走露一丝风声。

* * *

康满星嚷着要和项北一决雌雄。杜果果在场边大笑："这个不用决，我们也分得出。"项北的老同学也来了，众人起哄，非要二人一较高下。

"这样也没法比。"康满星说，"我们来打三对三，天达这边的人一队，你再找人凑一队。"

"不用我出手，何洛灭你就没有问题！"项北冲她笑笑，"她投篮很准。"

何洛推辞了两句，便被推到场中间，同一队的还有项北和他的大学同学老罗，另一面是章远、康满星，还有同来的司机小宋。

* * *

半场三对三，双方基本是人盯人战术。章远和项北比略胜一筹，老罗又比小宋经验丰富，何洛谨慎稳妥，但用项北的话说，这样文明的打法，无法对抗康满星极地雪人一般的凶猛。"田忌赛马的道理，懂吧？"他说，"只要章远没有控球，那么我看住满星，老罗守小宋，绝对不让他们把球传给章远，那么对方就被看死了。何洛你只要比画比画样子，手举干扰一下就好。"

"传球也不怕。"老罗笑，"这几个人的配合挺差。"他和项北是本科同学，穿插突破配合默契。反观天达一队，章远得了球，项北便绕上来，和何洛一起防守，康满星这里成了空当，她大喊："两个防一个，这三对三还怎么打？"却不曾想，章远带球佯装突破，向左虚晃一步，手下轻轻一拨，将球分到她面前。根本来不及反应，眼睁睁看着篮球从身边骨碌到界外去。

"你再接不住，我扣你奖金！"连续失球几次，章远都忍不住笑着呵斥。何洛压低重心，展开双臂，在他分球的时候伸手虚晃，不小心打到他小臂上，连忙缩回来。

康满星在场上举手："打手犯规，也太明显了。"

项北瞥她："都没影响章远运球，他都没说什么，你叫什么叫？"

老罗说："哪里是打球？光听你们俩拌嘴了。要不换换，咱们师兄妹同门一伙儿，让何洛他们同学一伙儿。”

“她会拉后腿的。”项北抗议。

“谁呀谁呀，看你跑两步就大喘气！”康满星扬起下颌，“那就换啊，看谁给谁拖后腿。”

何洛想到不用尴尬地站在章远面前，也点头赞同。

* * *

“我猜他们的战术还是不变。”章远夹着篮球，压低声音，“何洛，机灵点儿，到时候我分球给你，你直接上篮，还记得怎么跑吧？”

“可以试试看。”

果然，开球后小宋将球分到章远手里，老罗和项北立刻围上来。他向前突了两步，在运球的过程中瞅准时机，将球从老罗胳膊下向前场塞过去，何洛恰好从中场赶至，脚下不停，伸手揽过球，稳稳地跑了一个三步篮。高高抛起的篮球绕着筐沿滴溜溜转了几圈，刷网而入。

她虽然跑得不快，但是总会在恰当的时机补位，似乎算好了章远传球的位置，有时见康满星过来阻拦，球刚到手里，便立刻回传给章远，他或侧身勾手，或转身后仰，十之八九不会空投。康满星和项北一队连连失分，互相埋怨。老罗叹气：“人家也是同学，你们也是同学，看看人家的配合，再看你们！就知道吵吵吵，人和人的差距，咋就这么大呢？”

康满星气鼓鼓地瞪了项北一眼：“都是你的破战术！”她转而防守何洛。章远身边只有一人防守，顿时没了压力，轻巧两个假动作便晃过项北，何洛在他身边策应，康满星大跨一步想要阻拦她，一时重心不稳，伸脚绊在她小腿上。

“呀！”何洛蹙眉，踉跄几步，眼看就跌在地上，和场地来一次亲密接触。

“小心！”章远顾不得运球，大步迈了过来。

何洛腰上一紧，被强韧有力的手臂环住，五脏六腑都纠结在一起，氧气被隔绝，她张大嘴，深呼吸时，耳膜能听到心跳血流声的冲击。

章远收回手臂，这一刻好想将她笼在臂弯里。

“谢谢。”何洛闪身。

“没事吧？”项北跑过来。

“没……”

“你的胳膊，”章远捉住她的手腕，翻过来，亮出小臂上的伤痕，“蹭破皮了？”

“前两天被自行车刮的，基本已经好了。”何洛抽回手，背在身后，“我不玩儿了，累了，脚底都没根了。”

* * *

换作是谁，都会很累吧。站在他身边，听着他熟悉的嗓音，看见他矫捷的身影，甚至闻得到淡淡的汗水气息，而两个人中间却被无形的鸿沟分裂。要有多坚强，才能装作若无其事。

“大家都休息一下吧。”章远扬了扬手，拿起运动饮料分给大家，也拿了一瓶何洛喜欢的柠檬口味，顺手拧开瓶盖，递到她手中。

“谢了。”何洛低声应了一句，接过来，走到杜果果和康满星旁边坐下。

“你打得真好！”杜果果赞道，“你们学校有优良传统吧？章老大的球艺也绝对高竿，要是被你那些女粉丝看到，一定眼冒红心了！”

“什么粉丝粉条，炖肉啊！”章远佯怒，“对你提出严正警告，上班时间严禁八卦。”

“现在又不是上班。”杜果果嘟囔着，“人家夸奖你，也不是八卦啊。”她转身又拉住何洛，“我猜章老大当初一定是学校里的少女杀手，对不对？大部分女生对于聪明的篮球帅哥是没有什么抵抗力的！”

何洛浅浅一笑，没有应答。

“什么聪明的篮球帅哥？不过是花架子。只知道贪玩，也不知道稳扎稳打。”章远自嘲地笑，“那时候还真以为自己是无所不能的。”

“老大你就是无所不能的！”杜果果用力握拳，半举在身前。

“当初高考，只差两分，没有考到这所学校。”章远抚着球架，心中感慨，他目光瞟向何洛，她低着头，不知在想什么。

“考没考上有什么关系呢？英雄不问出处。”康满星笑道，“我们还不是给你打工？”

“只能说，我运气还不错。其实也就过了两年，就觉得现在和以前的想法差异还挺大的。”章远缓缓说道，“看到这些学生，也会想到以前的自己，有冲劲儿，但是也很急躁、幼稚，那么破釜沉舟，很大程度上是拚了一切，想向这个世界证明自己……其他的，都忽略了。真的说不上，得到的和失去的，哪个更多。”

他语气诚恳，又略带了些慨叹。何洛还是第一次听他如此评价那段过往，听到最后两句话，眼眶微微有些发酸。

* * *

杜果果隐约嗅到一丝八卦的味道，还想再问，男生们已经休整完毕，和刚来到球场的几位球友重新组队，赛了起来。于是她转向何洛，问道：“章老大以前是校队的不？成绩也很棒吧！”

何洛调整心情，点头应道：“总是学年前几名。那年高考题目简单，他没考出优势。”

“呀！风云人物啊！”杜果果兴致勃勃，继续深入挖掘，“对了，你们是老同学了，你认识章老大的女朋友吗？”

“我……”何洛摇头，轻声道，“我出国两年，不大清楚他的事情了。”

“这样啊。不过章老大最近好像也没有什么花边新闻啊。”杜果果摊开手，“所以我推算，大家所说的他的女朋友，应该是大三或者之前就认识的人。”

“嗯？”

“他刚才说什么，‘其他的，都忽略了’，听起来很有故事呢。”杜果果穷追不舍，“应该就是给他熬鲫鱼糯米粥的人，是不是？”

何洛咬紧下唇：“或许，不是吧。”

* * *

康满星郁郁地坐在一旁，打断杜果果：“你也太多话了，老大都对你提出严正警告了。再这样打听他的八卦，小心他炒你鱿鱼！”又转向何洛，“对了，那你和项北……你们是怎么认识的呢？”

何洛正要回答，项北的手机响起来，她看了一眼，按下接听键。

这样随意，都不为对方留下隐私空间，或许是不同一般的亲密关系，更可恶的是项北从来没有提起。康满星一肚子怨气，这个小肚鸡肠的师兄，到底有多少秘密？

只听何洛说：“我一看是国外的 IP 号码，就知道是你……对对，你聪明，知道我签证不会带小灵通……放心，我这边一切顺利，拿到签证了……怎么，又刚做完实验？开车的时候路上小心，不要打瞌睡……哦，我和项北在一起，嗯，还有你的几个同学和师妹……谁？老罗、康满星啊……什么满天星……哈，这样啊……”

挂了电话，她转过头：“满星，冯萧让我给你带好。”

“冯萧？你认得他……”

“嗯，是我男朋友。”

“啊！”康满星大叫，“我一直以为你们已经结婚了！”

何洛摇头。

“那就是已经订婚了？不是大四出国前……”

“看来大家都知道他的糗事。”何洛笑，“那个不是我。他出国不久就和人家解除婚约了。”

正好打完一场，男生们走下场来，项北听见康满星打听冯萧的消息，不觉板了脸，不发一言。

杜果果乐呵呵说道：“满星姐，刚刚你还说我八卦。”

众人身后，章远握着矿泉水垂手而立，看何洛夹在两个叽叽喳喳的女生中间，左支右绌，恰好听见她们最后几句对话。看她皱着眉头无奈地苦笑，自己心中却无比轻快，想要在操场中间大步奔跑，高声呼喊。他回到场上，体力充盈，对项北步步紧逼，防得滴水不漏。项北笑骂：“章远你喝的是水还是红牛，怎么像吃了兴奋剂，累不累？”

老罗也叹气：“就差一岁，体力差异没这么明显吧！这分明是高中生的热血打法。”

章远微微一笑，抿紧双唇，神色间又有了少年时的倨傲自信。有了他的带动，男生们的情绪都高涨起来，争抢更积极。

“果真都是雄性动物。”杜果果大笑，“在女生面前就有表演欲望。”

* * *

章远带球突破，在罚篮线附近急停。项北以为他要跳投，谁知他手举到一半，并没有起跳，而是侧身一步，等项北飞身跃起露出腋下的空当，才扬手投篮，出手迅捷利落。项北倾身去阻拦，将将碰到球缘，略微改变了它的飞行路线，篮球磕在篮板上，反弹回来，依然干净地入网。

杜果果和康满星大力鼓掌，然后又齐声惊叫，只见项北落下时踩在章远脚背上，两个人同时跌坐在操场上。两个女生跑过去，杜果果说：“老大，没事吧？”康满星用空矿泉水瓶敲了敲项北的肩膀：“你那么用力干什么？”又转身去看章远。

只有何洛蹲在项北身边："你还好吧？是不是很疼？"

"他踩了别人，硌到脚底了吧！"康满星没有好气，"不用管他，倒是我们老大……"

"他没事。"

"我没事。"

何洛和章远异口同声。"比赛里多数是踩别人的那个骨折。"章远解释着，活动了一下脚踝，"我OK，项北你怎么样？"

"好像是个大麻烦……"项北倒吸一口冷气。

"活该！"康满星的白眼甩过来，但还是忍不住蹲下来，用空瓶子轻轻敲他的脚趾，"还有知觉吗？没有废了吧……要不要我们送你去校医院？"

"不！"项北抵死不从，"我和你有仇吗？好不容易毕业了，能不能离开校医院那个鬼地方！"

"那送你去大医院吧。"章远建议，"走，我搀着你。小宋，你去开咱们的车。"

"我也去！"杜果果和康满星一起应和。

"少去两个。"章远说，"人多乱，龙多旱。"

"我去好了。"康满星收拾东西，"谁让我有个麻烦师兄，Apple你早点儿回去吧。"

"也好！"杜果果答应得爽快，"我和洛洛姐去吃饭。"

何洛一怔，点点头："我晚些时候给你打电话。"

章远点头，正欲应声，却发现她对着项北。项北应道："好。车钥匙给你，帮我停到图书馆楼下好了。"

* * *

“你们高中同学，还有其他人在美国吗？”吃饭的时候，杜果果忽然问。

“嗯？”何洛没防备，“不是很多。”

“哦……”杜果果点头，“对了，刚刚在场上，你和章老大真是默契呢！你很熟悉他的球路啊。”

“我看 NBA 比较多。”何洛掩饰着。

“我还以为，当初你看章老大打球比较多呢。”杜果果咻咻地笑。

“没有。”何洛矢口否认。

“不会呀，我们高中就经常有比赛，全班女生都会去加油。”杜果果偷看何洛的表情。

她只是低头，喝着莼菜羹，缓缓地说：“都是很遥远的事情了，我不记得。”

杜果果似懂非懂地点头，隐约觉得自己窥破一个天大的秘密。

七、我的爱

以为只要简单地生活就能平息了脉搏
却忘了在逃什么
我的爱明明还在转身了才明白
该把幸福找回来而不是各自缅怀

by 孙燕姿《我的爱》

这一日的记忆，和球场铁丝网上的爬山虎一样，枝繁叶茂，覆盖了每一处可能到达的空白。

去医院的路上，章远问项北要了何洛的电话号码，约她一起吃饭："上次你不是说很想吃川菜吗？明天或者后天去吃水煮鱼，如何？或者湘菜也不错，我知道一家店，湖南来的同事都说那里的剁椒鱼头和芷江鸭很正宗。"

"恐怕不行，我约了人。"

"人多也好，一起来，热闹一些。"

"我周末要去冯萧家。"何洛不敢犹疑，果断地拒绝。

* * *

冯萧不是爱张扬的人，何洛起初只知道他父亲是教授，母亲是医生，寒假去他家里，才发现他祖父在上世纪五十年代初期归国，是研究天体物理的泰斗，满门书香，家学渊源。冯萧父母年初在京郊怀柔购置了一进五间的青砖房，前院栽花，后院种菜，听说何洛回国，一定要她周末过去小住。

车过雁栖环岛，转入绿树成荫的盘山路，不远处水声潺潺，冯母说："这条小溪就是从咱家门前流过来的呢。"下了车，又拉着何洛绕了一圈，看高低错落的西府海棠和玉兰树，还有正在吐蕊的白色沙果花，"都是从苗圃买的，你喜欢什么树，改天我们去选两棵。"

邻家鸡鸣狗叫，花香馥郁如醇酒，甬道尽头是葡萄藤，架下还种着葱，头上开成白色圆球。被褥是新棉花，又刚刚在太阳下晒过，柔软厚实，何洛本来说小憩片刻就去帮厨，结果一躺下就睡到天色将晚。她十分不好意思，连连道歉。冯母笑："小孩子都一样，冯萧也是，同学都说他像个大哥，其实回到家里特别赖床。而且他从不来帮厨。"

"他说，您总说他帮倒忙。"何洛挽起袖子，先调好砂锅丸子的肉馅儿，又切了土豆丝，笑道，"我爸也最爱吃醋溜土豆丝和菠菜豆腐丸子汤，我妈说菠菜豆腐一起吃了得结石，他才不在乎，说都是报纸谣传。"

"就是，这些男同胞都贪吃，别说谣传，就是真知道有毒，不也有人拼死吃河豚？"冯母看着何洛，说不出的喜爱，"在外面锻炼两年真是不错，现在的小女孩儿，难得有你这么好的刀工，估计做个家常菜更不在话下，冯萧真是有福气。"

何洛笑道："冯萧也很勤快，每次吃完饭都抢着洗碗。"

"这是应该的。大家读书都辛苦，也不能指着你一个人做家务。"

冯母买了小河虾和柴鸡蛋，又要指挥丈夫去菜馆点一条虹鳟鱼。何洛连连说太多了吃不完，冯母爱怜地理顺她披在肩头的发："不多不多，看到你，我就好像看到了冯萧。小女孩儿多乖，以后常来，这里就是自己家，知道吗？"

慈爱得如同自己的母亲，手掌轻柔，拂去何洛心头的疲惫，这两日纠结不安的思绪渐渐舒展开来。

冯母又说："我本来最不放心的就是儿子离家那么远，但现在觉得自己又多了个女儿，想起你在他身边，就觉得很踏实。"

何洛不禁想起冯萧的种种体贴关爱，曾有些蔓生的杂草在探头，现在心中温暖舒畅，它们便偃旗息鼓。然而和他相伴一生，这个念头仍然会让她心生仓皇。何洛坐在院子里，觉得无论是京城或是加州，两边都一样遥远。她只有在独处时，心中最为平静安宁。

* * *

章远尝试着打了两次电话，但何洛的小灵通都是关机状态。杜果果探头道："老大，你让我排版的材料都搞定了，但有些内容我不大懂，什么叫技术外参股权？和技术转让有什么关系？"

"都是和高校谈合作的内容，我桌子上有些材料，你看看。"

"你去哪儿？不是把周末的事情都推了，还抓人家来加班，怎么这么早就撤退？"

"联络感情。"

"又是饭局？真腐败！"

章远笑着摇头："没办法的事情。我巴不得每天吃青菜豆腐。"

"对，上次你要我买的胃药……"杜果果追到电梯口。

"先放一边，疼了再说。"

"放一边，等疼了就要穿孔了。"杜果果嘟囔着回到办公室，空荡荡的，只剩她一个。真是多嘴啊，周六打电话问章远要不要下午一同去看项北，他说有事情要忙，如果你现在有时间就来帮忙把周五剩下的材料整理完。

最近老大有些工作狂趋势，自己还撞在枪口上，真是命苦。她想着，拿着药盒走到章远的办公室，拉开抽屉扔进去，转身正要走开，忍不住又退回来。

虽然偷窥别人的隐私是很不好的，但是好奇心能杀死一只猫，苹果更曾经诱发牛顿无穷的想象力，她就是一只小果果，满足一下自己的八卦天性，也不算伤天害理吧？上次帮老大拿茶叶，就看到了抽屉里的照片，只不过仓促间，没有仔细研究。

回想那天遇见的女生。有些像，到底是不是？

* * *

杜果果踮着脚绕到办公桌前，再次回想，确认整座大楼里只有大厅和走廊安装了防盗摄像头。她还是不放心，又跑出去将大门反锁，还拽了两把椅子挡在过道里，就算老大突然返回，乒乓乱响，也给她足够的时间销赃灭迹。她这才把心安稳地放在肚子里，拍拍手乐呵呵地回到章远的办公室，大大咧咧地坐在黑色高背转椅上。

拉开抽屉，在他的护照下。

看到了，看到了！杜果果有些激动。银灰亚光的金属相框，边角有些褪色，造型是两只颈项低垂的天鹅，弯成一个心形。

女生穿了一件藕荷色的对襟小袄，章远一身正装，手搭在她肩头，二人之间有一线隐约的空当，虽然细微，但衬得他们动作僵硬，无比疏离。说是恋人，似乎神色都有些紧张；说是普通朋友，又多了几分暧昧。

她把相框举起来，回忆那天种种情形，左思右想，只觉得两个人或许曾经暧昧，走得很近；但后来女生出国，山水相隔，渐渐就断了联络。

一定如此，她越发佩服自己的八卦功力了。

* * *

“干吗呢？”冷不丁传来一声大喝。

杜果果吓得手一松，相框啪地摔在地上，玻璃四散。

“惨了惨了惨了！”她一迭声地叫着，抬头埋怨，“满星姐，你吓死我了。哎呀哎呀，不用你吓死我，被老大发现，我就已经死定了。”

“谁让你偷偷摸摸的？”康满星白她，“地上椅子乱七八糟的，好在我苗条，贴墙绕了一大圈。不知道的，以为你是商业间谍呢。”

“我们不是约着三点见面？现在两点不到啊。”

“我本来要洗衣服，结果停水了，呵呵，被我抓到了不是？”康满星探头，“你翻什么呢？亏着方斌他们还说你对老大没有邪念，原来深藏不露啊。”

“什么啊！你可以说我八卦，可不能说我花痴。”杜果果急于证明自己的清白，“我早怀疑老大心里的人就是她。”

“啊？”康满星低头看清碎玻璃后的照片，大叫，“何洛！”

“快快收起来，我一会儿还要赶紧去配块玻璃。”杜果果手忙脚乱，“人家出国两年都有男朋友了，老大还留着合影，可见很珍惜。他会拆了我的。”

“后面还有一张。”康满星眼尖。

里面的两个孩子更加年少。金黄的叶子，秋天温暖和煦的阳光，脸上似乎有金灿灿的小茸毛，章远面有倦色，单手叉腰站在何洛身后，她歪着头，笑容甜蜜灿烂。

“啧啧，说这两个人没什么，我都不信。你说呢，满星姐？”

康满星半晌无语。她缓缓抬头，面色沉重：“马德兴告诉我，章老大说自己的女朋友在美国。”

“啊，那不就是何洛？”

“开什么国际玩笑？那我师兄呢？她是我师兄的女朋友啊！”

“看起来何洛也没有脚踏两只船，你就别担心啦！”杜果果拍拍她，

“他们也许就只是好朋友呢！我去配玻璃，和项北说一声，改天再去看他。”

* * *

没那么简单。康满星第一点想到的是一样的下巴。她隐约又想起什么，周一上班的时候抓住马德兴：“上次你说和章远去看楼盘，那边叫什么来着？”

“呃，有些记不清了，几个月前的事情了。”他挠头，“你怎么不自己问他？”

“你还能记住什么啊？”康满星摇头，“我……我就是忽然想到了，顺嘴问问。”

“那也不用堵在男厕门前问吧！”

康满星闪身，他刚冲进去，又立刻跑出来：“想到了想到了，碧水清涛，河洛嘉苑。”

这，可能是好朋友那么简单吗？康满星的一颗心越发不安起来。她端着水杯，在章远办公室门前来来回回走了几趟，也想不出如何不露声色地开口询问。

章远从电脑前抬起头来，隔着半开的玻璃门，看着康满星反复踱步，不禁笑道：“有什么事，进来说，别在门外皱着眉头。”

康满星一惊，摆手道：“没事没事，就是……哦，那天 Apple 不是说去看项北，被你抓来加班，也没去成。我们想是不是这两天再去一趟。”

“就这事儿？”章远一副了然的神色，揶揄道，“你犹豫了那么半天，是希望我们跟你一起去看项北，还是不希望？”

康满星跺脚：“老大，你自己说的，上班期间严禁八卦！”

* * *

何洛也来看望项北，开门的是一个男生，两人照面都是一愣。男生引她去客厅，笑着喊项北："嘿，又是一个女生。刚才那个是小妹，这回呐？妹妹认多了也有问题哟。"

项北左脚缠着绷带，单腿蹦过来："常风你可别乱说。这是萧哥的女朋友，何洛。"

果真就是常风，当初他来高中找李云微，一脸严肃地站在教室门口，还是何洛问他一句"你要找谁"。他未必记得何洛，但是因为李云微随后气恼中带了羞涩的表情，令她对这个男生印象深刻。何洛不由笑笑："久仰大名了啊。"

"我？！"

"呃……冯萧提过。"急中生智，"还有其他人来了？"

"是我呀。"杜果果扎着围裙从厨房冲出来。

"她听说你要来，吵着也要今天过来。"项北耸耸肩。

"是满星约我的。"何洛说，"她说要煮猪脚汤，让我来场外指导。"

"哈哈，她什么时候变得贤惠起来了？"常风冲项北眨眨眼睛。

项北撇撇嘴："我还怕吃坏了肚子呢。"

何洛笑吟吟地看他，趁杜果果和常风去洗水果，小声问项北："其实你心里很高兴吧？"

果然和冯萧说的一样，一涉及到这个话题，平素倨傲的男生立刻眼神闪烁，呵呵干笑两声，不知如何对答。

"人家女孩子扭捏也就罢了，你们多大了，还和小孩子一样拌嘴？那天满星还向我打听，问我怎么认识你的，警惕性很高呀。"

"她……"项北心想，你还是不要知道她喜欢谁，这样比较好。

“咦，她说买了菜就过来，怎么还没到？”何洛见常风端着水果过来，急忙转移话题。

“就是，她不来，哪儿来的猪脚？”常风笑。

“别说她坏话哟。”何洛笑，听到门铃响起，还有杜果果的开门声。

“啊，满星姐，你才来？”她嚷着，“哟，买了这么多东西呀，你真聪明，知道抓章老大当苦力。”

“我哪敢啊，你应该夸奖老大风格高！”

就应该想到，这个人际圈本来也只一丁点儿大，也无所谓躲，难道能躲避一辈子吗？何洛走到门前，接过章远手中的塑料袋，微微一笑，算是打过招呼。她把要用的材料拣出来，多余的塞在冰箱里。

章远在客厅和项北、常风寒暄了几句，说：“我看看都预备什么好吃的了？”刚走到厨房门前，看何洛系好围裙，康满星就推着他，“这里人很多了，暂时不需要男生来表现。”

他无奈，还是笑笑，“那，可不要说我们大男子主义啊。”

* * *

“你原来和章远是高中同学，”康满星问，“一个班的？”

“嗯。起初不是，后来高一下学期重新分班。”

“那也认识八九年了。”

“对呀。”

“你们挺熟吧？”

“嗯？谁说的？”

“我觉得，你们都不是内向的人，又认识那么久了。”

"也还好，我们班上同学的关系都不错。"

"哦，那很好……"康满星一边洗香菇，一边侧头注视何洛，"怪不得章老大说，当初上学的时候来北京，总是被招待得很好。"

"他认识的人多，朋友也多。"

*　*　*

杜果果在旁边听得不耐烦："我能问两个问题吗？章老大有过几个女朋友？他喜欢什么样的女生？"

"我不知道……这你都要问他自己。"几个女朋友，几个……那你们，又知道几个？何洛掂量着字眼。杜果果的眼睛里写满好奇，而康满星则带着警惕。直觉告诉何洛，今天是一餐鸿门宴。

"项北有胃炎，吃猪脚没问题吧？会不会太油腻？"

"饭店里面的红烧是油腻一些，但是自己家里清炖，问题应该不大。其实有胃炎，最好是定时定量地吃饭，少食多餐，慢慢保养。嗯，吃点儿猪肚也不错。"何洛边说边想，一会儿一定告诉项北，人家还是关心他的。

"在国外还能学到这些？"

"没有。以前……就知道的。"

"哦，"康满星作恍然大悟状，"我也应该和章老大说一些，他的胃病可比项北厉害，去年这时候胃出血都住院了，当时喝多了，吐得一地是血，我们叫救护车的时候，他都不省人事了。听说，是老毛病了。"

"哦……是啊，身体好的时候不注意，生病之后再去医院，就比较麻烦了。"何洛听到她说"吐得一地是血"，心被揪了一下，却不知如何再问下去。她关了水龙头，隐约听到男生们在客厅里谈笑风生，他说："我也拄过拐，其实就是打球不小心扭到脚踝，一点儿都不严重，但是觉得好玩儿，就从哥们儿那儿借来一副，把我们班主任吓了一跳，说伤筋动骨一百天，连续三个月都免了我的课间操。"

何洛犹记得他驾着双拐，龇牙咧嘴地上楼，她慌忙跑过去搀扶，感觉他全身的重量几乎都压在自己肩膀上，并不累，只是心疼地抓紧他的校服。下一刻忽然肩上一轻，他哈哈大笑："上当了不是，你是今天路上骗到的第六个人啦！"

何洛怒目相视，他又解释："好、好，你是第一，是第一个被骗到的女生。别生气啊。"

我不是生气，我是牵挂着你。

而此刻，连牵挂或者关心的权利，都是属于别人的吧。

* * *

章远忽然喊她："何洛，何洛，来，原来常风是老乡，还是田馨和李云微的初中同学呢。我们原来数学竞赛的时候，肯定都遇到过。"

何洛在围裙上抹抹手，走到客厅去，剩下杜果果和康满星在厨房里咬着耳朵。

"她很奇怪。"康满星断言。

"看她没有很慌张，就算你说老大住院，人家也没乱了分寸啊。"

"这才奇怪。照片你看到了，至少也是好朋友吧，为什么问都不问一句？"康满星说，"如果是你的好朋友住院了，你会轻描淡写说一句，比较麻烦吗？你难道不会问问他的病情吗？"

"满星姐，我越来越觉得你太狡猾了。"杜果果点头，"或许是何洛当年没追上老大，心里不舒服；或许是章老大当年没追上何洛……这个不大可能，老大不出手，都好多人围过来，他要是去追人家，十拿九稳吧。"

"也可能曾经在一起，后来分开了。你知道章老大买的房子在什么小区吗？河洛嘉苑！别告诉我是巧合。"康满星说，"时间和距离，是爱情的杀手啊。"

杜果果从没有见过她这么感慨，有些不可置信地看着她："如果是这样，老大还真是忘不了人家……那现在何洛回来了，我看这两个人彼此还有默契，也许旧情复燃呢……"

"千万别燃，我可不希望任何人伤害我师兄。"康满星打断她，"哪怕是章老大，也不行。"

* * *

因为有了共同的朋友，距离瞬时被缩短。

"田馨这大嘴最近如何？"常风问道，"去了美国就像人间蒸发，偶尔在网上露脸。"

章远笑道："我也好久没有她的消息了，听说已经结婚了；倒是和李云微偶尔联络，她在深圳工作。"

"嘀，如果谁见到田馨，记得替我把她的嘴缝上，免得她到了联欢会就唱革命歌曲。对了，高放也是你们学校的吧，我们家很近，还一起打过球……"

何洛不发一语，听两个男生说那些熟悉的人和事。关于常风，记忆里有一些支离的印象，都和李云微的叙述纠葛在一起。这世界说大不大，说小不小，没准什么时候，你就能遇到别人故事里的主人公；又或者，不经意间，你自己也成了故事。

故事有始有终，生活却在继续。常风有意无意，两次绕过李云微的话题，章远敏锐地察觉到，不待何洛暗示，也避而不谈。

要有多坦然，才能割断和昨天千丝万缕的联系，当作烟波不兴，依旧谈笑风生？

何洛不想坐在章远身边，那么清楚地看到他的浓眉和挺直的鼻翼，唯恐下一刻他说出那个女生的存在，讲他们如何相识相知，讲他们的现在未来。那时候，应该如何号令面部肌肉，怎样调整出恰如其分的表情？她如坐针毡，却还要继续维持着微笑。

* * *

项北递过来一个苹果："这俩人还真是自来熟。"

"我还是去厨房帮手好了。"何洛摆摆手，"应该快开饭了。"

因为是煲汤，小火慢炖，章远和康满星又买了很多熟食和半成品，桌上便摆了一圈凉盘，又开了两瓶啤酒。何洛进进出出忙碌着，半晌没有说话。项北有些过意不去，说："来了就是客，要让萧哥知道我们这么麻烦你，非要回国找我们算账不可。"

"没关系……"

"就是，何洛的性格倒是很像萧哥，一样热心。"康满星说，"特别容易亲近，也值得信赖。"

杜果果拿着碗筷过来，打量章远的神色。他依旧和常风说笑，似乎根本没有听到这边的对白。

* * *

众人来到桌边。项北坐了居中的主位："真不好意思，我什么力气都没出，还厚着脸皮当主人。"

"你出了号召力。"章远笑，看着何洛在斜对面坐下，恰好紧挨厨房门口，便问她，"最近的实验还顺利吗？"

"还好。"

"国内和国外比，科研水平差距大吗？比如设备，还有实验技术方面。"

"基本上没什么差别。我老板那天还说，姜教授新购置的这批设备，毫不逊色于美国顶级的实验室。"

"那你们专业的出国率，以后会不会大幅下降？"项北问。

"也难说。毕竟有一个学术传承的问题，而且美国实验队伍多，同一学科内，不同研究方向齐头并进，互相促进，思维更活跃一些。国内短时间内还是靠着几位知名学者，在某几个点上有突破进展，缺少各个团队之间的竞争和互动。这就和生态种群一样，物竞天择，才有进化。”何洛总结，“所以还是国外的研究氛围更好，不在硬件，在于人。”

“学术精英都出国了，国内当然没有活跃思维了。”康满星撇嘴。

“有一定道理。”项北点头，“何洛，你和萧哥打算在美国成家立业，还是回来发展？”

“他说希望在美国工作一段时间，有一定的学术背景后，再考虑是否回国发展。”

“那时候落地生根，有了车子房子孩子，要想下定决心回来，更需要勇气吧。”

“是啊，姜教授的家人，现在还在美国呢。”

这，也是你今后一生的轨迹吗？章远望着何洛，很想问个清楚明白，这就是你要的生活吗？优良的学术团队，稳重踏实的丈夫，花木成荫的洋房，嬉笑承欢的儿女……是啊，这已经是幸福未来的全部了，它们都安稳地被你握在手中。而我和你，只有过去，只有许多年前的回忆和彼此无法再交会的未来。

* * *

向前走，便走了。

这一生，只一次。如何回望？

* * *

“那么，萧哥在哪里，你就去哪里咯？”埋头吃了一会儿，康满星忽然问。

“嗯？不知道呢。他下半年去美东，但我还没有联系到合意的实验室。”

“我是说以后，长久考虑。”

“我们……”何洛思忖片刻，“当然是争取去同一个地方。”

“那样就好。萧哥向来表现得很洒脱、很大度，但其实他很重感情。”康满星盯着她，“即使他希望你和他去同一个地方，也未必会说出来。萧哥很照顾别人，总是很热心，唯独不会强求别人为自己做些什么。他是经历了怎样的挫折都从来不哭，还会谈笑风生的人。这样外表坚强的人，心里反而会孤单。如今有人能够理解他、体谅他、关心他，我们这些朋友都很高兴。萧哥是难得一遇的好男生，他值得你好好珍惜。”

“我知道。”何洛点头。

康满星扬眉一笑，举杯道：“那，提前祝你们白头偕老咯。”

项北面色铁青，章远也一言不发。常风拿起酒杯和她碰了一下：“康满星，这么着急喝酒？不先吃点儿菜，还是吃饱了？吃饱了就走人，这么多人吵了大半天，哪儿像探病？让项北好好休息休息。”

何洛起身：“真正的感情，并不一定是要两个人在同一个地方，每天都守在一起才能坚持下去。有时候心里的距离，比空间的距离更大。我和冯萧都了解对方，彼此也都很坦诚。能遇到他，是我的幸运。”

她把杯中的啤酒一饮而尽：“我先走了，戴维斯教授想买点儿纪念品，我陪他四处逛逛。”

那一番说辞，既是给别人听，也讲给自己。在不同的年纪，有不同的心境，对于爱，也有不同的感悟吧。冯萧，想起来会让人感觉安定的名字。若是让他伤心，若是让他笑着面对伤口，何洛做不到。纵使某一刻，为别人心疼了，那也只是无谓的缅怀吧。

他已经开始了新的生活，你也是。

还将旧时意，怜取眼前人。

我们都明白，既不回头，何必不忘？

只是，鼻子忍不住发酸，上牙咬紧下唇，才不会泄漏紊乱的呼吸。

“我送你。”常风取了衣服，回头看看康满星，“改天找你喝酒。”

* * *

“她并没有恶意。”常风靠在电梯里，懒懒地说，“只是她还不明白，感情这回事，如人饮水，冷暖自知。”

何洛转身，在他嬉笑的眼梢中看出三分严肃，不禁微笑：“你说话居然这么文艺？”

“云微总这么说。”常风敛了笑，“我们所有人都觉得自己对感情看得很豁达，其实反观自身，人人一笔糊涂账。”

“我明白满星的意思。”走出门，天有些阴霾，因为沙尘，周遭的一切变得灰黄，何洛掩好风衣的领子。

“她只是很尊重萧哥，没有什么别的念头。”

“我知道。”何洛摇头微笑，“我看得出来，她真正在意谁。如果她对冯萧还有什么想法，可能巴不得我离开他。”

“好多年前云微就说，你看人看事，一向通透得很。”

“那是因为，我能看明白的，我就去看；我看不明白的，就敬而远之。年龄越大，越没有挑战自我的勇气了。还有，谢谢你。”

“谢我什么？”

谢谢你刚刚一直拉住章远讲话，若非如此，我们彼此相对，该有多尴尬。何洛说：“谢谢这城市太小，故事太多。”

* * *

也许是最后一日走在北京街头了吧，这城市显得熟悉又陌生。她看看小臂上的擦伤，已经平整，只是比周围的肤色略深，过了这个夏天，应该就能复原吧。

灰蒙蒙的天色，好像有一层又一层的沙尘堆积，何洛开始怀念起美国清澈的天空来。这次回国不虚此行，让自己明白了，所谓的坚强，就是把生命中最脆弱的一环掩藏好。

天神般骁勇的阿基里斯，尚有不堪一击的脚踝，何况我们这些蝇营狗苟的凡人?

不应该再多想了，离开这里吧，否则对自己，对冯萧，都是不公平的。流光容易把人抛，那个人那段情，应该是被尘封的记忆。那么，又何必拘泥前尘，自寻烦恼?

绿灯亮起，她小跑着穿过熙攘的街道，任由风散乱了长发。

* * *

这一餐吃得索然无味。回去的路上，章远不发一语，康满星咳了两声："老大，对不起，我看过你抽屉里的照片。"

"还有我。"杜果果低头认错，"是我先看的，满星姐是路过。"

"你们两个，谁想先被开除，来，石头剪刀布，输的人明天交辞呈。"

"老大，你这么小气！"杜果果大叫，"我还没毕业，断了经济来源，没面子回上海，在北京混不下去，你就等着看明天早报的社会版头条，看看在哪里能捞到我，是昆明湖还是未名湖。"

"不是 Apple 的错。刚才让何洛下不来台的是我。"康满星低着头，"不过，再给我一次机会，我还是要那么说。就像我刚刚说过的，冯萧是看上去很豁达的人，其实他只是把自己的喜怒哀乐藏起来，他总说能不给别人添麻烦的时候就不添麻烦，哪怕是别人的错，只要承担得起，他都不会计较到底谁来负责。那时候我做实验捅了娄子，都是他替我去挨骂，回过头来又来安慰我。所以，只要何洛稍微表现出对你的留恋，可能他就装作很大方地成全你们。而你分明是还忘不了她。"

"我的喜怒哀乐都写在脸上了？我看上去，就是一个很不豁达、很小气的人吗？”

“我不是这个意思啦。”康满星撇嘴，“我知道老大你心里恨不得就地把我生吞活剥了。”

“哼，我很久不吃路边摊了。”章远说，“还有，对于感情，每个人都是自私的，只有不喜欢对方的时候，才会大方地放她走。”说着说着，他停了下来，真的只有不喜欢的时候，才会放手让对方走吗？那他最初为什么要松开何洛的手？纵然这一次何洛订婚的消息是虚惊一场，然而在不久的将来，它随时可能发生。他一直担心再次开口，会输得一败涂地，甚至会失去小心翼翼维护的偶尔交流的机会，无论时间、空间和背景经历，冯萧都更贴近她的生活。他能做什么？坐着机器猫的时光机回到几年前，说，不要分手，继续爱下去吧？如果继续畏首畏尾，是否就永远失去了挽回的机会？

“我不该生你的气，脚上的泡，都是自己走的。”章远深吸一口气，定了定神，“不过既然你提到这个话题，我只能说，恐怕要让你失望了。何洛有她自己选择的权利；但是我也有和冯萧竞争的权利……我需要一个答案，来决定放弃或者重新开始。”无论怎样，都好过继续逃避下去，这是不是也算置之死地而后生？

* * *

章远去了何洛的学校，招待所里没有她的登记信息，小灵通关机。他绕着何洛本科时的宿舍走了两圈，想进一楼的门厅去看看，但现在用了电子门禁系统，三五个男孩子都只能站在门外的台阶上耐心等待。他站在路边的槐树下，抬起头正好能望到当年她宿舍的窗户。即使是将近二十小时的火车站票，也没有现在这样几个小时的寻找让人心焦。

能看到终点的旅途，才不会那么难熬，所有的长途跋涉都是有回报的。而面对看不见目的地的未知的前程，谁能勇敢地坚持着走下去？

* * *

小灵通终于开机。章远轻轻唤了一声：“何洛。”

听筒那边，一个男生“呃”地停顿了几秒，问：“谁？何洛走了，我是她同学。”

“什么时候走的？”

“刚才，她晚上的飞机。”

“知道航班号和出发时间吗？”

“不清楚了……”

何洛，你已经没有任何必要向我知会你的行踪了。

* * *

章远打了一辆车，直奔首都机场。他在国际出发的大厅里跑了两个来回，没有何洛的身影，抬头看大屏幕，也没有夜间出发直达美国的航班。于是他沿着各大航空公司的咨询台一家家问过去，看是否有从其他地区转飞美国的航班。

“很抱歉，先生，我们没有这个时间出发到美国的联程航班。但很有可能乘客自己通过旅行社或者是在网上订了分段航班，那我们就不知道了。”

章远觉得自己从猴子捞月变成了海底捞针。

他在机场的星巴克坐下来，喝了一杯浓咖啡，又拨了小灵通的号码。

“我是何洛的高中同学，”他说，“请问你知不知道，她搭哪家航空公司的飞机，中途是否转机？”

“不用转机，去上海，直飞啊。你是哪位？章远吗？”

“嗯？对。你是……”

“我是沈列，听声音就像你。”

“不要和他说那么多……”那边传来一个女生的声音，“何洛去哪儿关他什么事情！让他愿意和谁搂搂抱抱就搂搂抱抱去，吃着碗里看着锅里的，他贪心不贪心啊！”

“叶芝你小点儿声，我这电话还没撂呢……”

“怕什么？”叶芝夺过电话，“戴维斯教授接到邀请，去南方讲学了。他们也不会回北京，从上海就回旧金山了。想找何洛，去美国找吧！”

我和谁搂搂抱抱，什么时候吃着碗里看着锅里的？章远想要多问一句，叶芝却已经挂断电话。他一路走到国内出发大厅，还有南方航空公司专用的一号航站楼，和刚刚的情况相反，不是查不到航班，而是去上海的航班太多，起起落落，不知道何洛搭乘的是哪一班。更何况耽搁了这么久，即使查到，恐怕飞机已经起飞了。

* * *

“能遇到他，是我的幸运。”淡定的话语一声声回响在耳畔。虽然是初夏时分了，但夜空中，云层被城市的灯光映得昏黄，萧条肃杀。回到家，章远站在阳台上，栏杆表面一层尘埃，无处落手。

他感到自己有些偏执，想要表白，却无力开口；想要告别，却舍不得就此放弃。一句问候，都隔着山水万重才能到达她耳畔。于是叹息着，看着“河洛嘉苑”四个金色的大字渐渐在风雨中失去夺目的光彩。

* * *

天空中没有飞机掠过的痕迹，连一丝云彩都不被扰动。

和她的距离，咫尺，也是天涯。

第三乐章

深沉的广板·未完成

一、无底洞

有时寂寞太沉重身边仿佛只是观众你的感
受没有人懂
难得谁自告奋勇体贴让人格外感动爱上他
前后用不到一分钟
回想恋情的内容有谁想过有始有终
不过是一时脆弱让人放纵
穿梭一段又另一段感情中
爱为何填不满又淘不空
大多数人都相同
喜欢的只是爱情的脸孔

by 蔡健雅《无底洞》

冯萧秋天便要启程去美东，临行前分外忙碌。他手边还有一个项目的收尾工作，这笔经费是导师从美国国家科学基金申请来的，眼看到了递交总结报告的时间，同组的几个研究生都熬红了眼睛，没日没夜地赶截止日期。冯萧刚刚结束了两夜和钢筋的鏖战，又匆忙赶到旧金山国际机场接机。他月余没有理发，面色晦暗，说两句话便打一个哈欠。戴维斯教授把转机日本的时候买的一盒绿茶蛋糕递到冯萧手里：“不好意思，把洛带走这么多天。你现在看起来像一个艺术家，我都快不认识了。”

冯萧笑着接过何洛手里的行李：“我看起来很狼狈吗？要不要把脸挡上？”又问，“这次坐飞机有没有头晕耳朵疼？我妈说买了些晕机药给你，有用吗？”

戴维斯教授耸耸肩：“我下了飞机听到的还是中文对话，但是经过一个月，我多少能听明白一点儿了。”

“哦？您学中文了？”冯萧问。

“没有，但是你一定在告诉洛，你很想她，以后不要再和这个老头子东跑西跑了。”戴维斯教授笑起来胡子直翘，“好吧，我给洛两天假期。”

* * *

冯萧的冰箱里空空如也，他说：“你不在的时候，冰箱和厨房都是摆设，现在你回来了，它们又可以充分发挥作用了。”

“我是厨娘吗？”

“那我就是车夫。”冯萧笑，“似乎电视剧里面可以凑成私奔的一对儿。”

“那你最近都吃什么？”

“赛百味，我用六种面包、三种奶酪，还有不知道多少种的鱼啊肉啊蔬菜啊排列组合，每天都不重样。不仅健康，还有，”他拿出一沓儿卡片，“每次吃都会给一个小票，攒够八个可以再换一个，喏，我把以后几天的都攒出来了。”

“早饭也吃这些？”

“好久没吃早饭了，想不起来。这边的公寓没有转租，新泽西那边的房子合同也没有签，那天浇花的时候水太多，洒到电视上，好在还能继续看。”

“那盆杜鹃呢？我走的时候开得还很好。”

“估计是我放在太阳下晒过了，那天一看都蔫了，我去扔的时候遇到舒歌，被她大大地鄙视，说我辣手摧花，还把剩下的盆花都转移回你们宿舍了。”

“真是一团糟啊。我们出去吃，再去中国超市买菜。”何洛笑，“不过，让我先给你理个发。”

“一个单身汉，能对付就对付了，每天把自己打扮得花枝招展做什么？”

“难道单身汉就要打扮成爱因斯坦？去理发店也就十几美金，非要留成爆炸式。”何洛把他推到镜子前。

“首先我没有时间；其次，他们理得难看，还是老婆手巧。”

“啊？你有老婆了？”何洛筋筋鼻子，“去，找你老婆去！”

冯萧转身环住她：“就在这儿，还要抵赖？”

何洛垂首，冯萧只能看见她乌黑的发。

“你不在的时候，我才发现自己比想象中要想你。当然不只是怀念我的小厨娘或者是小管家，你知道，我也随便惯了。还有，我也练习了几次做菜，不算难吃，改天让你尝尝。”冯萧的脸颊贴在她的额头上，声音有些疲累，笑起来带着闷闷的回声，“老板对我们的工作成果和论文都很满意，说修改一下可以做毕业论文了。虽然这段时间辛苦一点儿，但还是很值得的。实习一段时间后，或许可以转成工作签证，拿正式员工的工资，到时候日子就好过了。我想着如果我早点儿毕业，你这边就不用太辛苦，节奏可以稍微放缓一些。”

“不放缓节奏也不行了……我可能暂时去不了美东。”何洛说，“那边只有一家公司接受我去实习，条件苛刻得很。我想我还是留在这儿一学期，把博士论文的开题理出头绪再说。”

“没关系，我和导师还有系里商量过了，可以过去做几个月实习生，再回来继续写论文。”冯萧说，“这样，隔几个月我就能回这儿来待一段时间。”

“这样租房子很麻烦的，总要转租来转租去的。”

“那有什么办法？租两份房子呗，好在实习会有额外的补助。”冯萧捏捏她的鼻子，“总好过一放假，两个人就跨着美国飞来飞去，那样太辛苦了。”

何洛心中感动：“那等夏天硕士结业典礼之后，我先和你一起过去吧，帮你收拾新居。正好，我也可以去看田馨，好久不见她了，很想呢。”

“她不是说想来加州玩吗，怎么一直也没有过来？”

“寒假的时候过来了，恰好咱们回国了，所以她和老公去了洛杉矶和圣地亚哥，没有来旧金山。他们想去海洋世界和迪士尼，我看了照片，两个人返老还童，玩得挺开心。”

“她结婚很早啊，是国内就认识的男朋友？”

“不，是来美国之后，闪电结婚。”

“哦……”冯萧沉默片刻，“对了，这次回国你不是去我们家了吗，我妈和我念叨了很久，说‘你是男生当然不着急，人家是女孩子，难道好意思让人家和你先开口’。我爸妈最近打电话，一直问起这件事情，中心思想就是不要总拖着人家女孩子。”

“嗯？”

“我们，要不要考虑考虑？”他试探地问，“虽然我现在没有鲜花和戒指，但你知道，订婚戒指都是比结婚戒指贵的，我总要问问看，有没有人肯收。”

何洛抬头，险些撞到他的下巴。“你就知道突然袭击。”她嘴角微微上翘，若有若无地笑，“我是草履虫，只有最简单的应激性。稍微复杂的问题，都不能预留一个提前量。”

“我不是说要你立刻答应。”冯萧笑，“我也想等半年一年，我这边工作的事情有了眉目，稳定下来再说。现在这样也不错。”

“我也觉得，现在这样挺好……”何洛暗自松了一口气。她不知道如果冯萧坚持这个话题，把结婚的事情提到日程上来，又该如何回答。

* * *

她打电话告诉田馨过一段时间会去美东。

"具体时间定了吗？"

"还没有，要看冯萧这边的项目什么时候结束。"

"如果不是他要来美东，你也想不起要来看看我。"田馨哧哧地笑，"你现在是唯冯同学马首是瞻啊，夫唱妇随。难得见你这么听话，看来这次是遇到 Mr. Right 啦。我还没有见过冯同学本人，赶紧拉出来遛遛。"

何洛辩驳："你也知道我一向挺忙。"又开玩笑道，"如果只有看你这一个原因，我的确下不了决心花三百美元的机票钱。"

"小气鬼！刚刚还说冯萧现在能拿到助研和实习生两份工资。"

"那是他的钱，和我有什么关系？"

"你们俩还分什么彼此？这多见外！"田馨笑，"我也不愿意吃我老公的，每天都说我有奖学金啊，可以自食其力啊，但是租大房子买新车，还不都是用他的工资？不过我也不在乎了，我是他老婆，他养着我，名正言顺呀。"

"不一样，你是他老婆，是一家人。"

"那你们也赶紧结婚咯！省得你总觉得欠了人家的。"

"他……问我要不要考虑考虑。"

"那你答应没有？"田馨急问，"还有什么考虑的啊，总算有人肯要你，赶紧把自己处理出去。我那个日本同学总说，女人是圣诞蛋糕，过了二十五就不新鲜了；即使现在大家都读书，也是年夜面条，过了三十就是隔夜饭。"

"你的思想怎么这么封建？嫁人之后，巴不得所有的人都立刻步入婚姻生活，和你做伴儿当家庭主妇。"何洛笑，"我没想过这些问题，先把博士拿到手再说。"

"不要拖太久，小心把男朋友拖没了。你知道在男人心里，本科生是黄蓉，研究生是赵敏，博士生是李莫愁，博士后就是灭绝师太啦。"

何洛哭笑不得：“你现在怎么这么多谬论？我都没有怕，你很怕我砸在手里吗？”

“有点儿……”田馨一本正经，语气严肃，“你大四下学期还有刚来美国的时候，每天忙得没白天没黑夜的，只有选课拿了 A+ 才会开心。我真的很担心，你什么事情都好强，就这样稀里糊涂自己过下去了。”

“如果真的自己一个人，也没什么不好。”

“看看，你这种心态多危险。你才不是独身主义者呢！你以前也没有什么恐婚的毛病。”田馨嗤之以鼻，“你的性格我还不了解吗？难得有人把你当孩子一样宠着，该嫁就嫁了吧。非要像以前那样，活得那么辛苦吗？我看了都心疼。还有，生米煮成熟饭就好了，省得你那么多心思，还想什么抽烟戒烟的。”

“什么抽烟戒烟？”

“你回国之前不是很惴惴不安？说担心看到别人吞云吐雾，会把自己的烟瘾勾出来。你自己也说想要向前走，说不想活在回忆里，那么就给自己一点儿动力和约束啊。”

“结婚怎么能赶鸭子上架呢？我还想问问你，怎么就那么有勇气，认识几个月就把自己嫁了？”

“女人短时间内嫁人，无非两种心态：第一是觉得自己拖不起了，赶紧清仓处理；第二是觉得众里寻他千百度，天雷勾动地火，非君不嫁。”田馨很得意，“那我一眼看对眼了，就嫁咯。”

“我总觉得，一嫁人这一辈子就这样尘埃落定了，所以草率不得。”

“你怕自己后悔，对不对？”田馨一针见血，“你不爱冯萧，至少不够爱，对不对？当初你和章同学在一起的时候，每一天都恨不得要天荒地老吧。”

“那时候太天真了。”

“对，你也知道，那些都是天真的想法，从现在开始现实一些吧。”田馨哼了一声，“现在的章同学很不得我心，如果他来抢亲，我倒是可以站在他的立场上。但现在你回国那么久他又没什么表示，你又何必为了他，影响和冯萧的感情呢？”

“我是否答应冯萧，要看我们两个之间的感情是否有那么深，和第三个人没关系。”何洛顿了顿，“也不要再提章远了，他应该是有女朋友了。那天我和叶芝都看到了。”

“我晕，那就更不能要了！你早告诉我这个，我就不说什么蛋糕面条的来刺激你了。”田馨愤愤，“你，记住，给我争气点儿。”

* * *

何洛找出当年出国前章远给她的那封信，折痕处已经起了毛茬儿，墨黑的背景上，Q 版小章鱼打着牌子，眉眼挤在一起，滑稽得有些寂寥。

“相信你，如同相信我自己。”

何洛几次想要扔在垃圾桶里，终究狠不下心来。

舒歌走过来，拍她的肩膀，何洛手一颤，几页纸跌在桌上，被风吹得哗哗响。

“吓死我了！”

“你想什么想得这么入神？”舒歌伸手递来一盒龟苓膏，“坐飞机上火吧？来，去热养颜。”她探头看见桌上的信纸，“这是谁画的？真可爱。”

“嗯……老朋友。”

“男的？”

“嗯？”

“笔迹很有力啊，一看就是男生，相信你，如同相信我自己。啧啧，很暧昧哟，我要告诉冯萧去！”

“他知道的。章远，是我原来的男朋友。”

“嗬，在一起住了两年，我都没有听你说起他来。”

“我当自己早就忘记这个人了，现在顶多是普通朋友。”

“当自己早就忘记了？人的心，是无法命令的吧。”舒歌拾起信纸，“否则也不会翻得这么旧。”

“我很久不看了，这次回国又见面，有点儿感慨而已。”何洛尽量让自己的声音平静。

“就是就是，感慨一下也就过去了。”舒歌说，“冯萧还是很想你的，你不在的时候，他来推走了你的自行车，说是好好维护保养一下。但有两次我在图书馆门前看到他，他都是骑着你的车子。我还笑他有车不开，睹物思人。他八成是被我说中了，耳朵都要红了，嘻嘻，你想象不到吧，那么一个豪爽的人，耳朵变红是什么样子。还有，他也真逗，把所有的盆花都养得那么没精神，倒是里面的杂草长得发疯。我看不惯，就让他都拿回来了。”

何洛笑了笑，客厅的窗台上摆了一排大大小小的花盆，有一紫一粉两棵风信子、一株百合和一盆吊兰。都不是难养的花，但冯萧不大清楚光照、温度和水分的配合，几株花看上去都有些瘦弱，夹杂其中的杂草反而茁壮生长，葱葱茏茏。

“短短几天就长草了，生命力真旺盛，野火烧不尽啊。”舒歌叫着。

何洛点头：“除非连根拔掉。”

“这么绿，有些可惜呢。草就比花命贱吗？”

“它们也都很好，只是长到了不属于它们的地方。”何洛的手指绕上细长的草茎，转了几圈，用力拽出来，柔韧的叶子颇不甘心，在她指头上勒出紫红的痕迹来。她有些恹恹的，对于感情，宁愿选择避而不谈。她想要一个人安静独处，让各种思绪一一沉淀，不用去理会过去和未来。但是冯萧疲倦的笑容让她心存歉疚，无论如何，她都无法开口，对他说“让我冷静一段时间”。她不清楚，是自己不肯全情投入，又或是随着年龄增长，感情的表达就是从热烈变为平实。

然而心里的荒烟蔓草，在冰雪覆盖的年头里沉默蛰伏，此刻蠢蠢欲动，春风吹又生。或许田馨说得对，要争气点儿啊。“还有冯萧。”她想，要对他好些，再好些，否则怎样都不公平。

* * *

夏天何洛拿到硕士学位，冯萧的实验项目也如期收工。

一天，看《国家地理》杂志的时候，冯萧忽然抬头，说：“不如我们出去旅行吧，我怕去实习之后，就没有这样的假期了。”

何天纬来参加堂姐的学位授予仪式，听说两个人决定去黄石公园，兴奋地说：“那是个好地方，几年前我们全家就去过，去年高中毕业的时候我和 Angela 也想去，但是老爸不同意，说我们几个小孩子开长途太危险。要不是今年我去中国，肯定和你们搭伴儿。”

“搭伴儿？拜托，人家甜甜蜜蜜一起去玩，你跟着凑什么热闹？”舒歌白了他一眼，“你还是去找 Angela 比较好。”

“I am over her.”天纬耸肩。

“真是短命的 puppy love。是不是去了一次中国，发现地大物博，美女众多？”

天纬嘻嘻一笑，不在乎舒歌的调侃，转身又嘱咐何洛二人：“黄石那边熊很多，不要看它们呆头呆脑的一副老实相，跑起来很快的，如果露营，一定要把吃的藏好，否则会被熊偷袭哟。”

“没关系，”冯萧大笑，“我只要比何洛跑得快就可以了。”

* * *

何洛从 ebay 上买了几张 CD，马修•连恩的《狼》、《风中奇缘》的原声唱碟，还有一些印第安曲风的音乐碟。冯萧在未名空间 BBS 上泡了几天，参考别人的游记制定了一套行程，又在网上预订了沿途的租车和旅馆。两个人从加州圣何塞出发，乘飞机到犹他州的盐湖城，然后租了一辆车，一路北上，从 115 号高速路进入爱达荷州之后，路旁能看到绵延的牧场，天似穹庐，风吹草低。中途休息的时候，何洛在便利店挑冰箱贴一类的纪念品，爱达荷州以盛产马铃薯出名，她选了一张明信片，上面是一个缺了门牙的小孩子，抱着一只和自己体型差不多大的马铃薯，眯着眼大笑，金黄色的柔软头发和背景虚化的草垛相映成趣。

“我来给你寄，然后你寄给我。要不然收件人和寄件人都是同一个，自己和自己玩儿多没意思。”冯萧说着，在寄信人一栏写上自己在新泽西的新地址，“这样地址也离得远些，省得一看，就是对街的邻居。”

“都是同一个地址也很好玩儿啊，转了一圈，自己的卡片又回到自己手上。”何洛低头继续寻找，“那我再给你挑一张，我以为会有 My Own Private Idaho 的剧照呢。”

“什么电影？没看过。”

“基努•李维斯主演的，香港的翻译叫作《不羁的天空》，”何洛嘻嘻地笑，“台湾的翻译比较有趣，《男人的一半还是男人》。当初似乎在威尼斯影展大出风头，你可以找来看看。”

“才不看。”冯萧哼了一声，“I’m straight！”

他声音不大，但店里收款的美国大妈还是听见了，笑呵呵地看着两个年轻人。

* * *

公路穿过绿波荡漾的牧场，从倒后镜里看过去，云影倏忽飞逝，远方山色苍茫。有时地势平坦，车辆稀少，冯萧一踩油门，时速便达到一百英里。何洛扯扯他的衣袖：“小心点儿，已经超速了，别被警察抄牌。”一路车行通畅，傍晚便来到黄石公园的西侧入口。这是美国最大的国家公园，占地近九千平方公里，汇聚了峡谷、湖泊、河流、森林、草原种种地貌，公园里面的主要干道是一个“8”字，全部环绕下来有 200 多公里。两人计划在黄石附近住四天，第五天一大早出发，去公园东北角外的熊牙公路，然后驱车南下，前往几十公里外的大提顿国家公园。

* * *

熊牙公路一直通到海拔三千余米的肖肖尼国家森林西峰，山脚还是阳光普照的盛夏，到了山顶开始下雪。冯萧穿着短袖T恤，把夹克衫给了何洛，冷气还是钻到车里来，索性开了暖风。山峰最高处白雾茫茫，路边还有半人高的雪墙。冯萧从工具箱里翻出扳手，在几乎冻成冰的墙上写了“到此一游”四个字，“英语应该怎么说？”

“We were here。”何洛歪歪扭扭地添上一行。

“头一次穿着短袖站在雪地里呢，来，合张影发回去吓吓他们。”冯萧说着，连打了三个喷嚏，但兴致依然高昂，“这些雪墙估计多少年也不会化吧，到时候带着儿子来看，他老爸老妈当年来过的地方。”

* * *

接近傍晚的时候，两个人穿过黄石来到大提顿公园，路边碧草如茵，河流纵横，树木长得笔直，远处是绵延的雪山。何洛翻出《狼》的CD来听，说：“这个地方很像新疆的感觉呢，如果能骑马那就太棒了。”

冯萧事先预订了住处，是杰克森湖畔的小木屋，推开窗，就能看见提顿雪山巍峨的主峰，山顶冰雪覆盖，云雾缭绕。

“喂喂，这看起来就像是派拉蒙电影公司片头的那座山呢！”何洛拉冯萧过来看。

“难道那个片头不是珠穆朗玛吗？我还是先去买两捆柴火吧。”他指指地中间的火炉，“我刚才停车的时候问了管理员，这里晚上只有十几度，这样的老式木屋都没有空调。”

“要点木柴？能着吗？”

“放心，忘记了吗？每次BBQ都是我负责生火，和高手在一起，你怕什么？”

冯萧去了快半个小时还没有回来，何洛坐在室外的木桌旁，肚子饿得直叫。她做了两个金枪鱼的三明治，口水在蛋黄酱和乳酪的香气诱惑下蠢蠢欲动，忍不住拿出一片乳酪送到嘴里。

“好啊，我去劳动，你就偷吃。”冯萧回来，从车后备厢取出木柴。

“谁让你这么慢，别说买木柴，砍树也应该回来了。”

冯萧接过三明治，咬了一大口：“不知道吃多了的话，会不会都颠出来。”

“颠什么？”

他笑着，向身后指指，两个牛仔牵着马，抬高帽檐，冲着何洛微笑。

“刚才在游客中心遇到的，明天和后天的骑马旅行都预订完了。人家本来是要下班来交岗，被我软磨硬泡给拽来的。”

“你口才很好啊。”何洛开心地绕着棕色的马匹转了一圈。

“其实很简单，就是欺骗了善良的美国人民的感情。”冯萧揽着她的腰，眨眨眼，“亲热点儿，我告诉人家说，咱们是来度蜜月的。”

杰克森湖湖水碧蓝，倒映着青色的雪山，夕阳暖红色的光芒在微波上跳跃。湖畔开满了宝蓝和淡紫的矢车菊，还有丛丛簇簇金黄的小向日葵。何洛戴上牛仔的宽檐帽，听他们哼两段不知名的牧歌，冯萧在不远处，骑着马微笑。

* * *

月亮出来了，皎洁安静地映照着雪山，炉子里的木柴噼噼啪啪地响着。何洛白天有些着凉，又想坐在门外看湖光山色，冯萧说：“刚洗过澡就吹风，小心感冒得更厉害。坐在床边看也是一样的。”还拿了一条毛毯把她裹住。何洛抱膝坐在床上，一副委屈无奈的表情。

冯萧笑了，抬手拨开她的刘海，吻了吻何洛的额头：“还好，脑门儿不是很热。”她的头发还带着薄荷草洗发水的清新味道，仿佛有一缕月色附着在发梢，光泽明亮，引诱着他的手指穿过湿润的发丝。冯萧低头，轻柔地吻下去，何洛坐不稳，后颈贴紧他的掌心。他的手掌渐渐放低，何洛已经感觉到头发触在枕上，又湿湿地贴在脸颊上，很不舒服。她侧脸，想把头发蹭开，视线从窗口探出去，只看见雪山雾霭缭绕的峰顶被月光染成淡青色。这样的夜色太寂寞，何洛忍不住闭上双眼，想起田馨的话："难得有人把你当孩子一样宠着，该嫁就嫁了吧。……还有，生米煮成熟饭就好了。"

* * *

毛毯散在床上，她颀长的脖颈伸展进睡衣宽敞的领口，和锁骨隐约的轮廓连在一起。能感觉到，冯萧的双唇沿着这一线吻过来，手掌已经掀起衣襟，游移到她的侧腰上，炙热的温度传来，令她心中一滞。

本应是柔情无限的时刻，何洛却觉得心中有淡淡的忧伤，所有的思绪就和雾霭山岚一样，挥之不散，清冷地缠绕在心头。丝毫触摸不到那些想法的轮廓，每次想去捕捉，它们就轻盈地散开，然而这雾气越来越重，渐渐凝结成露珠，挂在眼角，扑簌簌地滚落下来。

还不想，就此尘埃落定。

* * *

李云微的外婆摔了一跤，骨伤并不严重，但同时诱发了心血管疾病和肺炎。她从深圳赶回去，陪了外婆将近一个月，直到老人身体康复。返程时她路过北京，才大叫吃不消，冲着章远抱拳稽首："同桌，你人脉广，拜托帮我找份新工作吧，我看迟早我要被开除了。"

"你真是不拿我们当朋友。这么大的事情就自己扛着，早说我们都能帮帮忙。"

"毕竟是家事，怎么好意思总麻烦你们？好在去了赵承杰工作的医院，他已经帮了很多忙。"

"外婆好些了吗？"

"嗯，还算稳定，人老了，难免骨质疏松，然后加上原来呼吸道就有些问题……"李云微叹气，"这次真是吓死我了。本来觉得在深圳那边收入高，想多攒两年钱，现在看来还是乖乖回家工作的好。你在那边认识什么大公司吗？帮我推荐推荐啊。”

“我认识的一些客户，倒是在当地有分支机构。”章远说，“不过肯定要你转行了，你舍得放弃现在的工作吗？你不是说，很喜欢当高中老师？”

“都习惯了……只要你介绍给我一份高薪的工作，就不算放弃什么了。”李云微拍拍章远的肩膀，“有同桌罩着，我放心。”

“其实，一个人还是很累的。听说，有人还在等你呢，我是说……许同学。”

“贺扬吗？我现在觉得，当时不和他一起走是对的。只不过我用外婆的事情做借口，不肯出国，很对不起他呢。”李云微低头咬着指甲，“我说没有申请美国的大学，他说可以结婚陪读，我就发脾气和他吵架，说他不尊重我，说我放心不下外婆……其实，我是没有勇气和他在一起一辈子啊。”

“婚前恐惧症吧？许同学对你不是挺好的？”

“他是很好，不过多数时候，我们选择的是那个喜欢的人，而不是那个最好的人。”李云微抬头，“感情如人饮水，冷暖自知。我到最后，发现没有办法勉强自己。是我对不起他。”

“选择了一个人，就要接受她的决定，说不上谁对不起谁。”章远说，“还有，最不能勉强的就是自己的心，就好像弹簧，压得越狠，弹得越高。”

“你不是有女朋友了？还压着什么？”李云微瞥他一眼。

“我？哪有，谁说的？”章远蹙眉。

“前两天在网上遇到田馨，她说的呀。还是何洛告诉她的。你可别抵赖，据说叶芝也看到了。”

“拿我的胃发誓，真没有。”章远想了想，“我大概，猜到了……误会吧……”

“我还以为你是有了女朋友，所以也可以重新开始了。”李云微叹气，“那你现在还压着弹簧呢？小心憋得吐血！你们两个都是我的朋友，手心是肉，手背也是肉，我希望你们两个都可以开开心心的，就算不能在一起，也都要各自幸福起来。”

“她很幸福吧？”

“我不知道。”李云微沉默片刻，“我只知道，他对何洛很好。你前段时间不是见到何洛了？”

“我不敢多问，就算掩耳盗铃，自欺欺人吧。”章远笑着截下她的话，走到窗边，“有话想说，却开不了口。”

“我一直想问，你当时为什么要和何洛分手？”李云微思忖片刻，问道，“你知道她那时候有多难过吗？”

“因为很累，心里累。”章远点点胸口，“前几年我一直告诉自己，我负担不了两个人的未来，是希望不要束缚她，其实……”他自嘲地笑了笑，“是已经没有自信了吧。我想走自己的路，一方面，是自己确实喜欢，也觉得前景光明；另一方面，对于她的提议，我本能的排斥——因为在中规中矩升学这条路上，我摔过跟头，所以反而要表现出不屑来。现在看，是不是有些幼稚？”

“你始终都是个心高气傲的人。”李云微叹息，“不过如果不是这样，或许何洛也不会喜欢你。你们两个在本质上，都是一类人。”

“她比我要踏实得多，每一步都走得更稳。我过于理想主义了。”

“何洛才不现实呢！以前她做的哪件事，不是为了你？”李云微失笑，“你不记得她为了你，高中放弃去美国的机会？还有，她一周刷了十几套数学模拟题，就怕成绩落后被家里反对和你来往。你和她分手后，她还去和我姥儿学什么做粥，伺候着你这位大爷。要是你有一句话，但凡你有一句话，她大概就不出国了。可你不能反反复复消磨她的勇气，你没发现，后来田馨都不和你联系了？她可心疼死何洛了，恨不得扔个拖布来砸你。”

“正因为这样，何洛出国后，我不知道是否还应该联系她，还是应该让她有个新的开始。”章远苦笑，“可是前一段时间我误以为她订婚了，真是后悔得肠子都青了。现在我也不抱什么希望，但是又不想给任何自己遗憾的机会。我知道，多等一分钟，都会让她离我更遥远。”

“其实念念不忘比说再见更痛苦，铭记过去，更需要勇气。”

“那就让我自私一些，哪怕是找一个机会对她说再见吧。我会努力说得很潇洒。”章远深深呼吸，“最坏的情况，不过是她不爱我。怎么样，都不会比现在更糟糕吧。”

11、Fly Away

这是一个真实的世界
想要成熟就要接受不完美
趁我还能微笑的时候
请你转身 Fly Away

by 万芳《Fly Away》

何洛旅行回来后，喉咙一直隐隐作痛，吞咽口水时觉得嗓子肿起来，一直胀到耳朵，量了体温，37.5 摄氏度。她去学校的健康中心拿药，被护士推荐去医院的门诊检查。美国医生颇重视呼吸道传染疾病的防治，将何洛的耳鼻喉彻查一遍，最后诊断为急性咽炎。冯萧去沃尔玛的药房买了一些处方药。他即将启程去美东，本来说临行前带何洛去海边的餐厅吃牛排，但看她一副恹恹的神情，只能不了了之。

“洛洛不会说话的时候好无聊啊。”舒歌大叫，“每天在屋子里飘来飘去的。”

冯萧解释道：“估计是路上着凉了。”

“就是，让你们爬雪山过草地，风餐露宿！”舒歌看了黄石和大提顿的照片，无比羡慕，“早知道这么好玩儿，当灯泡我也要去。”

何洛只是微笑着点头。

冯萧拍拍她的脑门："完了，小面包失声好几天，不会声带退化了吧？"

舒歌瞪大双眼："失什么……好几天？这都向我汇报，你们也太前卫了。"

冯萧听不懂她的话。

何洛清楚，这个室友在南方长大上学，经常分不清前后鼻音，此刻笑得促狭，不知道又听成什么。她扯扯冯萧的衣袖，示意他早点儿回家休息。

冯萧摸摸她的额头："你好好养病，要不然明天的饭局我帮你推了？"

何洛摇头，嗓音嘶哑，低声道："和你一起去吧。"

* * *

相熟的几位中国留学生听说冯萧要前往美东，商量着给他送行。正好有一位师兄前两年毕业，购置新房，大家便各自带了两个菜，一起去他家聚餐。席间难免说起找工作、申请绿卡、买车买房一类的事情。相熟的朋友里已经有人升格做了爸爸妈妈，又讲起老人来美国照看小娃娃的甘苦。何洛坐在小文旁边，她家的小奶娃刚刚半岁，黑溜溜的眼睛看向何洛，目不转睛。何洛忍不住伸出手指，戳戳小奶娃的手心。他紧紧抓住，咯咯地笑起来。

"他很喜欢你呢。"小文笑，逗着儿子，"来，要不要让阿姨抱抱？"

何洛连忙摆手，低声说："别，我不会啊，别闪着孩子。"

"他天天晒太阳，结实着呢。"小文打趣道，"我也是刚学的呀。你先练习练习，回头自己带孩子，就不会手忙脚乱了。"

旁边另一位年轻妈妈搭话道："是啊，这两年抓紧生一个，博士毕业的时候孩子基本也能上幼儿园了。"又转向冯萧，"你呀，主动点，快去买枚戒指；小心去了美东，这边的男生把何洛抢跑哦。”

冯萧笑着点头，看向何洛。她在一片喧嚣之中，心中却无比惶恐。在此处成家立业，眼前这些朋友的现在，或许就是她的将来。而放眼过去，今后的几十年，要怎样度过？如果明天起来就是六十岁，会不会感慨时光匆促，还有太多遗憾没有填补？她的嗓子渐渐不那么痛，也能简单答话。但是已经习惯了几日来的沉默，在大家的嬉笑中，索性将沉默进行到底。

* * *

田馨在电话里说：“你不好利索了，可不许来看我！”

“还怕我传染你？”

“当然！我要保证身体健康，尤其不能吃抗生素。”田馨神秘兮兮，把五年大计向何洛简单阐述了一下。

“啊？！你们打算要小孩儿啊！”

“嗓子沙哑就不要大声尖叫，要保护声带。”田馨多年来不忘自己的美声本行，时时刻刻注重关爱咽喉，“这样的话，我博士毕业，小宝宝也可以送去托儿所了，我就轻装上阵去工作，多好！”

“有动静了？”

“还没有，我们刚刚有这个打算的。”

“哦……你真是传统的居家好女人。”

“你咋样？有动静没？”

“我能有什么动静？”

“嘿嘿，不要抵赖哦。”田馨笑得诡谲，“你们出去的照片不是发给我看了？遍地野花的林间木屋，不要告诉我 nothing happened。”

“你去死吧。”何洛恶声骂她，然后悠悠叹息，怅然道，“田馨啊，我觉得我彻底完了。”

“生米煮成熟饭了？如果你很有罪恶感，那就结婚呗，冯萧难道会抵赖？”

“熟你个大头……”

“嗯？”

“煳了，我煮了一锅煳饭。”何洛苦笑，“我很努力，想要对他好些，但是发现完全不可能向另一个层面发展。我做不到。前两天朋友聚会，说到未来的打算。想到和他在一起一辈子，我心里居然非常恐慌。这样勉强着在一起，对他，是不是很不公平？”

“爱情里面压根就没有什么公平可言。谁付出多谁付出少，根本就无法衡量的。”田馨嗤之以鼻，“一旦你开始念念不忘讲究公平，那就不是爱情了。”

何洛笑了两声：“真有哲理！你现在理论修养与时俱进啊。”

“这是你说的。”

“我？什么时候？”

“当年我问你，都不是章远的女朋友了，还为他做这做那，对你是不是太不公平了，你就回了我一句：一旦开始讲究公平，那就不是爱情了。我当时可是为你的伟大爱心感动得涕泪横流。但是你现在每次说起冯萧，必然不离‘公平’二字。既然你想冷静一段时间，就和冯萧讲，还怕他飞了不成？”

“不是怕。他现在刚换了实验室，很多事情都没有理清头绪，我不能跟着添乱。”

“那你还来不来美东看我？”

“去啊，我还要帮他收拾一下东西。”何洛说，“他陪我走过了最艰难的时期，我现在总不能过河拆桥。”

“嗯，卸磨杀驴。”田馨附和，又笑，“我看你是始乱终弃。”

“我心里是挺乱的。”何洛叹气，“大家总说，第一次谈恋爱多数是头脑发热，才会不顾一切，以后总会变得现实冷静。所以我在想，现在心里这么犹豫不决，是不是需要调整自己的心态和感情观；还是说，不如恢复到一个人的状态……”

“我怎么知道？我的心眼那么简单，我的感情经历也那么简单。”田馨嘻嘻笑道，“冯萧那么好，过了这个村，可不一定有这个店呢。”

何洛轻叹：“人一定要结婚吗？不去想那些，有多好。”

“我看你是烧糊涂了！记住，千万别再逞强了！”

* * *

何洛病好得差不多了，学校要月末才开学，她计算时间，决定去新泽西探望冯萧。

新泽西和加州都属于房价高昂的地区。虽然冯萧有额外的实习补贴，但为了省钱，他租住在新泽西和宾夕法尼亚两州交界的地方，每天要开车一个小时才能到实验室，一旦忙碌起来，索性就在隔壁办公室的沙发上将就一晚。因为何洛来，他才歇了一个周末，周一一早又要去实验室。公寓后面有一片园子，每家住户都分了两垄，何洛从中国店买了一些西红柿、青椒和韭菜的菜苗，说：“别的种着玩儿，韭菜可以送给你们美国同事。原来你老板不还点名要吃那种长得像草的菜吗？”

“那是你包的韭菜鸡蛋饺子，他们哪会做？难道真的当草啃？”冯萧笑，“改天带他们回来吃饭，你大显身手？”

“没问题。”何洛要去种菜苗，从冯萧的衣橱里翻出一件宽大的旧衬衫套上。

“下飞机后你光帮我收拾东西了，累了吧？”冯萧打开车门，“我上班去，你好好休息吧。”他又转身叮嘱说，“也不用收拾得太仔细。这儿我只租了三个月，过一段时间打算换一个地方。”

“为什么？这里环境不错呢。”

“换一个距离田馨他们近点儿的地方，走动起来方便，你似乎爱她多过爱我。”他揶揄道，“过两天，咱们一起去看田馨，好不好？”

何洛微笑点头，冯萧探身在她唇上轻轻一吻。她一身青草的清新气息，在微凉的天气里，柔软的唇传递暖意。

冯萧的车驶出公寓停车场，何洛站在路边挥着手，直到他从视线里消失，才缓缓放下手臂。她的心情并不轻松，似乎无论什么时机和他讲两个人给彼此一些时间，都是不恰当的，冯萧换实验室，写论文，过一段时间答辩，他说争取四年半以内拿到博士学位，片刻不得闲。然而自己的态度亲近而不亲昵，难道他会感觉不到吗？那天朋友们开玩笑让他求婚，他看过来的目光里，似乎隐藏了一丝无奈。

唯一可以让人开心一点儿的事情，就是过些天便可以见到田馨，何洛弯起嘴角，轻快地吐了口气。路边放着花木剪、小铲还有藤筐等园艺工具，她一双泥手在旧衬衫上蹭蹭，弯腰一一拾起。

* * *

男子修长的手，递过她的小草耙。

“Oh，thanks.”何洛起身。对方磨砂皮靴上斑驳的湿印，挽着裤脚的水洗仔裤，浅驼色斜纹毛衣，在眼前一一展现。他立在一棵叶子半红的枫树下，身后是薄纱一样的雾，被远处的灌木丛映成淡青色。

“章远？！”何洛在看清来人的瞬间，脱口而出。

“是啊。”他笑得沉静，面容疲倦，风尘仆仆逆光而立。章远也望着面前熟悉的身影，她穿着宽大的男式衬衫，慵懒舒适，刚才微笑着侧头和别人亲吻，晃动的深红色发梢灼痛他的双眼。他磨砂皮的深棕半靴染了露水，凉意从脚下升起，凝结在心尖，冰冷如刀割。

“你怎么来的？”

"偷渡来的。"章远接过她手中的藤筐，"我来美国参加一个培训考察，顺便来看看你。"

"我是说，你怎么知道我在这儿的地址？"

"我是克格勃啊……"他扬扬眉毛，"惊讶吧？从天而降。"

"有点儿。在哪儿培训？"

"先去了西雅图一周，然后硅谷三天，以为你会在学校，可以顺路去找你。"

然后，飞了四千公里来美东，也是顺路吗？何洛笑笑："那下一站呢？"

"我们要去纽约，正好离你这儿不远，所以过来看看。"预备好的话再次被眼前的现实击碎，无法启齿。

已经看到，你可以走了。何洛想狠下心肠，这样对他讲，但面对章远倦然的微笑，话到嘴边却成了"进来坐，喘口气再说吧"。

* * *

电子防盗门，沉重的防火门，挂着棕色"Welcome"木牌的房间大门，一扇扇开启再合上，便是她在异国的生活。和另一个人的生活。

炉灶上小火卤着什么，浓郁的酱香里有花椒、大料和桂皮的味道。

"挺香的。"章远吸吸鼻子，迟疑地望着门边一大一小两双拖鞋。

"卤鸡蛋、鸡爪和猪耳朵，我准备熬一个万年锅，以后放这儿。"何洛拿出一双新拖鞋，"欢迎，你是第一位访客呢。"

她打电话给冯萧："同学来了，你晚上回来吧？我们一起找个地方吃饭。"

"哦？田馨吗？真等不及，我们正要去看她呢。"

“是章远，他去纽约开会。”

“哦……好，我下班后就回去。你问问他想吃什么，如果我回去晚了，你们先吃。”

何洛转身，问：“你晚上想吃什么？”

章远想了想，说：“随便吃点儿吧。最近这两天吃了好多西餐，还有所谓的中餐，又甜又酸的，所以特别想吃东北菜。”

冯萧听见，笑道：“那没办法，要何洛亲自下厨了，没问题吧。”

“好吧。”何洛念了几样材料，嘱咐他去中国店买，“你还真的要早些回来，否则我没办法开伙。”

* * *

“果真是中国人到了哪里都要带着自己的中国胃。”何洛说，“我来美国这么久了，习惯了吃奶酪吃牛排，但如果让我连续吃上一个礼拜，心里也绝对不舒服。”

“嗯，听说这边的中国店东西很全，从北京甜面酱到台湾沙茶酱，一应俱全。”

“是啊，美国比欧洲好很多，据说有人带瓜子过去。”

“这里是挺好的，空气好，人也很友善。”

* * *

何洛问了他们培训的内容，章远一一回答，两个人便不知道再说些什么，局促地坐在沙发两端。她把没来得及种的菜苗收好，从冰箱里拿了水果摆在章远面前，又提了喷壶给吊兰浇水。

“听说，你又要升官了？”何洛问。

“嗯？还没有，最近在提名讨论。”

“哦，提前恭喜你啊。我就知道只要你尽心的事情，就会做好。”

“八字没一撇呢。”

“又谦虚了，如果不是胸有成竹，这么关键的时刻你跑出来培训？”

“我知道，但来美国这边的机会难得，我不想错过。”

何洛低头，看着卤锅扑扑冒泡：“你在美国还要待多久，纽约有很大的 IT 公司吗？”

“没有。其实……我的培训已经结束了，团员们有两天自由活动时间。明天中午的飞机回国，我的签证后天就过期。”

“嗯……时间挺紧的。”

“是啊，我听云微说你们去了黄石公园，没想到都要开学了你还不在学校。我昨天去你学校，你室友说你刚来新泽西。”章远苦笑，“其他团员都从旧金山出境，我自己改了明天纽约出境的机票。”

“公司派你来学习？”

“不，自费，还请了年假。”章远走上前，在何洛身后一步远的地方站定。

“我早就想来了。”他说，“我前不久去找了叶芝，她把我骂了个狗血淋头。”

“哦。”

“她说我既然有了女朋友，就不应该还来关心你的生活。可是，如果我说那是一场误会，你相信吗？”

“无所谓相信不相信，我没有任何立场去干预这样的事情，如果你觉得哪个女孩子好……”

“何洛！”章远打断她的话，“很多女孩子都很好，但是那和我没有什么关系。”

“不要再说这些了。”何洛摆摆手，示意他不要走近，转身微笑，“我们说点儿别的，好吗？你还没有告诉我，到底怎么知道这个地址的。”

“你的室友真厉害，只说你来新泽西，死活不告诉我你的地址。”

“的确，没有谁知道。这个房子冯萧租得很仓促，还是这边的中国同事帮忙代找的。”

“你室友也被我缠得口干舌燥没有办法，勉强同意我进厨房喝口水。”章远从口袋里掏出一张明信片，爱达荷的土豆，“我在冰箱上发现了这个，后面有一个美东的地址……我也只是碰碰运气，直接冲到了机场。”

“你坐的红眼航班？”为了一个不明确的地址。

章远笑容疲惫，他买了夜航机票，到美东时正是凌晨。他从公文包里拿出一袋东西，说：“险些就把这些和行李一起寄存到纽约机场了，喏，今年的新茶，还有两本几米的画书。”

何洛伸手接过：“哦，谢谢，我收起来去。”她快步走入书房，手上的两本书千斤重，沉沉地拍在桌上，《布瓜的世界》和《遗失了一只猫》。最早看的几米漫画，还是大四冬天的《向左走向右走》。

* * *

书中写着，她不曾遇见他，他不曾遇见她。

变化无常是否真的比确定更为美丽？

* * *

何洛站在窗边，参天的橡树枝叶摇曳，沙哑地叹息着夏天的逝去。她在窗户的倒影里看见自己低垂的嘴角，抓起桌上的小镜子，眼睛微微泛红。她从抽屉里拿出眼镜戴上，感觉心事不再赤裸地暴露在空气里，思绪才稍微平和下来。

早起开机时自动登录了 MSN，状态是离开，但还是有半屏幕的留言窗口。

冯萧说："平安到达实验室，点个卯便回来。"

田馨说："亲爱的你什么时候来，我想你想得睡不着！"

舒歌打了一张大大的笑脸："嘿嘿，吃月饼了吗？还有额外惊喜奉送。"

"有惊无喜。"何洛答复。

"我终于见到传说中的章鱼，前天在外面坐了大半夜，昨天又来缠我，果真有章鱼八爪缠人的本领。他还拿走了你的明信片，我去拦，他居然说'别逼我打女人'，有没有搞错？"舒歌立刻回应，"倒是蛮帅哦，可惜有暴力倾向，否则不妨介绍给我哈！"

"我都知道了。"何洛苦笑。

* * *

刚过中午，冯萧就回到公寓，买了青菜豆腐和羊肉，还有一条现杀鲫鱼，一进门递给何洛："我看羊肉不错，就擅自改了你的菜谱，不要吃牛肉苏泊汤了，鲫鱼豆腐汤也不错。"又冲章远笑笑，"来了？尝尝看，何洛做得很好吃。"

何洛整理着食材，两个男生寒暄着。

章远说："我比较喜欢鲫鱼糯米粥，养胃。"

冯萧笑："我现在肠胃可好了，都是何洛的功劳，定点吃饭，荤素搭配。原来我在加州，同实验室里的中国人总抢着看我的饭盒，羡慕坏了。现在都要有腐败肚了。"

章远说："工作后难免。"

冯萧摊手 :“运动少了，她又做得太好吃。”又笑，“何洛总批评我的饮食方式，她脾气可大了，我每次买可乐或者薯条之类的垃圾食品，她都生气。她一直都挺犟。”

“她一直……挺有原则。”

*　*　*

土豆溜圆，何洛第一刀下去，就有一半骨碌到地上。她俯身捡起来，“新菜刀，用不顺手。”

“我帮你吧。”冯萧洗了手。何洛摇头，说 :“你今天连续开车那么久，坐会儿吧。”两个人推来让去。

章远看着电话桌上二人的合照，在一面雪墙前穿着夏天的衣服，就和自己此刻的贸然造访一样，不合时宜。他越来越觉得自己是在看别人的电影，永远是观众，再无登台的机会。

“我打算坐晚上六点十分的班车回纽约。”他扬扬手里的时间表，“明天的飞机，我还是早点儿赶回市区的好。”

“这么急？”冯萧预备碗筷，“那，何洛你一会儿送章远去公车站吧。老同学多说会儿话。”

何洛蹙眉道 :“我不大认路，怕丢了。”

“多近啊，只一个转弯，开车五分钟，昨天去兜风不就是你开的车？”冯萧帮她端菜，一字一顿地说，“没问题，何洛，你肯定能找回来的。”

*　*　*

家常凉菜、葱烧羊肉、地三鲜、白菜炒黑木耳、鲫鱼豆腐汤，还有刚卤好的鸡手猪手，拉拉杂杂铺满餐桌。“现在做饭手很快呀。”章远说，看何洛恬淡地微笑，安静地擦着护手霜。他想要努力记住她的模样和这餐饭的滋味，但嘴里却吃不出任何味道。

吃过饭，何洛开车送章远去公车站。

“你现在很幸福，是吗？”他问。

“挺好的。”

“那我就放心了。对了，我买了房子。”

“哦？原来是真的。那我上次问你……”

“上次……本来打算卖了，但是，我还是没有。舍不得。”章远说。

说话之间已经到了车站。“再见吧。”何洛把车停在路边，转身望着他，“一路平安。”

“那，我走了。”章远下车，走了两步，转身回来，递给何洛一张照片，“对不起，或许，我来得晚了。我本来以为，你会是女主人的。”说完，他沿着芳草萋萋的斜坡走下去，长途空调大巴即将开出，秃顶的司机摇着制服帽子。

何洛翻过照片，是从阳台俯拍的小区园景，透过铁艺雕花围栏，大门内的基石上，四个大字清晰可见，“河洛嘉苑”。

“河、洛、嘉、苑……”一颗心痛得发木，梗在胸口。她仰起脸，天窗的深褐色玻璃外，流云走得飞快，就和最初来到美国每一个思念的日子一样，在屋顶眺望远方，心也是这样纠结，然而没有一朵云停下来听她的心事，满腹的落寞无处投递。

* * *

何洛有那么一刻的冲动，想要冲到大巴上，说：“走吧，带我一起走吧。”什么都不计较，所有的一切都统统抛开。然而冯萧的话依然在耳畔：“何洛，你肯定能找回来的。”

犹疑之间，长途汽车隆隆的马达声从身边经过，何洛不忍再看再回想，靠在座椅上，双手交叠，蒙住眼睛。

茫茫人海中，我们究竟是谁错过了谁?

* * *

转身之前 隐约看见了你眼眶中的泪水

知道我曾经存在在你的心里 我想 那就够了

……

三、怎样

如果我们现在还在一起会是怎样
我们是不是还是深爱着对方
像开始时那样握着手就算天快亮

by 戴佩妮《怎样》

有人梆梆叩响车窗 :“我想，我忘了一件东西。不介意我再说两句话吧。”

“你会错过长途汽车的。”她努力扬起嘴角。

“没关系，还有几班。”

两个人并肩坐在缓坡的草地上，远处起伏的苇草在风里摇摆，和伶仃的电线杆一起分割着渐渐暗淡的天空。风有一点儿凉，章远把外套给何洛披上。她脱下来递回去 :“谢谢。”

章远接过来，也不穿上，顺手放在身边。“胆怯也好，逃避也罢，有些话我一直没有说。现在，我不想让它们一辈子烂在肚子里了。”

“还是不要说了。”何洛摇头。“我怕再不说，以后更没有机会了，难道送这样的礼物给别人的老婆吗？”章远摊开手掌，是两枚戒指。“这是当初的，我替你免费保管 ; 这个，是新的……”他指点着，“本来，想把这个和房子的钥匙一同交给你。”

何洛迟疑着，不肯伸手去接。

章远拨弄着戒指 :“你刚出国的时候，正好是我进入天达后立稳脚跟的阶段。说实话，那段时间我以为自己把什么都放下了，根本没有心思和精力去想什么情情爱爱的事情。即使偶尔想起来，我也觉得如果你心里真的有我，不会那么绝情地一走了之，就算真的过了三年五载，我们也有重新在一起的机会。可是事到如今，直到你走得非常远，远到已经属于别人的世界了，我才发现，自己根本没有任何挽留你的话。除了一段又一段的回忆，我和你什么都没有。所以我现在对你说这些，一点儿底气都没有。我不是因为胆子大，才一口气跑到美东来，恰恰相反，是因为我根本没有勇气去想，如果失去你，这一辈子怎么办。什么各自寻找各自的幸福，见鬼去吧！我只能找到你。”

* * *

“你有没有想过，我已经不是你心目中想找的那个人了？”何洛拈起带着钻石的那枚，问道，“和原来的尺寸一样吗？”

“嗯。”

“那我戴给你看。”何洛伸出左手，戒指卡到无名指第二关节，“修车、做家务、种花草蔬菜，原来都可以让指节变粗。你看，戒指已经小了，我也不是当初爱情至上的小女生了，我有我自己的生活。我们都要向前走，不要回头看。”

“那你告诉我，你心里，还会不会怀念以前，我们的事，还有……”章远长长吸了口气，叹息，“我。”

何洛笑容艰涩，抱着膝，微仰脸庞。“你在为难我。你知道，我不大会说假话。说不怀念，那是自欺欺人。”她望着远处绵延到暮霭中的山林，“就像我当初说过的，你不亏欠我什么。那时候那么多女生羡慕我，你给了我我能想象到的最浪漫的少女时代，即使时光重来，即使我知道最后会分开，我当时还是会选择和你在一起。所以，有时候我总问自己，为什么还会想起你，还是怀念一去不返的好时光，这两者我分不清。”

“如果，你没有男朋友，”章远问，“你会不会给我一个机会，给自己一个机会？”

“这个假设不成立。”何洛咬紧下唇，“冯萧是切切实实的一个人，他还在等我回去。”

“那么，你爱他吗？”

“怎么讲呢……”何洛想了想，“所有曾经轰轰烈烈的感情，最后都会是这样平淡温馨的吧。爱情不是只有一种模样。你相信天长地久的爱情吗？”

“世界上没有天长地久的爱情，”章远望着她，“只有对爱情的追求，才是天长地久的。”

* * *

来了一班车，又走一班。七点四十的已经是当日发往纽约的最后一班。

“我不是没有尝试过。可是天长地久，实在是太久了……走吧。”何洛咬了咬嘴唇，站起身来，“飞机可以改签，但是你也不能错过明天回中国的航班。一旦签证过期，非法滞留美国很麻烦的。”

“我也不在乎了，难道以后还有来这儿的意义吗？”章远苦笑，“这次贸然地来了，只是想要告诉你，我的想法。我有光明正大追求你的权利，为什么自己总觉得做贼一样，想着你，都不敢对别人说。现在看来，是怕失败了被别人嘲笑吧。当初我就是过不了自己那一关，又骄傲，又自卑，就算迷茫也死扛着，那么坚持自我，却忘了两个人应该向着一个方向努力。现在回头看，应该听你的，静下心来去考研。无论创业还是工作，以后有的是机会。”

“不会，你不会的。”何洛摇了摇头，“还记得咱们一起路过岩壁，你徒手就爬上去了吗？后来到美国和朋友去玩，我才发现，那个是需要有保护措施的。可是你就是喜欢挑战，喜欢铤而走险，险中求胜。”

“因为那时候，我还不知道，摔下来有多疼。”章远叹息，“那年冬天你回国，我带了一束花去机场，可是看到你和冯萧一起出闸，手牵着手；然后在小吃店遇到你们，介绍的时候我就想，怎么忽然间我就成了你的高中同学而已？我以为经过了高考失利，也能承受事业上的起伏和失败……可我从来没想过，失去你……”

“可是我，不想再摔下来了。”何洛心中酸涩，“我们已经走上了不同的路，这世界上没有后悔药的。”

“是啊，没有……”章远沉默片刻，目光中满是悲凉，“那，我走了……让我再抱抱你，好吗？”

他张开的双臂像一个巨大的磁场，脑海中一个声音对何洛说：“不要，不要。”但身体完全不受控，明知道是飞蛾扑火，仍然任他揽过自己，两个人轻轻地拥抱。

* * *

章远在她耳边轻声说：“我也想过要把河洛嘉苑卖了，如果你不在，这套房子谁来住？可是我总存了那么一丝幻想。然而每次见到你，我都不知道从何说起，只能拉着你说什么工作。其实，我非常嫉妒冯萧，每天都可以像今天这样，随随便便和你说些柴米油盐的事情。

“以前的合照我一直放在抽屉里，每次看都会很感慨，虽然明知道怀想是没什么用的。看来，我也应该改一改自己怀旧的这个毛病了。

“说真的，想你是一件很伤神的事情，何洛，我也有些累了。”章远的声音闷闷的，“如果可以，我愿意用现在的一切，换回当初分手的那句傻话。”他的怀抱一如从前，熟悉的气息环绕着何洛，她有些眩晕，感觉自己的重心几乎要依附到他身上，想要站稳，却感觉到他的臂膀更加用力。

“我以前很少说，因为觉得肉麻。”他顿了顿，“我爱你，何洛。”

“何洛，何洛……”章远一声声呼唤着，这么多年过去，再没有谁能把她的名字唤得如此动听，依旧如同十六岁的少年，清越的开始，圆润的结尾，些许厚重的膛音。

何洛无法挣脱，双手不禁环在他身后，耳朵听到章远有力的心跳，节奏还是充满着蛊惑人心的力量。不知不觉中，他的怀抱收得如此紧，生怕有一点儿缝隙，她就溜走不见。最后一线理智告诉何洛，推开，推开他。咬咬牙，低头，抵在他胸膛上。

*　*　*

似乎意识到她的挣扎，他喃喃唤了一声“何洛”，低沉无奈。风停了，一切声音都停了，世界凝固在此刻。失去光线，失去声音，失去气味，唯一保留的，是脖颈上冰凉湿润的触感。

何洛一惊，更多的凉意沾染在发迹和后颈，无声地滑过皮肤。他的呼吸不再沉稳，他的身体微微颤抖，“我……”简单的三个字，连不成句，声线沙哑，氤氲着水汽。

“章远……”她再也无法忍耐，抽噎着唤着他的名字。

两个人抑制不住，泪水汹涌，紧紧相拥。

*　*　*

我们如果还在一起会怎样？我们究竟为何才会这样？

为什么此刻我们只能拥抱彼此，只能在眼泪中描绘你的轮廓？

我们不哭，我们说好都要幸福，怎样艰苦的岁月里，我们都不哭。

我以为这一切都是老旧的，是撕碎了扔在风里的，然而你是如此神奇的魔法师，挥挥手，就把一切清晰地拼成生动的图片，重新塞入我的脑海。

*　*　*

章远忍不住低头，抚摩着何洛泪迹纵横的脸颊，温暖的拇指肚擦拭泪水。双唇亲吻她的额头、眼睛、颧骨，最后滑过嘴角，停留在她的双唇上。

“不……”她的拒绝被堵住。她竭力抽回双手，推着他的胸膛和胳膊。

温暖的唇轻轻摩挲着，柔软地撩拨着心底最深处的回忆。心跳乱了，呼吸乱了，何洛紧紧掐住章远的胳膊，双唇却微微张开，任由他唇舌纠缠，用执着的攫取，诉说这份记忆如何深刻。

何洛，我记你一辈子。

恨不得一夜之间白头的念头再次袭来。

排山倒海。

如同万年冰山，一旦融化决堤，便泛滥成灾。

* * *

近乎凶狠的吻，夹杂着泪水咸涩的滋味。何洛气息不畅，呼吸艰难。章远将她抱在怀里，抚摩着她的头发，轻轻倒吸着凉气，说："可以松手了吧。"

何洛咳嗽起来，才发现自己一直用尽力气掐着他的胳膊，赶忙松手。脸颊因为泪水的浸润变得更加柔软，贴在章远胸前，被薄毛线衣一丝丝刺得发痛。没想到章远会哭，没想到他的吻依然缠绵唇边，温暖湿润的触感，他身上熟悉的气息，这些都让她无法拒绝，泣不成声。然而冯萧无奈哀伤的双眼瞬间滑过心头，浑身一凛，无论多不舍都要放手。

何洛从章远怀里挣脱开来。他撸起袖子，上臂被掐出一小片淤青："你力气比以前大了不少。我们……"

"没有'我们'。"何洛泪光中犹有微笑，"这样，已经是最好的告别了。"

那一刻，耗尽全身力气。

* * *

她开车回去，一路上睁大眼睛，但泪水无法控制地不断滑落。刚刚的纷扰似乎是一场梦，在他身边，自己如同被附身，举手投足完全不能自控。何洛在路边停下车来，打开窗，拧开收音机，窗外花草树木的清香在乡村音乐的吉他声中扩散开来。她呆呆地坐了良久，才勉强找回自我。

回到公寓，何洛深呼吸，走进房间的时候低头，尽力掩饰红肿的眼睛。

只有厨房操作台上方昏黄的小灯开着。何洛来后，冯萧便睡在客厅，折叠沙发已经打开，他正看足球转播，目不转睛地盯着屏幕："你平安回来就好，我怕你开错路，会被警察抄牌呢。"

何洛满心愧疚，想说两句抚慰的话，却怎么也开不了口，低着头和冯萧商量了第二天去看田馨的行程，便逃也似的躲入房间。隔壁哨声和欢呼声响起，然后是广告音乐，一周体育要闻，无休止地喧嚣着。冯萧摸不到遥控器换台，索性任电视开在一个频道。

两个人隔着一堵墙，各自满怀心事。

* * *

纽约飞往北京的直航上，章远靠着舷窗，一碰到胳膊就疼得龇牙，心里更痛。思绪纷乱，未来理想、前途名利，此时统统抛开。想要天长地久，如何能敌得过山长水阔？他一时莽撞，硬生生站在何洛面前，但是除了苍白的言语，又拿什么来挽留她？他太了解何洛的为人，明明近在咫尺，却和太平洋两岸的距离一样无法跨越。

* * *

回忆是空气，爱是双城的距离。

每个人的心，都是一座城。

北京直飞纽约，要十三个小时三十五分钟。

我和你的心，隔着多少光年？

* * *

田馨住在纽约州，何洛坐火车去看她，到了站，就在月台上等着。路基旁边有半人高的蒿草，铁轨蜿蜒，天空蓝得让人想要融化在里面。阳光刺眼，她抬手逆光寻觅，手掌被勾勒出半透明的橘红边缘。

以为下一秒，就能看到他转身笑，说："什么棒棒糖，牙都酸倒了。"

或者是高中毕业的夏天，火车站的分离，两只拳头碰在一起，手指齿轮一样契合。

还是那个冬天，绕在他身后，说："举起手来，不许动。"他笑着，嗓音低沉，"劫财劫色？劫财我没有，劫色，勉为其难，从了吧。"

当初一个人在陌生的土地上挣扎孤独时，这些记忆都令她更加苦痛惆怅。然而随着章远的到访，心中沉睡的往事又渐渐苏醒，变得清晰起来。

* * *

田馨来了，长发几乎到腰，淡淡的眼影唇膏，依旧眼神灵动，但举手投足更像个妩媚的小女人。二人在站台上热烈拥抱。"洛洛，想死我了！"她激动得手舞足蹈，用力拍着何洛的后背。何洛鼻子一酸，整个人疲倦得不想说话。

"冯萧怎么没和你一起来？"路上，田馨问。

"他昨天说实验室事情多，就不过来了。"

"哦……你们，没吵架吧？"

"怎么这么问？"

"你眼睛是肿的，还很厉害呢。"

何洛从倒视镜里打量自己，想起早晨醒来时湿漉漉的脸颊，沉默不语。她趴在田馨家客房的床上睡不着，阳光暖暖地洒在被子上。田馨推门进来，蹑手蹑脚地把一杯水放在床头，看何洛睁着眼睛，吓了一跳。

“想什么呢？不累？”

“累，这两天太累了。”

“那还睁着眼睛，特别想我吧，很多话想说吧。”

“是。我忽然想到那次去看他，给他熬粥。”

“然后某人吃饱喝足，心满意得地睡觉了，你一个人愁肠百结地想要地老天荒，是吧？”田馨颇不屑地哂笑，“那时候这小子最得意了，不用给你承诺，还有你毫无怨言地陪在身边。我真恨不得拿拖布扔他。”

“你一直想拿拖布扔他。”何洛笑，“高中就是。”

“但你一直舍不得让我扔。”

“有吗？”

“怎么忽然想到他了。”

“他来找我了，昨天。”

“找你？昨天？”田馨大叫，“你说美国！去冯萧现在住的地方？这不是捣乱吗？”

* * *

何洛把经过说了一遍。

“女人啊女人……”田馨叹息，“仇人相见，分外眼红。冯萧倒是了解你，如果他去送章远，只会让你更加念念不忘，现在好，你自己就不断反省了。”

“我送章远去车站，一路上都在想冯萧那句话，‘你一定会找回来’。”何洛微阖双眼，“原来一直是他照顾我，但说这句话的时候，他就像一个孩子，特别怕我一去不返的样子。”

“你说，冯萧会不会已经察觉到你和他的疏远感，所以觉得强留你也留不住？”

何洛不语。

田馨又问：“那你打算和章远重新开始吗？”

何洛依旧不说话。

“我就说嘛，他一句爱你，一套房子，算什么？”田馨攥紧何洛的手，“别人不知道，我知道你大四最后多难过。是他推开你的，凭什么他说不要就不要；他说回头吧，你就要屁颠儿屁颠儿地接受他？一定让他再吃点儿苦头，才能让我解气。再说，他在中国，你在美国，难道以后当牛郎织女？”

“我之前就打算找机会和冯萧说，让我一个人仔细想想两个人之间的关系；但是章远来了，我反而不知道如何和冯萧开口，似乎我有别的动机。”何洛倦倦地说，“但我想他已经察觉了，早上他送我去车站，不过是一个 goodbye kiss，我就浑身僵硬。”

“这么夸张？这下别说煮饭，烧水都不成了。”田馨瞪大眼，愤愤地断言，“章远这个男人是祸水。”又无奈地叹气，“洛洛你可别哭。以前高中都是你罩着我，现在是我老公罩着我，你知道我不会哄人的，你一哭我就麻爪了。算了算了，无论你做什么决定，我都支持你就是了。哪怕你决定回到章远那个臭小子身边，哼，算他运气。不过，你就不要勉强自己了。”

何洛笑了：“你一会儿支持冯萧，一会儿支持章远。田馨你真是墙头草，到底帮谁？”

田馨也笑：“傻瓜，我又不是他们的七大姑八大姨，帮他们干什么？我始终站在你这边，你和谁在一起开心，我就支持谁！”

何洛心中温暖，反手拉住好友的胳膊，蜷起身子来，额头抵着膝盖。

只是在章远出现的瞬间，太阳明晃晃的，倏忽间，拉长昨天的背影。

四、听风的歌

风起了阳光的影子好透明而记忆是手风琴
响起
我以为我终于也学会忘记但沉淀的
扬起乱飞
下一站到哪里到底爱在哪里从谁的怀里
转到哪里
你现在在哪里我想你轻轻的已经遗失的
怎么样再赎回
谁的歌在风里有一句没一句好像是句
迟来的对不起
比生命还漫长的成长路途里为何总有
太多未知
要怎样才不会分离怎样才没有对不起

by 万芳《听风的歌》

开学后何洛返回加州，冯萧则继续在实验室里忙碌着，他在这个项目组里是新人，自然加倍努力，偶尔老技术员偷懒，把需要连续十几个小时的监测交付给他一人，熬夜也是常事。加州和美东有三个小时的时差，常常何洛这边已经午夜，还会看见冯萧在线。

何洛劝他："如果太辛苦，就婉转点儿和你们老板说啊，谁都不是铁打的。他们这样太不厚道。"

冯萧总是呵呵一笑，打上一行字："这也是一种磨炼。"他解释说："他们都是技术支持，不很在意出什么成果，但我是学生，现在多做点儿，也是积累自己的资本。"

项北也问："萧哥，做得这么辛苦，难道可以赚加班费？攒钱筹办婚礼吗？"

"我说过要结婚？"

“早前你说有这个打算，说要等何洛硕士毕业，开始做实验，课程不重的时候。”

“Forget it.”冯萧说得简短。对于那天的送别，他不问，何洛也绝口不提，但，终究是一根刺。如他所愿，何洛回来了，遮掩间双眸红肿，又和最初相识的时候一样，眼底总有一层雾气。那是多久之前的事了？也有将近两年了吧。那时候的她，明明是个聪慧灵动的姑娘，但是时而眉心轻蹙，让人心生怜惜。然后看她一天天开心起来，温和沉静地在自己身边微笑，看她在厨房氤氲的水汽中煮饭，看她满手泥污蹲在后院里侍弄花草蔬菜，看她扎高马尾在足球场边挥手加油，以为这样就是一辈子。谁想只不过匆匆数面，两年的感情几乎被抹杀。冯萧不知道自己究竟是看错了过去，还是算错了未来。

也不知道算不算幸运，何洛没有离开。

* * *

感恩节将至，何洛再次飞来探望冯萧，顺便去师兄师姐工作的大药厂找实习机会。她说：“我还是想对药厂的实际状况有些了解，免得过两年博士毕业找工作时，不知道自己到底要做什么，能做什么。”

“车到山前必有路。”冯萧说，“除了药厂，你也可以看看和生物有关的咨询、法律顾问什么的，收入高啊，以后我就跟着你混饭吃好了。”

“那都是累得吐血的地方。”何洛摇头，“而且我的英语和美国本国人比起来还是差得太多，用到咨询和法律上还是有些捉襟见肘。而且还得考虑去法学院再读一个学位。”

“那也可以呀。美国的行业发展都比较成熟，基本上按劳分配，赚得多，当然也比较辛苦了。”冯萧开解她，“不用着急，第一，你现在离毕业还远，实习可以慢慢找；第二，就算真的暂时不能进药厂，同样可以做博士后嘛，虽然收入不高，总比当学生的时候好，而且相对清闲。”

何洛想起刚刚做了妈妈不久的朋友，她就总说，读博士后好啊，是个养 baby 的好机会。

然而，她心底有一种力量不断冲撞着，想到要这样周而复始地读下去，冗长的未来便让她坐立不安。

“别想太多了，先在新泽西和宾州这边儿家大药厂把简历都投了。而且就算现在实习了，最后进大药厂做研发，他们同样更喜欢博士后。”冯萧拍拍她的头，“过些日子这些药厂可能去附近大学招聘，到时候我去看看。”

“算了，你那么忙，不要操心我这些事情了。”

“你这么说我就生气了。”冯萧故意板下脸，“我不操心你，操心谁去？再说了，我也希望你到美东来，离我近点儿。”

他坚持要做两道新学的菜。“有时候做实验人不能离开现场，一直坐在仪器旁又无所事事，就在网上看了很多菜谱。”他说笑着，弄得一厨房油烟，一会儿把锅盖扔到炒勺上，一会儿跑去推开窗户。何洛凝神望着他的身影，心里闷闷的。

“怎么了，眼睛都直了？”冯萧转身笑，“有话对我说吗？”

“啊，没。”何洛摇头。

“别傻坐着，去，看看我书桌上打印出来的菜谱，到底什么时候放料酒。”

* * *

何洛没有看到菜谱，喊冯萧自己过来找。他的电脑开着，一瞥之下，却看见 MSN 的对话框一闪，自己的名字出现在里面。

项北说：“有机会你还是和满天星谈谈，她心里一直有个疙瘩。”

冯萧的答复是：“过一段时间吧，最近情绪不佳，比较暴躁。”

刚刚闪现的那句话，写着：“何洛的事情不必强求，大丈夫何患无妻？”

何洛愣在原地，说不出心中的滋味。

“你看到了？”冯萧站在她身后，提着饭铲，“我只是告诉项北，咱们暂时不会结婚。”

“嗯。”

“来，去吃饭，不要生气。”冯萧解释道，“我和满星也没什么。”

“不生气。我明白。”

“真的？”

“真的。我相信你。”何洛挽起袖子，洗手，准备碗筷。冯萧跟在她身后，一言不发。何洛一回身，险些和他撞在一起。“怎么了？”她问，“洗手吧，准备开饭。”

“你真的，什么都不想问？”

“嗯……”

“我刚才很担心你会和我吵架。”冯萧坐在沙发上，垂下头。

“怎么会？我是那种蛮不讲理的人吗……”

“我倒希望可以吵起来。”他缓缓抬眼，问，“何洛，你是不会为我吃醋的，对不对？”

“我……相信你。”

“那么，你是否为他吃过醋？”

何洛长长吸气：“那时候人小，比较容易激动。”

“我一直告诉自己你说得对。”冯萧说，“是我太相信你了，还是我压根就不了解你？”

* * *

两个人长久对视。何洛说："我不大懂你的话。是你想太多了。"

冯萧浓黑的眉没有了往日的飞扬，常带笑意的明亮眼睛渐渐迷离："一直以来，我想相信你，把事情想得简单一些，可是连你自己其实都不相信我们之间的感情，是不是？我总觉得没有办法真正走近你。"

"我最近心里是比较乱，主要是不知道自己毕业后到底想做什么，又能做些什么。"何洛跪坐在冯萧脚旁的地毯上，去拉他的手。"给我一点时间，让我冷静一下，好吗？"

"你是为了他吗？"冯萧甩开她的手，"你想要有一些工作经验，是因为这样近期就能回国，也比较容易找工作，对不对？如果读博士后，就又要绑在美国好多年了，潜意识里，你不想留下来，是不是？"

"我……这是两码事。"

"那你告诉我，你不是这么想的。"

何洛不语。

"你向来不说假话的。"冯萧叹气，靠在沙发上，自嘲地笑，"其实，在我们去黄石的时候，你就知道他要来美国了吧。我居然一直蒙在鼓里当傻子，还想着怎么样让你更开心。说句实话，在大提顿，如果换了他，你还会哭得泣不成声吗？"

何洛支着身边的茶几，飞快地站起来，咬着牙说不出话来。

摆在上边的相框摇晃了几下，仰面躺倒，里面是两个人在熊牙公路尽头的照片，夏日飞雪。We were here，多好的表达，过去时，曾经的旅途目的地，并不是终点。

* * *

冯萧望了她一眼，解下围裙扔在餐桌上，推门而出。

到底，还是伤害了他。

何洛去扶桌上的相框，几次都没立住。她茫然看着空荡荡的房间，厨房里排烟罩上的小灯还亮着，昏黄温暖，刚盛出来的香菇烧鸡翅兀自冒着热气。烤箱里还有三文鱼，到了预定的时间，定时器发出锐利刺耳的提示音。

外面开始下起雪来，冯萧的大衣还挂在衣架上，从窗口望出去，他的车也在停车场。

这个人去了哪里？

何洛穿好外套，抱着大衣冲下楼去，刚推开防盗门，就看见冯萧倚着墙，抬眼望着空中的雪花。何洛将大衣递给他，低了头，和他一起倚墙而立。

“我刚出来，就发现自己没有带钥匙。”他说话的时候带着白烟，笑容也有些僵硬，“回去吧，这里风大。”

“对不起，我刚才不应该说那么刻薄的话。”冯萧道歉，“我想要做得洒脱一些，但发现自己根本大度不起来。其实已经有好几次了，我都想和你谈一谈，但是我没有，就是怕一言不合，就再也留不住你了。”

“是我对不起你。”何洛仰头，迎上他的目光，“这么多年来，我一直都想做一个理智的人，现在，我决定任性一次。原谅我，冯萧。”

冯萧拉住她：“让你任性的结果，就是我们都会后悔。谁都会有摇摆不定的时候，这个时候我们就更应该坚持。你想想，很多事情是被回忆美化了，只有握在手中的幸福才最实际。难道我们在一起的时候，你的开心都是假的吗？我不相信！”

何洛翕动嘴唇，心里千头万绪无法表述。为你排忧解难遮风挡雨的人，值得一生感念，但相处时开心，不一定是因为爱。

到底什么才是由爱而生？是分开后的挂念和苦痛吗？曾经爱过的，是否依然爱着？见到章远时的心痛，是因为不能回到他身边，还是因为触碰到曾经的伤口？

何洛不知道。

“你决定了要和他在一起？”冯萧问，“无论我曾经做过什么，以后怎样努力，都留不住你的，是不是？”

“我没有。”何洛摇头，“我没有打算和任何人在一起……我也不知道他会来美国……我只是需要一些属于我自己的时间和空间。”她躲开冯萧的目光，但躲不开他的哀伤。

冯萧沉默片刻，握紧她的手：“那么，何洛，你爱我吗？”

“我很感激你为我做的事情。”

“我问，你爱我吗？或者，你爱过我吗？”

何洛不语。

“做人不用这么厚道吧？”冯萧苦笑，“到现在你都不肯骗骗我，安慰我一下吗？”

“我不能再自欺欺人了。或许，现在的我根本不知道，什么样的感情才算是爱……”

“不要说了。”冯萧打断她的话，“大家明白就好，我永远不想听那两个字。”

* * *

一家法国制药公司录用了何洛，工作地点是宾州的分厂，对方希望她下学期便来实习。舒歌帮忙整理行李，依依不舍地问：“真的这个圣诞前就要走了？”

“对。”

“但你可以一月份才报道到，不是吗？”

何洛指着一书包地图：“喏，刚刚从 triple A（AAA，美国汽车联合会）

领回来的，我给自己放四十天的假。”

“你要开车去美东？！”舒歌翻翻地图，中南部各州应有尽有，从西至东。

“有这个想法。”

“我反对！”舒歌大叫，“你每天心不在焉的，太危险。”

“我有保险，行车记录优良，而且我每天只开一会儿。”

“保险并不能提高驾驶技术！你疯了？”

“我没有。”

“何洛，你在和自己赌气。”舒歌说，“想做什么就去做，不用有太多歉疚。”

“我不知道自己想做什么。”何洛坦言，“我的处事态度、我从小受到的教育，决定了很多时候我要考虑得太多，不能只从感情出发。现在无论怎么选择，我都对不起别人，对不起自己；所以，索性暂时不去想那些烦心事儿了。人生也不是只有爱情。”

“那也不能一辈子当鸵鸟。”

“我不会，我只是忘记了，自己也曾经是个冲动的人，所以想要随心所欲，出门野一把。”何洛敛着行装，“这些我带走，那些大箱子我已经封好了，等我到了，麻烦你帮我托运过去。其余什么音响、电视，统统留给你好啦。过一段时间也许我还回来，继续读我的博士。”

她回身看看空荡荡的屋子，放松地伸了个懒腰：“为了安全，我才告诉你我的行程，不要告诉其他人了。我想把自己交给自己，至少，是这四十天。”

* * *

何洛迤逦南下，从旧金山到凤凰城，从休斯敦到新奥尔良，穿过气象万千的红褐色戈壁、热情洋溢的新墨西哥。后备厢里放着水、面包、火腿和苹果，还有一个睡袋和各种工具。上路后，她发现自己的准备并不充分，长途行车经验更是少得可怜：有一次看错地图，绕了大段的弯路，找到预订的旅店时已经半夜；在人烟稀少的亚利桑那州，错过一个高速出口的加油站，渐渐油表指针压在 Empty 的红线上，如此又开了二十英里，才发现下一个；在休斯敦看球，兴奋得要喊哑嗓子，出来时却找不到车钥匙，只好打电话报警，并找来 AAA 的工作人员开窗撬锁……旅途是孤单的、辛苦的，然而充满未知和诱惑。一路紧张兴奋，只要有一个既定的目标，便可以把自己交给蜿蜒长路。

何洛爱这样肆意简单的生活。

她隔三岔五就给家中打电话，何爸何妈一直被蒙在鼓里，以为女儿依旧在打点行装。冯萧回国探亲，给何洛发 E-mail，说家人问起她："我妈很想你，说和你一起逛街，一起做饭，都很开心，这么多年总算过了把养女儿的瘾。我不忍心打破她的美好想象，于是说你忙，才没有和我一起回国，因为准备明年到距离我很近的地方工作。原谅我这样解释，因为我也还有幻想，还希望一切是有转机的。"

何洛凝视良久，不知如何回复。看久了屏幕，眼睛酸痛，她对着冰冷的字符，不断地说着"对不起"，不知不觉泪流满面。

* * *

她开开停停，已经距离出发将近二十天，在圣诞前夕到达佛罗里达州的奥兰多。她在海洋世界附近的连锁旅店住下，盘算着还要去环球影城和冒险岛，当然，还有最不能错过的迪士尼，索性买了七日通票，孩子一样举着棉花糖、烤火鸡腿，兴奋地和穿梭园中的卡通人物握手，或者在各式过山车上惊声尖叫。这是一个梦想的国度，似乎所有愿望都能在这里成真。

平安夜，迪士尼的主园中游客众多，大家都聚在灰姑娘城堡前看午夜的焰火表演。音乐响起来，城堡在灯光的投射下变幻色彩。一对对卡通人物翩翩起舞，舞台上满是童话里的公主王子。到了午夜，乐声戛然而止，所有彩灯熄灭，连风似乎也静了。众人屏息，只见两三粒金色的信号弹拖曳着长尾巴，带着轻快的哨音冲入夜空，一瞬间，绚烂的焰火此起彼伏，在城堡上方深邃的暗蓝天幕中绽放。

圣诞的歌声飘扬起来。漫天缤纷的焰火下，情侣们牵着手甜蜜地亲吻，其中甚至有带着儿女的父母们，每个人脸上都是幸福的神色。

* * *

这样或那样的一瞬，一生中所有美好的光景都被唤醒，交错纷呈。

不需要闭上眼睛回忆昨天的模样，只要抬起头，抬起头看满天的流光飞舞。所有的那些青春年少的笑靥，那些意气风发白衣飘飘的岁月，那些一同悲伤的、欢乐的朋友，三月的碧桃六月的丁香十月的银杏，那些四季开谢的花和凋落的叶，那些挑灯夜读，那些球场上的汗水，那些欢笑，那些眼泪，那些万水千山，那些执迷不悔……一切的一切，喷薄欲出，那些风里的歌、歌里的梦，统统都是青春剧本的注脚。那时的她全力演出，看到天鹅绒帷幕后深情凝望的眼睛，他走在聚光灯下，款款伸手。

那些事，那些人，曾经温暖了何洛的心灵。拥有过如此丰富的回忆，就已经是生命最慷慨的礼物。

想起某年冬天他的信，他说："看一颗流星，许一个愿，就是我的目的。"如今千千万万的花火，是否可以湮没所有过去，让无忧无虑、踌躇满志的时光得以重生?

* * *

到达终点纽约时已经是一月中旬，远眺布鲁克林大桥，冷月无声，凉凉地挂在薄雾低垂的暮色中。每次呼吸，凛冽的风都从鼻子尖锐地灌入，寒意透彻心肺。然而何洛喜爱这种感觉，她在纽约东河畔张开双臂，细密的小雪花飘落，似乎就是家乡最亲切的感觉。

在霁雪初晴的寒冬，六角形的纯白花朵在发梢和眉毛上悄悄绽放，尽管春天还是那么远，然而何洛在自己的肩头，嗅到了它的气息。

五、爱从零开始

时间在爱情中写字第一句写的是什么
回忆是不说谎的镜子我们终于诚实

by 孙燕姿《爱从零开始》

李云微嫁人，新郎常风是她的青梅竹马。二人家中长辈不多，酒席简单，到场的只有直系亲属和同学旧友。章远此时是无业游民，特意从北京赶回来参加婚礼。他月前从天达请辞，和几位得力干将自立门户，于是自动要求停职一个月，交接工作并接受经济审核。“还是交割清楚好，毕竟以后依然在IT界混，”他说，“而且以后联络的多数也是当初的老客户。”

席间他敬酒，说：“你们二位，标准的三岁看到老啊。”

二位新人擎着酒杯，就开始互相攻击。常风说：“三岁？她那时候特别没出息，贼馋，就知道去我家吃排骨。”

“就你贼有出息！”李云微驳斥，“夸口自己能耐大，会背小九九，四九五十六。”

“家丑不可外扬。”常风拿胳膊肘顶顶她，“来来，喝酒喝酒。”因为桌次少，两个人没有以水代酒，此刻面颊酡红，牵着手相视而笑，说不出的默契。

“新媳妇真漂亮。”大家夸赞着。

“新郎也不错。”有常风的球友过来，笑嘻嘻地说，“他的女生缘一直特别好。”

常风冲他龇牙。李云微满不在乎，又倒了一盅酒，走到章远面前，“Who 怕 who？我也有蓝颜知己。来，同桌，这杯酒咱俩喝。”

“好好。”章远说，又看看常风，“大兄弟，以后别惹俺同桌。她发起脾气来，噌地就把整张桌子拉到自己那边去了。估计都用不到我们替她出头。”

“你到底是娘家这头的，还是婆家那头的？”李云微瞪了他一眼，一饮而尽，又倒了一杯。

“都是一家人，我站在哪儿都一样啊。”章远笑，“好了，别喝太多了，要拼酒，改天。”

“不不，这杯是一定要喝的。”李云微执意举杯，“今天大家都高兴，你能不能给我们一个明白话，你那顿，我们什么时候喝？”

章远握着酒杯微笑：“同桌，你不如问问我，什么时候去纳斯达克上市。”

“媳妇儿，别喝多了。一会儿他们灌我，我还指着你背我回家呢。”常风揽着李云微的肩膀，“你可别先倒下了。”

一时气氛微妙。

* * *

众人拉着新人合影。章远照完相正要转身，李云微一把拽住他：“田馨说你去过美国，我听说前不久何洛和冯萧也分开了，然后呢，怎么就没有下文了？你都在忙些什么啊！我和田馨这两个看热闹的，似乎比你们这两个演戏的还着急。”

“前段时间在融资、跑客户，为新公司上马做准备。前途如何，生死未卜啊。我回来之后给何洛写过信，但她都没有回。而且在今后的几年里，恐怕我自己都不会过上稳定的日子，难道要她放弃一切，回来和我吃苦吗？所以下文怎么写，我也在慎重考虑。”

李云微皱眉：“为什么总要她为了你放弃一切？不能反过来，你为她放弃一切吗？你总在规划未来，但是对她来说，你曾经就是她的未来。”

“同桌教训得对！”章远点点头，“我的确有些计划，所以才离开天达。不过还没成形，等前景再明朗一些……”

“就算是连载，拜托也要时时更新。你不能把所有的决定闷在心里，不和她说，这样只会伤人伤己。刚刚何洛打电话来，我说让你听，她当时就挂断了。”李云微交给他一封信，“我表弟出国，借了何洛当年的申请材料，没想到里面还有这个。我不想还给她，因为会害她很难过。不妨给你，反正，这封信本来就是要给你的。你可以看看，她当初是怎么想的。你有很多顾虑，难道她就没有吗？总有一个人要积极主动一些。”

* * *

时间是分手的那个冬天，信纸上有洇开的几个圆圈。

上面是何洛的字迹：“当我提起笔来，眼泪就忍不住涌出来，哽住呼吸。你还记得吗？女篮训练时你捉住我的手掌；我牙疼时你推荐的牙医；你吃过我的棒棒糖，说酸得牙都倒了；你借了一辆除了车铃不响，哪儿都响的破自行车，吹着口哨带我去兜风；你一天给我写四封信；你站了二十多个小时，风尘仆仆来看我；你叫我野蛮丫头；你说，何洛，我记你一辈子。

“但你说放手就放手了。你有没有想过，此后在我身边的人就不是你了。或许你并不在乎，是吗？但想到你身边的那个人不是我，我会难过得心疼，疼得我恨不得自己没有长这颗心。

“我知道你很累。我也很累。我也想停下来喘口气，歇息一下。我一直认为我们是同伴，走累了，互相拉一把，谁也不会丢下谁。可是，你说，你走吧，我们不是同路人。我们的感情，是彼此的负担吗？”

已经这么多年了，字符的边缘柔和地模糊起来，但当初的心痛却历久弥新，依旧真切。章远一个字一个字细细咀嚼着，攥紧拳，心疼得不停颤抖。

* * *

三月末，田馨和老公开车去华盛顿看樱花，途中经过何洛居住的小镇。

“和我们一起去吧！”田馨劝她，“天气这么好，就当是去散心咯。看你最近又开始长痘痘，还在额头上，睡眠质量没保证吧。”

“实习的压力还是挺大的。”

“被当作廉价劳动力了吧？”

“是啊，这边很多研发人员都是博士后，为了抢进度，每日工作十多个小时也司空见惯。”何洛笑笑，“我也学到不少东西。以前在学校的时候也看到很多年轻讲师为了争取资金支持，勤勤恳恳没日没夜地做实验写申请，但那毕竟和企业里的生存压力是两码事。公司里一个项目开始的时候，立刻有大笔资金注入，管理层当然希望在短期内能迅速收效，投入市场。所以一旦发现前景不乐观，说撤资便拆台，也不过是转眼之间的事情。”

“别说这些我听不懂的。一句话，你到底和不和我们去吧，人家这么认真地邀请你。”

“我真的去不了。同事 Susan 要去华盛顿，带她家小孩子去参加白宫的‘Easter Egg Roll’，我要替她去开会。”

“复活节滚蛋？这个名字真逗。”

“好像是表现优异的小孩子直接被总统邀请吧，挺大的荣誉，拿着长把儿勺子在白宫草坪上滚鸡蛋。”何洛笑，拿出一只白巧克力做的兔子，还有一口袋五颜六色的巧克力蛋，“Susan 送给我的，分你一些，要不要？美国的节日里，我最喜欢复活节和万圣节，一个春天一个秋天，似乎都是为了吃糖预备的。”

“两块糖就把你收买了，去帮别人开会，幼稚！”田馨撇着嘴，临别的时候还是开开心心地带走了白巧克力兔子。

* * *

何洛没有告诉田馨，Susan 的确请了假，因为在费城的商务会议对公司而言无足轻重，去不去都没有影响。她是因为孩子被总统邀请，兴奋地请同事们吃糖。一众人聚在 Susan 办公室聊天，何洛看见了桌上的会议材料，便顺手翻了翻，说："我替你去吧。"

因为国内来的商务代表团也会参加展会，她在资料上看到有 IT 分会场，与会公司列表中有几家公司来自北京，然而并没有天达。这些都没有什么关系，隔行如隔山，但是材料上偶尔出现一些他曾经说起的词语，便不再是毫无意义的字符，而是像老朋友一样熟稔。何洛想到了一年多以前的冬天，他嘴边还沾着苹果派的果酱，自己还不知道，依旧表情严肃地讲着电话。

那时候他们尴尬而疏离，纵然心中千回百转，也不知道说什么好，面对对方，举手投足都无比僵硬。在这几个月，不再去想情感上的纠结，何洛心中才真正轻松起来。工作虽然紧张，但是正如她对田馨所说的那样，生活中充满新的变数和挑战，能够学以致用，时常为成就感所鼓舞。不需要有太多的感慨，也不需要如履薄冰地去面对他人。在这一刻才真正体会了爸爸当年所说的，不能让另一个人完全主宰自己的喜怒哀乐。当那些不安和愤懑消失以后，心中所剩的，只是单纯的挂念。她很想看一看，他工作的圈子是什么样的，似乎这样便有一座桥，通到大洋彼岸他的世界里去。

会议当天，何洛先去生物制药分会场注册，几家有意向招商引资的制药公司轮流介绍各自的情况。她对市场营销方面一窍不通，冗长的发言让她昏昏欲睡，但还是打起十二分精神，尽量专注地听着主讲人蹩脚的英语，真恨不得冲上去替他翻译。她看准感兴趣的一家，等代表发言完毕回到座位上，便溜过去坐在边上，询问对方产品开发和引进人才的情况。对方听说何洛来自法资大厂，也兴致高昂，建议出去慢慢说。

何洛点头，二人起身踱到大厅，恰好隔壁 IT 分会场的茶歇时间到了，陆陆续续走出许多人来，一时间中文英文沸沸扬扬地交会在一起。

* * *

在喧嚣的人声中，何洛忽然听见熟悉的声音。英文讲得缓慢，有时候还会稍稍停顿，似乎在考虑着如何才能措辞工整，发音准确。他起初有点儿紧张，渐渐流畅起来，醇和的声音，像夏夜里的木吉他低声轻诉着，微风缓缓吹过面颊。

何洛不敢回身，唯恐下一秒钟，那带着些许膛音的美妙声音就会消失在空气里。

“我们公司清楚很多客户的专业需求，所以在做软件开发的同时，我希望可以作为代理，把一些成熟的专业软件推介给中国的客户。国内很多软件项目上马，但是一些冷僻的专业还缺少技术支持。未来我们会迎头赶上，但我想，现在大家也不会放弃中国这样大的市场，对不对？”他身形挺拔，一身斜纹的意大利式西服，笑容温和。

下半场何洛从生物会场溜出来，坐在 IT 分部的角落里，和大家一起鼓掌，看着他从台上走下来，坐在第三排走道旁。

已经半年没有联络，经历了对未来的茫然，对上一段感情的愧疚，似乎已经不再纠结着对他无法释怀。然而，此刻何洛有那么一点点紧张，希望这会议无限漫长，就这样坐在他的斜后方，静静看他的背影，看到他偶尔转身时侧脸的弧线。她摸摸额头上新蹿出来的两个小痘痘，最近连续熬夜，脸色一定也非常不好。

怎么忽然间，就像小孩子一样在意起这些事情来?

* * *

会议结束之后，场内人声嘈杂，有的人挤到前面去和中方代表交流，有的人急急忙忙从两边的出口退场。高高低低，几个黄发黑发红发的脑袋从何洛面前晃过去，转头再看章远刚刚落座的位置，已经空无一人。她跑到场中央四下张望，仍然看不到熟悉的身影，忙拉住身边一位中国人，问：“请问您是中方商务团的吧？能告诉我，你们住在什么地方吗？我有个朋友似乎也在你们团里。”

“我们在费城的参观访问都结束了，下面要去华盛顿，旅行车都等在外面呢。”

何洛跑到会场门前，已经有两辆大巴绝尘而去，还有一些等车的团员。一群广场鸽低空飞行，掠过何洛面前。一片深色西服的海洋里，每张脸都雷同，鼻子眼睛不过是符号，拼不出他的轮廓来。

在分离与失去的边缘，才发现自己对他依然如此想念。如果，如果能够再见一面，我是否应该放弃所有的矜持、自尊，还有骄傲，就像田馨说的那样，想念一个人就大声说出来，难过的时候就痛快地哭出来。

这样，很难吗？

* * *

她穿不惯高跟鞋，脚底发痛，于是蹒跚着挪回去，摇头苦笑，笑自己一时胆怯，一时冲动。这才想起自己是来开会的，回去还要交差，于是回到生物制药的分会场，看是否招待处还有多余的资料可以拿回去。人已经走得差不多了，会场内的灯光一盏盏暗下来，只有一个人还在前面翻阅着宣传册。

何洛在他身后站住，刚才跑得呼吸不匀，整理好的马尾也松散了，还没有想好怎么遮盖小痘痘和黑眼圈，现在的样子一定很狼狈，不应该这样邋遢地出现在重逢的场合。但她就这样站在他身后，躲不开，也不想躲开。

* * *

听见戛然而止的脚步声，章远回头，惊讶地瞪大双眼。而后忍不住嘴角弯起来，温柔地凝视着她。

“你走错了场地。”何洛浅浅地笑。

“我看见门前写着生物制药，就很想进来看看。”

“我在这家厂实习。”她指指一本宣传册，“但是我没有想到你会来。”

“我不在天达了……”

“我知道。”何洛点点头，“刚才我在 IT 分会场，听了你们新公司的介绍。”

“讲得还不错吧，”他扬眉，“你估计下面的美国人能听得懂吗？”

她又点点头。

“我们这次是希望继续融资，还有寻找合作伙伴……下一站还要去华盛顿。”他抬手看表，“据说樱花开了，很漂亮。”

“嗯。”

“还可以去看乔丹打过球的 MCI 中心。”

“嗯。”

“还有阿甘和珍妮重逢的倒影池。”章远笑，“似乎这两个人的一生，就是在不断地重逢。”

似乎每一次相遇，就是为了和你分离，但并不是每一次分别，都注定对应着未来的一场重逢。

他又看了一次表：“领队肯定在等我呢。”

可是，我也在等你啊。

何洛做了一个请的手势，笑容有些哀伤：“那走吧，我也回去了。”他笑了笑，从她身前经过。何洛屏住呼吸，生怕他的气息依旧熟悉，让人忍不住想要扯住他的衣襟，把脸埋在他胸口，将这些年的迷茫和彷徨哭个酣畅淋漓。

她侧身，闭上眼睛，不想再一次看到他转身，从自己的眼前消失，不想再一次看着他踏上巴士，去另一座城，然后飞回大洋彼岸去。

等着，等一句“再见”，等这两个音节为这次邂逅画一个句号。或者等自己的勇气凝聚起来，从身体各个角落汇集到嘴边，变成一句挽留的话语。

时间仿佛漫长得静止了一样。

* * *

轻轻地，有人在拉着自己的衣袖。

“记不记得你说过，我在信封上打一个叉的习惯，让你想到一首英文歌？”章远问。

何洛点头，怎么会忘记，*Sealed with a kiss*.

“但当时我说了另一首，到现在，那句话也不会过期。”

“我……不记得了。”她心口不一，答得毫无底气。

“Right here waiting。何洛，我会一直等着，等你回到我身边。”他说，“我不想每次坐飞机飞过了一万多公里，跨了十二个时区，就是为了和你说一句再见。我来美国，是为了有一个新的开始。所以这一次，我不会和你说再见。”

* * *

何洛在地下车库取了车。费城市中心一带道路复杂，四处都是单行线和红绿灯，汽车起起停停，缓慢前进。章远说：“我昨天晚上下的飞机，时差都没倒好。颠来颠去，有点儿困了。”

“我先带你去 Chinatown 吃点儿东西，然后送你去华盛顿和大部队会合，要开三个多小时吧。一会儿路上你可以睡一下。”何洛手边放着地图，忍不住又问，“你怎么每次都这样，说不了两句话就困。看到我很厌烦吗？”

“对啊。”章远呵呵一笑，“有点儿审美疲劳。”

何洛无奈地摇摇头，把车停到唐人街附近。

“因为我总在梦里看到你。”章远向后仰身，闭上双眼，“太多次了，所以现在懒得看了。”他顿了顿，又说，“所以我对于睡觉又爱又憎，因为每次睁开眼，都发现你并不在身边。”

何洛攥紧方向盘，甜蜜而又酸涩地发现，原来自己多年来从未曾改变，依旧为了这个人的这句话，甘愿飞越半个地球的距离。

* * *

不远处，路旁有黑人舞者和着鼓点即兴表演；转过两个街角，唐人街牌坊下，中华武馆的洋弟子在舞枪弄棒。下了车，何洛从街边甜品店买了红豆沙，和章远一人一碗，两个人走走停停，也不说什么话，只是并肩站在人群里看着热闹。

章远打破沉默：“没想到会有这样的一天。记得当初你家里人说要你来美国上大学，我许愿，说即使你来了，等我毕业了，也会来找你。”

“你说要和我一起去看乔丹大叔打球。”

“是啊，但他现在又退役了。”

“所以，很多事情和我们想象的不一样。你要清楚，我们回不到过去的。”何洛转身看他，平和地微笑着，“你想过没有，就算我和冯萧分开了，就算两个人彼此挂念着，但是我和你之间还有很多问题。比如，这几年我们都变成了什么样子，能不能接受对方的改变，以后职业上有怎样的发展，这些都是未知数。”

“这些我都想过。”章远侧头，嘴角噙着笑意，“你不问问，我这次来，为什么没有通知你？”

何洛嗔道：“不是说审美疲劳吗？”

“因为，我要见一个更重要的人。”他顿了顿，“一位老朋友，你对这个名字应该也不陌生。”

何洛蹙眉，一时想到的，竟都是和他有关的姑娘们。

* * *

“别乱想了，是傅鹏。”章远笑起来，“你还记得他吧。他果然还是不适合做生意，不过科研上颇有建树，来美国做了两年博士后，然后一直在这边教书，就在匹兹堡。我想和他聊一下，看有没有和美方企业合作的机会，这样往返美国的机会就会比较多。这也是我离开天达的一个主要原因，可以有更大的自由度。至少可以问问他，什么时候能招生，能不能给我开个后门。”

何洛向后仰身，打量章远，微笑道：“这不像你说的话。”

“哈，不像吗？我还想如果财务自由了，开一家店，就像你说的，卖世界各地旅行收集来的小玩意儿，或者是各地的小吃。”

何洛摇头笑道：“你当时没少打击我，说这不靠谱。”

“那是说，如果你开……”章远笑，“因为啊，你一定会把店吃穷了。”

“那你的那些梦想呢？真的都可以放下吗？”

“当然放不下，而且还有很多。可是，我最大的梦想，最放不下的，是和你在一起。我问过自己，如果没有你，获得再多的名利，又有什么意义？等我老了，是会后悔没有完成一个又一个的项目，还是会后悔，身边没有了你？”章远敛起笑容，正色道，“我知道我们根本不可能回到过去，我也不知道未来怎么才能走到一起……但我不想让你再做出什么牺牲，是时候，由我来做一些改变，让我试着，重新进入你的生活。”

* * *

“我给你讲个故事吧，”章远说，“坐飞机的时候从报纸上看来的，名字叫作‘幸福在哪里’。

“有只小狗，问他的妈妈，幸福在哪里呢？

“妈妈回答说，傻孩子，幸福就在你的尾巴上。

“小狗听后，想了很多办法，拼命想咬住自己的尾巴，但是都没有成功。在转了很多圈后，他伤心地对狗妈妈说，我怎么都抓不住幸福啊。狗妈妈说，傻孩子，只要你向前跑，幸福就会永远跟在你身后的。”

他捉住何洛的手，十指交握：“我只知道要向前走，不管前面的路多么崎岖，都好过站在原地踏步。我们不需要回到过去，即使我和你都不是当初的样子，我也一样会爱上新的你。”

章远把临行前李云微交给他的信递到何洛手上：“你可能觉得我大男子主义，以后我也许还是这样，对我而言，如果不能给你一个幸福的生活，说什么都是空谈。但是以后，即使我再累，也不会放手了。何洛，我记你一辈子，也希望，能陪你一辈子。”

“你要记住今天自己说过的话。但是幸福不幸福，让我自己来判断，好吗？”何洛不禁眼睛湿润。她展开信，上面写着：“我一直认为我们是同伴，走累了，互相拉一把，谁也不会丢下谁。”

“我也给你讲个故事吧。”何洛说，“其实是很久之前我们一起看过的动画片——《侧耳倾听》，你还记得吗？影片快结束的时候，那个男孩子骑着自行车带霞去看日出，路过一段很陡的上坡。男孩子蹬啊蹬，很卖力，然后女孩儿就跳下来，非常坚决地说，我不想成为你的负担，但是我会努力，和你一起把这条路走完。”

信笺素色的背景，是水印的云朵，飘浮着散到蓝天上。黑色的花体英文字符似乎也连成一串飘荡在空气中：

* * *

Although we are apart，I can feel that

We are still under the same big sky

* * *

这一刻，阳光耀眼。

尾声

千山万水沿路风景有多美
也比不上在你身边徘徊

by 莫文蔚《双城故事》

Dearest Sweetheart,

如果某人看到我这么称呼你，又要举手抗议了。不过你就叫这个名字，有什么办法？他一直耿耿于怀，还因为当初给妞妞征名的时候，你提议叫什么“子怡”。感谢你家宝宝没有随你姓，他已经说了好几次，可以单名一个“罗”字。

没关系，他现在没空提意见，给妞妞当马骑呢。不过，妞妞对于骑马的兴趣越来越低了，某人很受打击。她现在蹒跚学步，走不稳就先学跑。那天我洗衣服，把她放在墙边地板上玩儿，一回身，看见她扶着墙，一路跑跑颠颠到客厅去了，躲在沙发后面，就差钻到转角的茶几底下，让我一顿好找。我现在张口闭口就是妞妞，某人总吃醋，说我好久都没有正眼看过他了。难道他不是吗？一回家就张着手冲过来，说，妞妞抱抱。

前段时间没有写信给你，因为我爸妈来了，家里多了两个老祖宗一个小祖宗。老两口恨不得把所有东西都塞给妞妞，真是要月亮都会给。于是两个老小孩儿，一个小小孩儿，还有某人这个大小孩儿，玩得不亦乐乎。可怜我累得都要吐血了，哄了这个哄那个。

还有，妞妞在小区里看到人家遛狗就兴奋，就差趴在地上和狗狗比赛爬行速度了，甚至大声歌唱，一边冲一边喊："爸爸、爸爸……"别人都用羡慕的眼光看某人。他自己也得意，只有我知道，其实妞妞的意思是恨自己爬得慢，要大马来骑，那一串音节基本上等同于"驾、驾"！

不多说了，妞妞又不理某人了，他肯定又拿巧克力去诱惑妞妞了。不制止一下，妞妞零食吃得太多，又不会安心吃晚饭了。

看了你家宝宝的照片，真神气啊，改天我给你发妞妞的好了。

* * *

Yours Luo

番外·喜相逢

人间最难配成双
只恨时光太匆忙

by 王菲 & 梁朝伟《喜相逢》

天上也是可以掉馅饼的，比如这次何洛拿到了全省初中数学联赛的特等奖。

班主任欣喜若狂，连连说："嘿，这就是咱们鸡窝里飞出的金凤凰啊！"这话如果让校长听到，恐怕要脸色大变，说不定立刻取消班主任的年终奖金。鸡窝？好歹去年也是全市重点高中升学率第三名，有这么精致的鸡窝吗？然而，的确这许多年校内平均分稳定，但竞赛上却无所建树。市内有三五所初中专攻数理化竞赛，众多小学时代崭露头角的尖子生都被网罗其中。

何洛是个异数。

也注定她要自己一个人孤孤单单地去什么数学冬令营，届时有北京人大附中、北大附中及北师大附中的招生宣讲，邀请所有省内竞赛二等奖以上的同学参加。环顾本校，只有何洛一人够资格。她转乘了两次车，包括从未搭过的编号 300 以上的郊区线路，颠簸了一小时才到城乡接合部，下车后又在寒风中走了十来分钟，最后穿过一片茂密的白桦林。

* * *

招待所院内的看家狗狂吠。何洛头皮发麻，很后悔自己异想天开，非说最后一道大题就是变形的追击问题，居然歪打正着蒙对了。据说该题是瓶颈，正确率不超过 0.5%。

老天爱笨小孩。她叹气。天知道她只懂得鸡兔同笼、抽屉原理、追击问题等等小学奥赛的常见知识。既来之，则安之。

* * *

何洛形单影只。开幕式时，她坐在大厅最后面，前面三五排都是省实验中学的获奖者。他们学校刚刚派了一辆面包车来，不由得何洛不羡慕。本以为特等奖会有五六个，原来全省只有三人，另外两名都是省实验中学的。当念到何洛的名字，众人都互相你看看我，我看看你。

“是谁啊？没听说过。”

“市教委许老师的竞赛班上有这个人吗？什么，没有？那么是柳老师的学生吗？”

前面一个女生笑道：“半路杀出个程咬金来，要我说，如果不是章远这次骨折要用左手答卷，他肯定也是特等奖。”

男孩举起吊着绷带的手臂晃了晃：“我也有优势的，随身自带三角板。”瘦瘦的背影，声音里带着笑。

真是个乐观的人。何洛忍不住微笑。

细微的笑声从身后传来，如此渺小，似乎只有一个嘴角上翘的弧度，更深的笑意还都藏在喉咙里。章远抬起胳膊，佯装整理纱布，余光瞟到身后的女孩儿，白色和墨绿色相间的校服，是哪个学校的？三中？六中？省大附中？似乎，是四中吧。她，莫非就是那个叫作何洛的女孩子？

章远忍不住再次回头，女生低头写着什么，只看到青黑色浓密的齐耳短发垂过来，遮住半张脸。真是认真，连台上无聊的训话都要做笔记，难怪会得特等奖。对于这样一丝不苟的人，章远向来只是尊重，从来不会钦佩。

* * *

那女孩子在表彰会中不断看表，袖子摩擦的沙沙声，焦急的叹气声，声声入耳。章远也不喜欢这样的会，不知道打了多少哈欠之后，报告总算结束。那女孩子脚底安了弹簧一样飞奔出去。同学领了特等奖纪念品，一只保温杯，说："奇怪，那个叫何洛的没有领，莫非她没有来？"

"数学天才多是怪才。"有人补充道。

章远眼尖，看见那女孩儿坐过的椅子上扔了一张纸，拣起来，上面画着冰激凌、鸡腿、汉堡……简单的笔触，歪歪扭扭还写了一行字——"老爸，我好饿！！！"

* * *

是因为饿吗？当面包车飞驶过女孩儿身边时，章远看见她捂着耳朵，鼻尖有一点儿红。冬天的夜晚来得早，她的身影在参天的树木下更显单薄。

"还有人自己走过来。"他说。

"没办法，有的学校就一两个获奖者。"带队老师说，"市教委的人也真啰唆，他们自己倒是有车，也不怕这些孩子赶不上。郊区车普遍收车早。"

"我们带她回城里吧。"这句话险些就从章远嘴里冒出来。然而女孩子已经被远远甩在后面，三步并作两步，蹦蹦跳跳的，渐渐只是伶仃的一线。

心底有些说不出的感觉，是……悲悯？好像看到一只雪野里觅食的麻雀，跳着脚说："好饿，好饿！"

* * *

再次听到她的名字是半年后，高中英语老师兼班主任不断提起，隔壁班立志要做外交官的女孩儿。有时在走廊里看到，章远想着要不要问一句 :“那天你到底有没有赶上车？”然而她永远和周围的女孩子说笑着，眼神无意中转过来时，必然不会在他这个方向上停留。某些时候，章远甚至觉得何洛的目光是傲然的，不屑于停留在某个人身上。

你和她很熟吗？问半年前的事情，何须如此热络？

一定是个傲气、难以相处的女生。潜意识里，章远如此给她定位。

然而此时，她就坐在自己身后，窸窸窣窣地拆着口袋，还念念有词，似乎是在数数。数什么？她拿的难道不是一袋子饼干吗，怎么像幼儿园的小孩儿一样？真想挫挫她的威风，或者是逗逗她……

章远笑了，懒洋洋地支起身子，向后靠过去 :“同学，请你小声一点儿，很打扰别人的。”

她竟然，一下子就憋红了脸。

* * *

站在讲台上，她的表现让他大跌眼镜。这就是当初勇夺特等奖的何洛吗？她捏着粉笔，在手指间碾来碾去，微噘的嘴唇，似乎已经能看到鼻尖上的汗珠了。章远忽然想起那张俏皮的画，还有那一句“老爸，我好饿”。

帮帮她吧。他暗自无奈地叹气，摇头。

一瞬间，一生都改变。

* * *

搬去大学宿舍前，章远整理奖状证书，发现了小学至初中历次竞赛的获奖者名单。摊开，忍不住微笑，原来何洛获过的大奖，只这一个。

冥冥中，是否要感谢上天的安排？

分开才几天，已经等不及想到她身边。为什么很多影视和文学作品里说遥远的距离会让人疏远，会让感情变淡？章远不懂。

怎么会？

或者那是别人，但是自己和何洛，命运的齿轮紧密地咬合在一起。

章远如此说服自己。

起风了，望着南行的雁，愿候鸟，带去所有思念。

番外·不换

（一）

想念你　钻进被窝　说晚安　告诉
我什么事情　让你心烦
说台北　太乱　说日剧　结局太惨
说着　说着　就只听见你打鼾
有你多浪漫　多心安　这一切多不
平凡　世界都给我也不换
一生有你　丰富圆满

by——万芳《不换》

酒过三巡，章远看表，已经将近十点。

“章总，您又早退！”合作公司的项目负责人端着酒杯过来，“今天您还一口没喝呢。”

“真不能喝，老婆管得严。”

“喝一杯，就一杯。感情深，一口闷。”说话的人舌头都有些大了。

“还是算了。”章远摆手，“非常时期。”

“非常时期？”

“封山育林。”马德兴凑上来，“来来，这杯我替了。”

* * *

从酒店出来，先给家里打个电话，知道她必然没有睡。等他回家，无论夜多深。暖黄落地灯下看着书，倦倦的脸。

“回来了？这么快？”听到钥匙开门的声音，何洛探头，“你不是在国贸那边吃饭？又超速了吧。”

“怕，怕你着急不是……”故意卷着舌头说话。

* * *

果然何洛凑过来，蹙眉，小猫一样嗅来嗅去。“一身酒气，还有烟味，臭烘烘的。”她说，又捧着章远的脸，“张嘴，让我闻闻。”

“哈……”冲她鼻子吐口气，嚼了一路的木糖醇，只有淡淡的蓝莓味道。

“又掩盖罪证。”双手挤着他的脸颊。

“那我打个嗝，你闻闻看，胃里有没有酒气。”章远笑，“或者，我吐出来你看看？”

“你可真恶心。相信你啦。”

“就是，为了下一代，封山育林嘛。”吻了何洛一下，“我去冲凉，在包厢里被熏了一晚上，真冤枉。”

* * *

出来时，看到何洛正在上网。

“你说什么来着，我不能喝酒去机房，你也不对着电脑，要赖不是。”从背后环过去，搔她的痒。

“别闹别闹，来，看田馨的儿子。”何洛说，“看，脸还是粉红的。”

“这么多褶儿？像个小老头儿。”

“就说你少见多怪，新生儿没有好看的。”

“我上哪儿见新生儿去，你倒是生十个八个，给我个观察的机会啊。”亲亲何洛的耳朵。

“你以为自己娶的是母猪？”

“也差不多，能吃能睡。”

* * *

何洛白他一眼。章远又说，“这样也好啊，你看你原来那段时间，多憔悴，头发都黄了，现在这样好，白白胖胖，好生养。”

“老婆，”咬着耳朵说，“我有三个月没有喝酒了，你算算，嗯？”

“那又怎样？”

“装傻，是吧。”

“我本来就傻。”何洛关机，伸个懒腰，“睡觉睡觉，明天还上班呢。”

“和你说软话没用，是吧？”追上来，打横抱起她，“我可是先礼后兵。”走了两步，“好沉啊，扔到床上，能不能一下砸出坑来。”

* * *

“擦干去。”何洛捋着他的头发说，“水都蹭我脖子上了。”

章远真想告诉她，你专心点好不好……

* * *

（此处省略5000字——有人说3000不够吗？哈哈）

* * *

（二）

何洛管教起孩子来，就是当年她老妈的翻版。四岁的小女儿死犟，不肯吃晚饭，被抓过来，眼看就是一顿暴打。

“浑身没有二两肉，就要节食，你说，气人不气人！”

女儿说 :“隔壁的阿航又说我胖了。”

章远就安慰女儿 :“你不胖啊，真的，脸圆圆的，这样多可爱。”

“如果你都算胖……”他看看何洛，“你妈还活不活啊？”

番外·牙齿仙女的魔法

Chapter 1

“Primitive peoples believed that hair, nail clippings, and lost teeth remained magically linked to the owner...”

* * *

悠悠读着英语辅导报上的短文，一句句翻译着：“远古时期的人们认为毛发、剪下的指甲和脱落的牙齿即使离开了人的身体，仍与其主人保持着神秘的联系。正如任何一个伏都教大师都会告诉你的，假如你想置某人于死地，根本用不着去碰他，只需用脚踩碎那人脱落的一颗臼齿就够了，剩下的事就交给‘无边的法力’去办。这就是为什么全世界各个民族都习惯于把身体上脱落的东西藏起来，以免落入恶人之手。”

* * *

忽然之间，就想起很多年前，邻家大哥哥讲起的牙齿仙女的故事。

他说："晚上睡觉前，把掉下来的牙齿放在枕头下面，等你睡着了，牙齿仙女就会把它带走，并且实现你的一个愿望。"

"任何愿望吗？"那时候悠悠五岁，还是相信故事的年纪。

"是的，任何愿望……"

Chapter 2

某一次交换心事的谈话中，悠悠终于没有忍住，说迄今为止，已经暗恋一个男生十三年。

"天！"姐妹们大叫，"那岂不是从幼儿园开始？你还真是早熟。"

女生们软磨硬泡，要悠悠说那是个怎样的男孩子。

"他……很阳光。"悠悠坐在树荫下，露在深蓝校服裙外的小腿，感觉到暮春的暖意，"笑起来，就像今天的天气。个子高高的，走路的时候背很直，但是和女生说话的时候会微微弯下腰来，是个很体贴的人。"

打开话匣子，她就停不了："有一点骄傲，那是因为他聪明，成绩很好。但不是书呆子，幽默风趣，篮球打得很好。"

"嗯……十三年，那也是青梅竹马了……听你的形容……"好友眼睛转转，"哈，是赵文正吧！"

"他？"悠悠竖起三个手指在额头边上，"黑线！那我不如去跳楼。"

"他……有什么不好吗？"众人七嘴八舌，"更何况，你们从小就是邻居，从幼儿园到高中都在一起的。"

一直在一起，有的人就是缘分天定，有的人就是阴魂不散。

* * *

悠悠忍不住说："他爸爸是牙医，两岁半开始教他刷牙。小鬼受不了牙膏的薄荷味，把牙刷扔到他爸爸身上，于是一大早就被打手板……然后全大院打鸣的公鸡都可以下岗了。"

"他上幼儿园时脸很圆，被阿姨叫去扮演小熊拔牙，每天都穿一件棕色毛衣，涂着红脸蛋，我家里还有照片呢。"

* * *

文正从体育馆出来，夹着篮球向水龙头走去，同班女生眨着眼睛揶揄："嘻嘻，没想到帅哥还有这样的历史啊。小熊拔牙……"

他抿嘴，浓眉拧在一处。扬手，篮球打到悠悠肩头。

"喂，会痛的！"

"许悠悠同学，"文正拽拽她的马尾，"我没有讲过你的糗事吧！"

"我，我有什么？！"悠悠继续嘴硬，其实并没有忘记的。文正被打手板的时候，她都吮着棒棒糖，在睡前缠着妈妈再沏一杯果珍，她吐字还不清，更不知道字典里还有一个词，叫作"幸灾乐祸"。渐渐满嘴蛀了好儿颗牙，剩下可怜的小黑豆样的牙根，一笑起来，显得两颗门牙分外雪白齐整。

* * *

是文正，先学会了把自己的快乐建立在别人的痛苦上。

幼儿园的阿姨们欢天喜地把文正装扮起来。悠悠那时候不知道什么是演技派，什么是偶像派，但也觉得文正演到牙痛时分明在干号，丝毫没有挨打的时候哭得情真意切。

偏偏赵文正无比得意，穿着棕色外套，头顶小熊面具，晃过来，一边指着悠悠的门牙，一边举手说："老师，让悠悠演小白兔吧。"他还拍着手，跳着唱，"小白兔，白又白，两只耳朵竖起来。"

小白兔是可爱的，但是和自己的板牙联系在一起，就不是那么回事儿了。悠悠虽然小，也隐约分得清夸赞和嘲笑。

果真三十年河东，三十年河西。

* * *

更让悠悠抬不起头的，是妈妈说了几次，要带她去赵叔叔的私人诊所看牙。悠悠抱紧桌腿，抵死不从。

“不去就不去吧。”奶奶说，“反正悠悠还小，会长新牙的。”

“妈，上次赵大哥也说了，健康的乳牙才能保持正常的咀嚼，有利于颌骨的生长发育和恒牙正常的替换。”母亲解释。

年过六旬的奶奶显然听不明白，悠悠也不懂，只是睁大双眼，力求满脸天真无辜的表情，一双手却从桌腿转移到奶奶的衣襟。她显然明白，在母亲的大力拉扯下，谁更能给自己强有力的保护。

一切抵抗都是徒劳的。

妈妈在家里的地位，悠悠好久以后才从历史课本上学到了两个合适的词来形容：独裁、专政。并且她有一切政客的狡诈。

* * *

某天悠悠被自己的妈妈拐带了，她打着买积木的旗号，却没有说出了商店的大门就直奔牙科诊所。悠悠奋力挣扎，牙关紧咬，忽然嘴里感觉怪异，舌头一卷，一颗门牙摇摇晃晃，用无可奈何的留恋姿态告别了牙床。悠悠吐到手心，想着自己以后嘴里只有一颗门牙茕茕孑立，悲从中来，号啕大哭。

越来越觉得，自己真的是全天下最不幸福的小孩。

* * *

她甩开妈妈一路跑回家，攥着小小的一颗牙齿站在院子里，午后的太阳很大，明晃晃刺得眼睛疼，嘴一扁，眼眶一红，更加向兔子的形象靠拢了几分。

记得妈妈说过，掉下来的牙齿，上牙要扔到水坑里，下牙要扔到房檐上。悠悠抬头，觉得自己没有那么大力气。文正说："我帮你，我帮你。"伸手来抢。她不给。

两个比桌子高不了多少的小孩在院子中央争夺不休，直到邻居的大哥哥一手一个，揪着领子将他们分开。

* * *

那天为了安慰悠悠，大哥哥给她讲了一个故事。"你知道有牙齿仙女吗？"他说，"只要把掉下来的牙齿放在枕头下面，晚上睡觉的时候，就会有一位漂亮的仙女把它收走，然后放上一份小礼物。"

"那我以前掉牙的时候，她怎么没有来过？"悠悠摇头。

"因为你把牙齿丢掉了呀。"

"那……大哥哥你都换到什么礼物了？"

大哥哥摸摸悠悠的头："牙齿仙女很忙，而且，那时候她还没有到中国来呢。"

"她是外国人？"

"对。"

"那她也不认识我，怎么办？"悠悠想了想，拉过大哥哥的手，郑重其事地把自己的牙齿放在他的手心，"你帮我换一份礼物吧。"

* * *

谈起懵懂心事，悠悠再次提起这件事。姐妹们忍不住大笑，说："这位大哥哥真惨，你满嘴那么多牙。他还不如扮圣诞老人，一年只需要送一次礼物。"

又笑："悠悠你鬼心眼真多，那么小就知道没有什么仙女，直接就把烫手的山芋扔回去了。"

"才不是。"悠悠撇撇嘴，"那是因为我从小就那么信任他。"她想。自己小小的洁白的牙齿，交托在他手上，身体脱落的一部分，存在于他温暖的掌心，似乎从此后便有了某种更亲密的联系。

Chapter 3

十二年前，悠悠和大哥哥并肩坐在大院的露天楼梯上，缠着他讲故事。仲夏夜的风暖暖地拂过面颊，她眯着眼睛趴在大哥哥的膝盖上，一不小心就睡过去了。

八年前，老房子拆迁，邻居们散落到城市的各个角落。悠悠很庆幸，自己的数学竞赛辅导班就设在大哥哥的中学里，有他的帮忙，什么难题都会迎刃而解。

四年前，悠悠去文正爸爸的诊所看牙，偶遇军训归来的大哥哥，他晒得很黑，眼睛更加明亮。悠悠只觉得班上所有的男孩子加到一起，都没有大哥哥好看。那天她在日记里，第一次用他的名字取代了"大哥哥"的称谓。

* * *

大哥哥在毕业的时候去了北京工作，悠悠也如愿拿到来自北京的录取通知书，那一天恰好大哥哥回来母校向老师们辞行，悠悠要来了他的联系方式，高举着在花坛边转了一个圈，险些踩到身后文正的脚。

"你来。"文正扯着她的衣袖，一路跑到学校陈列室的光荣榜前，上面有历届成绩优异的毕业生的相片。他指着四年前的一组，第二排左手边是一个眉清目秀的女孩子，笑容清澈温暖。"这就是大哥哥的女朋友。"他说，"我以前在爸爸的牙科诊所见过，有六七年了吧。"

那天晚上悠悠一口气吃了三条烤鱿鱼，十五支羊肉串，牙床立竿见影地肿起来。并不是简单的上火，赵叔叔检查后说，是因为开始长智齿了，但是悠悠的口腔空间小，容不下这个多余的访客，所以它要反反复复地磨破牙龈才能冒出尖来，过程漫长痛苦，又容易引发各种炎症，不如切开牙龈直接拔掉。

当时悠悠的头摇得好像拨浪鼓，心里酸涩无奈，好像所有的失落悲哀都汇集在口腔中这一点上，时刻痛着，心便会轻松一些，眼眶的潮湿也变得名正言顺。

* * *

在去北京的火车上，悠悠的智齿隐隐作痛。赵文正坐在她对面，掏出一包泡椒凤爪，晃到她眼前："要吗？"

她别过头去，托着腮，看窗外飞速倒退的田野和树林，悄悄吞了一口口水。"真的不要？"她听见文正撕开包装袋的声音，鲜辣的香气在鼻子尖前面打了个转，挑逗着嗅觉细胞。

"你要化悲痛为食量。"吃都堵不住文正的嘴，"大哥哥，他真的有女朋友了？"

我知道我知道，用不着你多嘴，可不可以集中注意力好好吃你的东西，不用看都知道又是一嘴巴油了。悠悠很想这样喊回去，但是心口钝钝地，应和着口腔后部传来的痛感，瞬间便没有了力气。

* * *

当文正告诉悠悠，大哥哥有了女朋友的时候，她感到莫名惶恐。忽然很想问问他，当年的那颗小牙齿，你把它放在了哪里？

Chapter 4

悠悠常想，如果那时候不搬家就好了。但这个想法若是让文正知道，肯定会嘲笑她，在大哥哥眼里，她一直就是个黄毛丫头，就算大家在一个院子里，待到大哥哥的女朋友闪亮登场时，她不过是还混在小学里梳着羊角辫的祖国的花朵，搞不好嘴里还缺着几颗牙。

赵文正，真是许悠悠十八年来的梦魇，挥之不去。

* * *

她清楚记得大哥哥微笑着蹲在她面前，他知道很多悠悠没听过的故事："所以，漂亮的牙齿，仙女才会收集，要好好刷牙，好不好？"

文正说："悠悠的牙齿都是黑的，仙女才不会要呢！"

悠悠忍不住又大哭起来，太委屈太冤枉，这颗门牙绝对和你嘴里任何一颗一样白。

大哥哥说："悠悠别哭了，我带你去捉小蝌蚪，看它们怎么变成青蛙，好不好？"

他总知道在什么地方找到新奇的玩意。

* * *

悠悠想用牙齿换一只小青蛙，大哥哥便骑车带她去江边。文正吵着也要去，于是和悠悠一前一后坐在老式的二八自行车上。还记得大哥哥那时候常穿夏天的学生制服，白色的衬衫很干净，每次悠悠环住他的腰之前，都会先在自己的身上蹭蹭手。红色的夕阳从江桥另一侧坠下，微风摇碎碧波上的锦霞。很煞风景的是，还有文正那个鼻涕虫。悠悠学习 Photoshop 的时候，第一个念头，就是用橡皮擦，把回忆画面中的小鬼头去掉。

在江边的草荡捉了十来只小蝌蚪，装在透明的罐头瓶子里，回到家就被文正统统霸占。

* * *

悠悠很是哭了一通，直到过了些日子，蝌蚪统统变成癞蛤蟆，这才消气。

* * *

大哥哥在省市各级数学竞赛中摘金夺银，是整个大院的骄傲，每一户老邻居说起他，都像夸奖自己的孩子。他凡事都向大哥哥看齐，很羡慕他站在领奖台上的风光。大哥哥教文正下象棋，总是夸他聪明，一点就透。在旁边观战的悠悠很不服气，指着并排的红马黑象说：“踩，踩，用大象踩他的马。”

文正便打她的手，说：“喂，爪子挪开。那是动物棋，这是象棋！你懂不懂？”

悠悠不想懂那么多，只希望什么时候牙齿掉了，可以改天从大哥哥那里换一个新故事。

* * *

文正在初中时学会了一个成语：胸无大志，他把这个成语送给悠悠。

Chapter 5

虽然在同一个城市里，但从学校坐公车到大哥哥工作的地方，需要两个小时。

家在北京的同学带着悠悠去后海，秋风渐起，满池荷花凋敝，只剩莲蓬，孑立风中。残阳下好不凄凉。悠悠站在银锭桥边，听说早年这里是可以望见西山的。而现在鳞次栉比的高楼，阻断了眺望的视线。

* * *

悠悠打电话告诉大哥哥，自己已经到北京了，邀请他什么时候路过学校过来看看。

他在听筒那边温和地笑：“好啊，改天请你和文正两个小嘎豆儿吃饭，北京烤鸭，如何？”

虽然两个人的距离从一千二百公里，缩短到一百二十分钟的车程，但永远都追不上光阴。在他眼中，自己永远是长不大的小孩子吧。

* * *

悠悠在 KTV 里唱《勇气》，一遍又一遍。

文正说："我不喜欢这首歌的 MTV，真不知道导演怎么想的，这不是教唆第三者插足吗？"还瞪着她看。

悠悠撇嘴："我又不喜欢有妇之夫。"

"你可以崇拜一个人，但他始终当你小孩子的。"

* * *

悠悠很想去烫个卷发。她拿起一本时尚杂志，指着一个模特，问文正："这个发型好不好看？"

"好看……"文正飞快地回答，然后噤声，做出"个 P"的口型。"像没梳过头。"他评论。

"老土！"

"会显得人很老。"文正恶言相向，"一下变得像个阿姨。"他本能地跳开，躲避悠悠的铁拳。

她却美滋滋地笑："谁像你啊，长不大的小嘎豆。"

"不许去！"文正呵斥，"要不然寒假你爸妈看到，肯定说我没有照看好你。"

谁照看谁啊？悠悠翻白眼，明明是来北京前，两家母亲在站台上泪眼婆娑，激动之余头脑发热，让从小打到大的两个孩子彼此照应。

不过也的确高明，知道他们会互相揭短，等于在对方身边安插了不会同流合污的眼线。

* * *

悠悠愤懑，想弹文正的额头，他一仰身，轻松避开，捉着悠悠的手腕："别费力气了，你够得着吗？"

不知道什么时候，他已经长得这么高了。悠悠盯着他，一时有些失神。

文正的脸一点点红起来，放开悠悠，自己的手不知道放在哪儿好，只好搔搔头。

听见她轻声地问："你和大哥哥，谁高？"

文正一愣："差不多吧，也许他比我高两三公分。"

* * *

悠悠一副了然的神情。看来，下次见面之前，自己需要买一双高跟鞋，才不会显得个子太小。

"我妈前些天遇到阿姨了，她说大哥哥现在没有女朋友。"她很得意地告诉文正，"你这个骗子。"

"悠悠，"文正的表情悲天悯人，"有些事情，你是不会懂的。"

Chapter 6

悠悠的智齿又开始痛了，文正继续游说她去拔掉："长痛不如短痛，而且那颗牙齿没什么用处，又不容易清洁，搞不好还会蛀掉，连累其他牙齿。"

悠悠疼得不想开口，但还是忍不住反驳："不就是磨破牙龈吗？长出来就不痛了嘛！"

"你听没听说过，有人因为年轻时智齿没有拔掉，上了年龄后发炎感染，扩散到全身，导致各个器官的衰竭？严重感染的会死人！"

"危言耸听！"悠悠驳斥，"那么多人没有拔智齿，死了吗，都死了吗？再说，你爸爸也说了，自己的牙齿能治就要治，总好过老了之后安假牙。"

“你能和牙齿好的人比吗？打肿脸充胖子。”文正冷哼，“不过你现在不需要打，脸就肿得像馒头了，不信的话你去口腔医院拍张 X 光片，看医生怎么说！”

悠悠虽然嘴硬，但是文正说过的话，她还是心有忌惮的，于是偷偷去了校医院拍片子，果然，智齿还没有冒出来，在下面便已经长得歪斜了。医生说的和赵大夫一样，要切开牙龈，把智齿凿松，或许还要分成几小块，才能一一取出。

“没关系。”医生安慰着，“可以打麻药。”他低头写处方，一抬眼，发现坐在对面的女生已经乾坤大挪移，只剩下一把摇摇晃晃的椅子。

* * *

悠悠在校园里乱晃。牙齿是要拔的，只是缺乏相应的勇气。回到寝室，姐妹们神秘兮兮地凑过来：“悠悠坦白，最近有什么艳遇吧？”

“有一个男生来找你，小帅哥哟。”

“就是，而且无比体贴。”一指桌上的小盒子，“我们都不知道你牙疼，还以为你要保持身材，所以吃得那么少呢。”

悠悠拿起来一看，是进口的口腔专用消炎药，可以抹在牙龈上。“不要乱讲，什么帅哥呀，你们真是少见多怪了。”她说。

还有，体贴？这个人什么时候和体贴沾边过？

* * *

过几天在食堂遇到文正，他居然和自己寝室的姐妹们说说笑笑，好像认识很久一样，目光还不时瞟过来。八成在说自己小时候的糗事吧。再有，才认识几天，就逗得女孩子笑个不停，也太油滑了。悠悠想想就生气，从口袋里拿出消炎药，在嘴里乱抹一气。

* * *

还是大哥哥最好了，悠悠在电话里把拔牙形容成做小型手术，他立刻问要不要去大医院，还说周末有时间的话，可以陪悠悠一起过去。

似乎，拔牙也不是一件不可忍受的难事了。悠悠甚至开始期待这一天的到来。

* * *

在悠悠度日如年的翘首期待中，周末姗姗而来。大哥哥如约到悠悠的学校，她心情紧张，第一次化妆，看着镜中人的浓眉翘睫，终于有一些长大的感觉。

老大说："妹子，怎么看，怎么觉得你像歌剧里的江姐。"全寝室目送悠悠出门，好像目送她上刑场。

* * *

大哥哥穿着水洗蓝的牛仔裤，浅米色的休闲衬衫，长长的衣襟，更显得身形挺拔，没有一点大多数人工作之后发福的迹象，但眉宇间有了一种成熟感，悠悠称之为沧桑。

他在楼下打着电话，似乎在和客户谈事情，语调客气而坚决，淡定沉稳的男子，不是男孩。悠悠喜欢这样看他，只觉得班级里的男生们都变成了讲台下的土豆。

* * *

"章远。"她喊他的名字。

他愣了一下，抬头看见衣袖翩然的悠悠，绽出笑容来，温和地呵斥："小嘎豆，喊我什么？没大没小。"

"我现在也不是小孩子了，不要叫我小嘎豆。"

"呵，你长大了，我原地踏步。"章远笑，"过两年难道你要叫我小弟？"

悠悠嘴上说"好呀好呀"，心里想：我才不要，我要在和你平等的时间段里，一同安心地长大。

“说到小弟，文正还真是够慢啊。”章远继续打电话，“臭小子，快过来，否则我们吃肉，你只能啃骨头了。”

“啊……”难道不是，只有两个人的聚会吗？悠悠低头，扯着袖口的蕾丝，无端地开始恼恨文正。

他不存在就好了。

Chapter 7

在去餐馆的路上，文正气喘吁吁地赶上，并且大大咧咧挤到章远和悠悠中间，还把胳膊搭到他肩上。随意得让悠悠嫉妒。

她拽着文正的衣襟，想把他扯到一边去，这家伙岿然不动，还回头白她：“大庭广众，不要拉拉扯扯。”

“我是嫌你一身汗，臭死了！”

“我……”文正不待辩驳，看清了悠悠的装束，没有想象中的嘲讽，他眉头拧在一处，叹息声轻不可闻。

* * *

“打球去了？”章远问，“现在也是一把好手了吧？”

“绝对不输给你，要不要约时间比画比画？”

两个人开始聊篮球，那些战术也好，NBA 球员也好，悠悠统统没概念。真是奇怪，同样的话题，如果是文正说，悠悠一定困得不行，然后被斥为对牛弹琴；但章远讲起来，却显得那样神采飞扬。悠悠的眼光偷偷瞄过去，聚焦到他英俊的面容，似乎看见额头上刻着“渊博”两个字，再看文正，就是张牙舞爪的毛头小子。

* * *

坐下吃了不久，章远就要了碗米饭，风卷残云地消灭。悠悠还在一小口一小口地用疼痛的牙齿奋战，转身之间章远已经在收银台结了账。“我下午还约了客户，你们慢慢吃。”他笑着看悠悠，“尤其是你，现在多吃点，拔牙之后有几天不能吃饭，只能喝粥呢。”

“你不陪我去？”悠悠“嚯”地站起来，“说话不算话。”

“悠悠长大了，你刚才都说，自己不是小孩子了。”他笑得促狭，“噢，难道还怕拔牙吗？”

“不是怕……”她还嘴硬着，歪着头问，“那，如果这颗牙齿拔掉了，还会不会有仙女来送礼物？”

“老了，又不换牙，所以我很久没见过她了。”章远踢了踢文正，“小子，你说呢？”

* * *

只剩下文正和悠悠面对面坐着吃牛腩煲。她夹起一块，一看，是胡萝卜，气呼呼地扔回去。

“嗬，兔牙都没有了，所以不吃胡萝卜了？”

悠悠瞪他一眼，眼眶发红。

“别生气了，他最近的确很忙，起先我问他的时候，他说……”文正说漏了嘴，“快吃快吃，一会儿回去刷牙，然后去医院。”

悠悠坐着不动。

“鼻涕虫。”

“小气鬼。”

“眼泪精。”

……

无论文正怎么叫，悠悠都不应声。刚才问章远，当年那颗小牙齿哪儿去了。他一愣，在口袋里摸了摸，伸出拳头来。

“换成小蝌蚪了呀。”摊开，掌心空空。痕迹分明的生命线、感情线，从来不会为自己纠缠。

* * *

是在哪里呢？在江边的沙坑里，还是在起伏的草甸里？或许随滔滔江水走了，初初萌动的质朴感情，青色沙果一样微酸清香的爱，就这样，奔向大海，一去不回。

悠悠真的开始掉眼泪，文正怎么都劝不好。旁边客人用目光探询着，她忍不住捧着面颊，泪水从指缝间流下：“我的牙好疼，真的好疼。”

* * *

口腔医院距离学校还有一段距离，等车的时候，悠悠开始打退堂鼓。刚要开溜，文正反手捉住她的手腕：“不许乱跑。”

“不去了，没心情。”

“不行，必须去。”

“不去，说不去就不去。”

“你这个臭丫头，明明说得好好的，怎么又变卦？”文正在她额头上弹了一个爆栗，“小心我打得你不用去医院就满地找牙。真没出息！”

“怎么没出息了？”悠悠梗着脖子。

* * *

“看你像个哭哭啼啼的小怨妇。”

“关你什么事！”

* * *

两个人保有童年默契，凭目光就能厮杀一番。

* * *

“其实，是你叫章远来的吧？”悠悠靠着广告牌，低头，“他根本不在乎我的死活。”

“哪有那么严重！就是一个牙齿嘛！”文正撇撇嘴，“不过，的确要他出马，否则让你去医院拔牙，真好像会要你的命一样。”

“他也不会讲故事哄我了。”

“因为，你长大了。”

“嗯？”

“那种故事只能讲给小孩子，还有……”文正难得的严肃，“自己想要宠爱的人。你知道吗，虽然章远的女朋友出国了，但是他一直在等她回来。上次和师兄们打球，大家都这么说。”

* * *

“我好羡慕她。”悠悠又开始哭。左手擦去泪水，湿漉漉的冰凉触感蔓延在手背上，但右手依然被文正握着，暖暖的，挣脱不开。

Chapter 8

口腔医院里人潮汹涌，一进大门，悠悠就看到挂号的窗口放着告示牌，上书：“今日号毕，无预约者请改日再来。”

不待转身，文正从口袋里掏出挂号单来，淡淡地说：“上午我来过。”

前面还有十来个人在排队，文正和悠悠并肩坐在走廊的塑料椅上，谁也不说话。熟悉的消毒水味道，还有牙钻嗡嗡的打磨声，童年看牙的惨痛经历又攫取了悠悠的心。

“智齿真的没有用吗？”悠悠怯怯地问，然后自嘲地笑，“应该是没有吧，我的还长歪了。”

“有用。”文正回答得斩钉截铁，“拔牙肯定是痛的，但是它证明了你的成长。还有，虽然你明白，自己身体的一部分就这样消失了，但是因为它的消失，你的生命反而更完整了。”

* * *

属于自己的一部分，就这样剥离。

就好像，无疾而终没有下文的单恋一样。

* * *

他面容严肃，一瞬间多出许多悠悠从没见过，或者说从没留意过的神情。或许因为上午在医院和学校之间奔波，他看起来有些困倦，伸长了腿，低下头来微阖双目。浓密的黑色睫毛依然有些孩子气，但是紧抿的双唇、挺直的鼻，都在傲然地揭示着这个男孩子如何生气勃勃地成长起来。

寡言的他，不和自己吵闹的他，有着一张熟悉而陌生的脸。

* * *

打上麻药，口腔的半边失去痛觉，但是击打在牙槽的小凿子，仍然让全身的骨头为之震颤。

悠悠抓紧躺椅的扶手，成长就是一种无可避免的痛，需要勇敢面对。她想起小时候拔牙，坐在牙科专用的躺椅上涕泪横流，文正过来看热闹，被她一把抓住，狠命地掐着。

他似乎，也没有躲开。

* * *

拔牙之后，悠悠的半边脸都肿起来，在回去的地铁上无比引人注目。文正扯扯她的衣袖，示意悠悠站得离自己近些，用高高的背影，遮着鸵鸟一样埋头的她。一路上她咬着棉花球，只能口齿不清地哼哼呀呀。

“你说我这么多年的初恋就这样无声无息地结束了，是不是很没用。”她问，“我喜欢他这么多年，总觉得如果就此抛弃，生命的一部分就不完整了。”

* * *

“就和你的智齿一样。”文正说，“拔掉了，不会再发炎了，你的生命反而完整了。其实，所有的爱情都像智齿，有的人长得好，有的人长得不好，像一颗定时炸弹，随时可能成为病灶，大胆拔除了，你的生命并没有因此有半分缺失。即使当时很疼，更让你明白拔掉之后的轻松畅快。”

悠悠看着地铁窗户上映出的倒影，像年华一样，明明灭灭之间闪烁而过。她把手掌贴在玻璃上，覆盖住肿得发亮的半边脸颊：“牙齿仙女只要完整的牙齿，才能换来礼物。这颗智齿拔下来，已经支离破碎了。”

* * *

“我会给你一份礼物的，真的。”

悠悠笑了，摊开手。

文正搔搔头：“要么，我讲一个故事吧？不过我讲的故事都不大好听，还要听吗？”

* * *

那些故事，只讲给小孩子，还有值得宠爱的人。

牙齿仙女的魔法，在悠悠十八岁那年降临。

番外·海觅天

这的确是个番外，和故事下卷后半部分的情节毫无关联。

这个段落，是接着开篇的序而续写的，只是故事发展走向的一种可能性。

不过在出第一版时，这种可能性已经被作者抛弃了。

之所以写出来，放在这儿，是为了对比和衬托，在正文中的两个人，虽然经历了数年的分离，但他们还拥有长久的未来，又有什么可遗憾的呢？

《海觅天》

作词：唐生

作曲：林贤

演唱：丘采桦

* * *

你说过那一夜情路或许太漫长

仍怀念那份传说说天跟海永共靠依

* * *

爱到了这一天走到爱恋的终结

仍怀念你在怀里独个在深宵之中在流泪

* * *

盼你爱人是我爱一生真心都不算太多

是我过往太多出错求你再次想起我

可以么

* * *

情犹如天空跟海般呼应没办法找到终点也在寻觅

爱你的心太易碎为何心醉下去

但愿我知你的所爱是谁

* * *

远看的天际是你祈求海会是我爱不出结果

我没法接受

* * *

马来西亚女歌手，关于她的资料少之又少。《海觅天》是我听过的唯一一首她的歌曲。粤语，很有味道，大家可以去搜狗听听看。是这个故事的背景音乐。

Chapter 1

李菁有些精力透支。她凌晨四点才睡，九点钟赶到药厂时，同组的 Diana 从大门口喊到电梯间，她才茫然地回头，把她一声声的 Janet 和自己联系起来。

还是有些不习惯自己的英文名。

* * *

来实习的第三天，组里的负责人 Helen 淡淡说了句 :“如果你以后做药品推广，直接面对客户，建议你选一个英文名。”

她想起同事说，在她去复印的时候 Helen 来找过她，一定是那时候看到了她在浏览的求职网页。心里有些忐忑，拿着实习的工资，在上班时间就想着另择高枝，还被负责人逮个正着。

更何况，她不大喜欢 Helen，或者说，有些怕她。在学校的时候，就听说年轻的中国教员们为了争取科研经费和学术地位，做起研究来都如狼似虎，苦了手下的一众研究生助手。远不如功成名就的美国教授友善。

就应该想到，在大药厂里面也是一样的。

在李菁眼里，Helen 一向严苛，不苟言笑，虽然说话不多，但语音纯正得像 ABC。她眼神中有一种咄咄逼人的气势，和实验室中的大小器皿一样，精确、冰冷。对于这样抛弃了中国女性温婉特质，甚至是自己中文名字的所谓女强人，李菁本能地抵触。

她有些恼怒自己，为什么站在 Helen 面前就不由自主地心虚，自己并不是正式员工，在接手具体实验内容之前，浏览一下求职网站又有何不可？似乎是一种逆反心理，她第二天就气冲冲地为自己取了一个英文名：Janet。

Helen 倒是笑了笑，说："不错，听起来比较像邻家女孩。"

* * *

李菁偶然听过 Helen 训斥同期来实习的 Diana，从此后每日战战兢兢，唯恐自己有什么把柄被抓到。

"今天是不是有例会？"她在电梯里问，打了个哈欠，"惨了，我都没有准备好。"

"你看起来脸色发暗，像没睡醒。"Diana 说，"我刚才喊了你好久，开会的时候你可别这么走神，小心年年骂你。"

自从上次挨批，她开口闭口就说 Helen 提前进入更年期，说多了怕隔墙有耳，便简称为年年。她拉着李菁，问："你说年年有男朋友吗？我猜肯定没有，又冷又硬的，难免心理失衡。"

* * *

李菁扯扯嘴角，她没有心情和别人八卦这些。昨天在电话里她刚刚和男友大吵一架，本来只想说说实习的辛苦，但男友安慰几句之后，就要她自己踏踏实实，不要像在学校里一样直来直去。"就好像你说和 Helen 赌气，起个英文名字，真是幼稚。"

"如果这点小事情都成了把柄，那她就太没有肚量了。"

"这件事不重要，关键是你这种想法。"男友说，"难免以后无事生非。"

李菁辩解两句，二人最近常常话不投机，挂上电话后心情憋闷。男友比她早来美国，两个人在不同的城市，在经历了两次失败的转学申请后，渐渐对这样一东一西的疏离状态感到麻木，并且妥协。最初你侬我侬花好月圆的爱情，不知不觉变得像嚼过的甘蔗，甜蜜后，满嘴的渣滓。

* * *

李菁深夜难眠，在网上看各大公司的招聘消息，并且把简历一份份发过去，直到窗外的蓝背知更鸟唤醒了第一片朝霞，才胡乱抹一把脸扑在床上。

全然忘记了今天项目组的例会。

* * *

虽然实习生们来了不久，但也看得出，另一组的负责人对 Helen 颇有微词。他本身是名校博士后出站，现在和只有硕士学历的 Helen 平起平坐，难免心有不忿，话里话外就透出颐指气使的意味来。

面对他的刁难，Helen 只是微微颔首，并不反驳。

原来也是欺软怕硬，李菁撇嘴。

* * *

博士后拿出一份合成报告，指责 Helen 忽略了一个重要参数。李菁心中一颤，知道那份材料是自己准备的，但当时心不在焉，并不记得博士后提出的参数，在实验的原始数据中是否涉及到。她很怕 Helen 落井下石，拿自己出来开刀。

“Janet，”果然，听见她喊自己的名字，“这份报告是你写的，对吧？”半天没有开口的 Helen 用圆珠笔轻轻敲了敲桌子。

李菁点头。

“把原始数据打包发过去，让统计师们看一下。”Helen 仰起头，把报告中涉及到的参数名称一一念出，又说明，“你刚才提到的数值，完全可以用其他几个参数做简单的非线性拟合，这是很多统计软件都可以做的回归分析。不过或许这个我看来可以忽略的数据对你很重要，下次可以在 E-mail 里提前告诉我，OK？”

李菁松了一口气，同时也不由得佩服，作为执笔人，她都记不清报告中的内容，而 Helen 脱口而出，相比之下，反而显得博士后少见多怪。

他脸色青青白白，走马灯一样换了几种表情，最终铩羽，愤愤然坐下。

* * *

因为这件事，李菁对 Helen 的印象有所改观。有时在实验室里遇到，看见 Helen 将长发绾成发髻，在显微镜前低头，目光专注，凝神之间有一种淡定洒脱的气度。李菁不禁想，自己是否有一天能够修炼到这样的段数，宠辱不惊。Helen 看见她，招手让她过来："你最近有些心不在焉。有两个培养皿长霉菌了吧，我们可不是在做青霉素。"

李菁吐吐舌头，本以为自己偷偷处理掉，重新来过，不会有人发现。

"我一直盯着你呢。" Helen 似乎看穿她自作聪明的做法，"并不是存心找茬儿，我只希望你明白，虽然你是实习生，但我当你是正式员工来要求。你是来这里积累经验，不是看热闹。"

李菁点头，看 Helen 离去的背影，白褂子下的身形有些单薄。她忽然有些悲哀，似乎在她身上看见了自己的未来。如果失去了男友，是否自己也需要累积这样的冰冷外壳，然后成为众人眼中孤僻冷傲的异类。

* * *

接下来的一周，李菁的男友都没有和她联系。在实验的空当，她站在门后角落打电话，响了很久都没有人接。她把手机揣在口袋里，开导自己说他也很忙，又忍不住再一次揣测是否他已经对这段感情感到厌烦，不觉红了眼眶。见 Helen 夹着报表经过，她急忙闪到走廊边上，用应急喷淋设备冲着眼睛。

"不小心溅到了试剂。"她对 Helen 说。

"已经下班了。"Helen 没有追问，"听说你的车送修了，住在哪儿，我送你。"

* * *

"Helen，怎么样才能知道另一个人心里到底在想什么？"坐车的时候，李菁忍不住问，又连忙解释，"我是觉得，你看什么问题都很通透。"

"很多事情，我也看不明白。最好的方法，是不要问对方那么多为什么，而是清楚，自己的承受范围。"她似乎明白李菁在问什么，却又忽然转了话题，"好比开例会的时候，你做好自己的事情，不要让别人的话语左右你的情绪。你的喜怒哀乐要尽可能由自己把握，如果把一切寄托在别人的身上，那就太容易失望了。"

她体贴地避开尴尬的感情话题，李菁心存感激。"谢谢。"她诚心地说，"其实，你看起来不像三十岁呢。"

"三十一。"Helen 微笑，面庞变得柔和，"其实我也有过很压抑的时候，一度以为自己会得抑郁症。"

"你也哭过吗？"李菁好奇。

Helen 眨眨眼睛："你说呢？如果有人看到，那一定是我偶尔在过敏。毕竟，你知道，试剂溅到眼睛里的概率，比过敏要小得多。"

* * *

虽然只是弯了弯嘴角，但眼底却透出慧黠灵动的光芒来。

李菁忍不住笑："你来美国多久了？"

"七八年了。"

"你的英文真好，我还以为你至少也是本科就在这里读的。对了，我还不知道你的中文名字。"

Helen 顿了顿，好像要从很久远的角落将记忆挖掘出来。

"何洛。"她说，"单人何，洛阳的洛。"

Chapter 2

何洛把李菁送回公寓，抬手看看表，时间还来得及。她开车去超市，买了大包装的好时巧克力，还有铁筒装的棒棒糖，预备给邻居的小鬼头们。暮秋已近，又快要到小孩子喜欢的万圣节，那时装扮起来，一时间社区里都是小一号的仙女公主巫婆海盗吸血鬼，还有四处行走的向日葵和小蜜蜂，他们会挨家挨户地敲门，高喊"Trick or Treat"。

邻家的老婆婆颇富童心，她说会烤鬼脸南瓜饼干，还预备了蚯蚓形状的软糖。她有时候会拉何洛一起参加教会的活动。大家喜欢这个安静的中国女子，她常常为社区里家庭烹调交流活动带来一些新鲜的东方菜式。何洛并不是教徒，但是熟读《圣经》。在很长的一段时间，她读这些书，让自己的心灵得到平静。教会里的朋友不会把信仰强加给她，但是她在这里感到更加自如，好过华人社区的小圈子。一二百人，探询好奇的目光，向来躲不开。

她不愿意对自己的生活做任何解释，只是像一株树，要把根牢牢地扎在这片土地上。才可以生长，才可以屹立不倒。

* * *

不是没有想过，回到中国去。然而，如何能？她已经不去想这个问题。就好像缺了一个必要条件，便永远都无法解出方程式的答案。

* * *

虽然在国内众人眼中，近十万美金的年薪足可维持相当体面的生活。但是抛去联邦税、州税等等，还有房租水电、汽车消耗、钟点工的劳资，所剩无几。她还要储蓄房子的首期，生活并不容易。

父母说要来美国看她，她借口工作忙没有时间陪同，一次次推掉了；又说因为换成了工作签证，在拿到绿卡前，也不适合回国。

都是很冠冕堂皇的正当理由。

* * *

家人便不再说什么，只是偶尔旁敲侧击，让她考虑自己的终身大事。一眨眼，便不是二字当头，怎么也不能说自己还是个女孩子。她想起田馨多年前游说，女人是年夜面条，过了三十就不值钱。现在，都已经过了保质期。

* * *

吃过晚饭，何洛收拾散落一地的杂志，把电视声音关小。她在浴缸里放满水，继续点昨天的半根迷迭香精油蜡烛，在沐浴的时候做一个面膜。这是一天中最放松的时刻。闭上眼睛，昏黄的烛光中总有往事的影子在晃动。

也只有每天的这个时刻，她不去约束自己的情绪，让那些欢笑哭泣的画面在脑海中奔涌。

她想起五年前的感恩节，地球那边传来了关于章远的消息，说他有了新的女朋友，美丽聪敏，是某大财团总裁的千金，家世比起郑轻音，有过之而无不及。何洛在准备南瓜派，看了李云微的 E-mail，忘记自己是否放了糖，于是又放了一量杯。甜得发腻，足可以遮挡苦涩的泪。

* * *

那段时间她常常在梦中惊醒，似乎还是章远沿着碧草萋萋的斜坡走向长途汽车，她翻过手中的照片，“河洛嘉苑”四个字，在小区的门前熠熠闪光。

他的寓所里带着她的名，此时却又换了别的女主人。或许，是不需要的，那个家境殷实的女子，必然不屑于生活在一个前女友的阴影下。

* * *

何洛还是不愿意相信。在阴天的午后，她站在白雾茫茫的金门桥上。

“如果地球是平的，我是不是就可以看见你？”

在信封背面，她写下这行字。彼岸，正是凌晨四点。忍不住掏出手机，按下烂熟于心的号码。电话接起来，一个慵懒的女声问："喂？"

尾音拖得很长。

她说"喂"，没有戒备，甚至不屑于问你是谁。

* * *

清脆的声音在何洛心底响起，像细密的瓷器加热后猝然放进冷水里，噼噼啪啪炸裂开来。

When you come to San Francisco.

何洛脑海中是向着爱情飞奔的阿甘，她大步地跑起来，在栈桥边伸展双臂，虚空的怀抱，迎来海风猛烈地吹。

* * *

想到海子的诗：面朝大海，春暖花开。

彼时，章远骑着车，她的头靠在他背上，每棵树都像在跳舞。

* * *

旧金山的十一月，繁花凋敝，年华老去。

何洛将信封折成一架飞机，站在栈桥边，向着外海的方向用力丢去。

* * *

在章远离开美国后，她用了两个月的时间处理和冯萧之间的纠缠，从争吵到平静地分开。却得到这样的消息。是你已经倦了吗？那一次的探访，是飞蛾扑火的决绝吗？

她劝说自己勇敢地面对一切。只是一段失败的感情，只是一个曾经被你放弃的人，终于放弃了你。以为自己能够坚强，却往往在想到某一个小细节时，脆弱地流泪，不断地流泪，仿佛全世界的悲伤都从自己的双眼中流出来。

* * *

那时候，何洛真的是俯身匍匐到尘埃里，她赌章远对自己有情，于是婉转地请云微转告，只要他回头，一切就会不同。隔了三五天，云微便又发来邮件，讲述那个女子是如何手腕高超，她的家族事业如何繁茂兴盛。“你知不知道，天达公司的上层权力斗争波及到IT分公司，在关键时刻章远又去了美国，等他回来的时候完全被架空。”云微写道，“他一手打下的事业眼看就是一团泡沫。”

何洛不再多看，也猜得出下文。

“我都不敢相信，章远居然是这样的人。”李云微写，“亏我当初那么支持他，真是瞎了眼睛。”

“我不怪别人。”何洛回信，“是我说，不会和他走。”

然而，真的，你真的什么都不记得，还是选择刻意遗忘?

* * *

何洛已经无心再问，因为一个又一个的老朋友在信中透露了有关章远新女友的消息，或闪烁其词，或口诛笔伐。她只是淡然回信，说，分手多年，与我无关。

这就是电子邮件的好处，看不透文字背后的表情，泄露不了任何隐蔽的情绪。

* * *

那一段时间她吃不下东西，肠胃都空了，却在每天清晨冲到洗手间，呕出淡黄的胃液来。那架抛向大海的纸飞机是圣彼得医院的化验单，记录了一个不为人知的秘密。

* * *

在上网查看之前，何洛和大多数人一样，认为在这个倡导基督教的国家里，某些手术是被法律禁止的。黄页电话本上没有，但是网络上却有大量合法医师的联系方式，她找了一家，远离熟悉的生活圈子。见面时，诊所负责人笑着说：“我们这里很好找吧？常常有人抗议，半夜来写标语。”

何洛想起进门前看见油漆未干的歪斜字迹：扼杀生命的恶魔。

* * *

这个恶魔是谁，究竟是自己，还是此时得了东风相助，重又意气风发的他。

* * *

何洛摘下面膜，蜷了蜷膝盖，整个人缩到浴缸里，让温热的水流将自己淹没。她起身擦干面颊，顺便擦去半梦半醒之间从眼底渗透出的湿润。卧室里没有书桌和柜子，大床垫直接摊在地上，何洛坐下来，身后一只靠垫，伸长了腿，用呢毯子盖上。她连喝两杯黑咖啡，拿了枕边的法律和商业方面的教材，比照着看。现在的工作并不是很适合她，作为技术人员，必须有大块的时间放在实验室里，如果忙起来，可能一周也休不了十几个小时。何洛并不是怕辛苦，只是她的时间不允许。请过几个钟点工，又一一辞退，还是放心不下，每晚一定要回到家中，她才会感到安心。

* * *

她在附近的大学选了课，修市场营销，打算以后转行做健康顾问或者药品代理。杂务缠身，过了这几年，她还没有攒够硕士学分。这些并不是最辛苦的，她总是告诉自己，最艰难的日子过去了。当年她从博士项目中退出，拿了 OPT，可以实习一年，但是到了美东后不久，就不得不中止实习。一方面心力交瘁地四处发简历，要在合法身份过期前找到可以接受她的雇主；一方面为了维持生计，在临近城市华人开的公司里做一些资料翻译的工作，因为是打黑工，老板通常把报酬压得很低。何洛常常一坐就是大半夜，尚未复原的身体受到了极大的损伤。那时已经是仲春，但夜阑时分寒气仍然从脚底一路上行。直到今天，每当天气微凉，她的膝盖都会隐隐作痛，要用呢毯子围起来才不会抽筋。

* * *

咖啡杯从热变冷，手中晦涩的教材也换成一本绘图版童话书，丑小鸭在冬眠，灰姑娘还没有找到水晶鞋，睡美人在城堡深处等待王子的救赎。若没有光明灿烂的尾巴，大多数童话讲到半途，也是不折不扣的悲剧。

何洛不知道，自己的未来，是否和幸福二字还有关联。

Chapter 3

实习的时间越久，李菁越觉得何洛是一个可亲可爱的女子。她还是老样子，用 Diana 的话说，吹毛求疵，但对实习生们从没有一丝轻视挖苦。因为曾经看见她和善的笑容以及慧黠的目光，李菁越发相信，在她岩石一样的外表下，是温润如玉的本性。

某天午餐的时候，Diana 拿了餐盘，继续抱怨何洛的不近人情，李菁忍不住反驳 :“也不怪她说你，你已经是第三次把报告的格式写错了。”

Diana 惊讶地看着昔日盟友 :“年年给你下什么迷药了？”

“我觉得以她的学历做到今天这个职位，实在也不容易。”李菁辩解，“一定有学术上的长处。”

“哈，你真这么想？”Diana 撇嘴，“你看她，晚上有试验基本都不来，能推就推，谁知道她如何做到今天的职位？”她压低声音，“知道吗，我有一个大学师姐，曾经是年年在美国的师妹，她说年年当初在美国有一个男朋友，还和国内的前男友藕断丝连，脚踏两只船。她在美国的男友也是很出类拔萃的人，受不了，就和她分手，估计她在学校没脸混下去，才从加州跑到美东来工作。”又总结道，“这么不检点的女人，谁知道她今天的职位怎么来的！”

李菁对于这样的恶意揣测感到不满，在桌下踢了她一脚 :“吃你的吧，就算她得罪你了，也不用这样人身攻击啊。”

* * *

Diana 疑惑地看她，自此后也不再和她一同吃饭。李菁本来也不是交游广泛的人，在实习的地方更没有几个朋友，现在连 Diana 都疏远了，连日来憋了一肚子的心事，却不知道说给谁听。

* * *

李菁周末去购物中心，转了小半天，买了一盒四个的月桂卷，心底仍然空虚，又去买哈根达斯的蛋筒冰激凌。走到柜台，刚刚点好，就听见有人喊自己的名字，是何洛。她和李菁寒暄了几句，点了三支冰激凌，等待制作的空当里，她看看李菁手中的点心盒子，微笑道：“平时看你吃得不多，怎么，只有上班的时候需要 keep fit？”

李菁不好意思地笑了两声：“其实也想着控制体重，但是吃甜食的时候比较开心。”

“哦，我也一样。”何洛颔首，“对了，你最近试验做得不错，空闲的时候，不妨心平气和去解决一下其他的事情。”说这番话时，她接过三支冰激凌，半举着，虽然表情平淡，但多了三分人间烟火气。

李菁点头，疑惑地看着她手中的冰激凌：“吃这么多？”

“咳，有朋友忽然袭击。多少年不见，又蹿出来。”何洛笑笑，“我赶紧走了，要么就化掉了。”

* * *

李菁目送她走到购物中心的阳光大厅，就听到一个女声高喊：“洛洛，洛洛，我们在这儿——”音色圆润，穿透力十足，在嘈杂的人群中脱颖而出。远望过去，是和何洛年纪相仿的女子，长发及腰，手中还牵着一个四五岁的男孩子，打扮成佐罗，黑披风，蒙着面，手中还握着一把宝剑。何洛转身向他们走过去，脸上带着舒心的笑容，有李菁从来没见过的温暖。

* * *

她接过男孩子手中的剑，递了一支冰激凌给他。那个女子和何洛说着什么话，还不时用肩膀去撞她，两个人咯咯地笑在一处。原来，她也是有朋友的。李菁心中感慨，她还一度想着，就算和男友分开，像何洛一样生活也不错。但今日看到她剔透的一面，又忍不住激起了自己对平淡生活的渴望，不再赌气，掏出电话来。不禁暗笑，刚刚在嘴里加了这么多的糖，怎么面对亲密的爱人，总要冷言冷语，就不肯说出些关切的甜言蜜语呢?

* * *

何洛送走田馨，已经是晚上十点多。她被附近镇上的华人教会邀请，来为唱诗班做培训。何洛再三留她住下，田馨左思右想，颇做了一番思想斗争。“让我说啥好呢? 我是相当的想要留下来，好好审问你。自从上次你去看过我一次，就只剩下 E-mail 联系。要不是今天唱诗班里有认识你的同事，我真不知道你就躲在我的眼皮底下长毛。”她贼笑，“我们现在的共同话题又多了一些哟。但话说回来，我家那个小祖宗哟，闹得不行，每天我不讲故事就睡不着。现在你肯定也明白我的难处了，等我明天再来看你吧。”

* * *

何洛送田馨下楼，回来时发现妈妈打电话过来，不禁心里一惊。多数时间，都是自己打回家去，这些年头一次父母的电话拨过来。

“你那边怎么那么热闹？”何妈问，“好多人似的。”

“哦，几个朋友在，交流怎么烧菜呢。”

“啊，那刚才怎么是个小孩子接电话，还奶声奶气说妈妈出去了？”

“邻居家的孩子，还小，见着谁都叫妈妈。”

“你看看人家的小孩子……”何妈说了一半，明显语气低落，没有心情数落女儿的不求上进，“哎，不说这些了。我偷偷打电话给你的，你爸住院了，不让我告诉你。”

“爸怎么了？”何洛忙问。

“咳，非要弄什么秋菜，往阳台上搬白菜的时候把老腰给闪了。”

“严重吗？”何洛蹙眉，“现在什么菜没有啊，现吃现买嘛，这老头，赚那么多钱攒着干吗？”

“还不是要养你！”何妈笑，“你要为了我俩好，赶紧找一个领回来让我们看看，你爸也放心。”

* * *

何洛又询问了一些父亲的病情，并无大碍，但心底终究还是挂念。想起田馨见到她时惊讶得合不拢嘴，大叫，纸是包不住火的。的确，事到如今，也许是回家看看的时候了。

纸是包不住火的。

她关上电视，侧身，捉住摇摇晃晃刺过来的塑料剑，板下脸来。

“Alex，我说过什么？不要接电话，不要把电视开得这么大声。”

“Why, Mommy?”小男孩揭开佐罗的眼罩。

“It’s a rule.”何洛拍拍他的头。

“但阿姨也说了，我现在也是这么个大孩子了。”他拔回剑，把田馨的语气学得惟妙惟肖，“我喜欢她。Mommy，Halloween 的时候我能当佐罗吗？”

何洛点点头，蹲下来，把小小的 Alex 抱在怀里，亲亲他柔软的头发：“你乖乖地听话，圣诞节的时候，妈妈带你去看外公外婆，好不好？他们一定也很喜欢你。”

Alex 在她怀里拱了拱：“那，我们会去看爸爸吗？你不是说，他也在中国？”

* * *

何洛不知如何回答，嗯嗯呀呀了两声，说："把田馨阿姨送你的玩具收好，准备睡觉了。"

"不，再玩一会儿！"Alex 高举着塑料剑，绕着屋子跑了一圈，何洛摇摇头，热了半杯牛奶。Alex 跑过来，端起杯子一饮而尽，又问："Mommy，我们到底会不会去看爸爸？"

如此固执，何洛抚着儿子小小的脸，无言以对。这是她自己都不知道答案的问题。

"Sorry……"Alex 喃喃道，"我让你伤心了。"

"嗯？"

"你一定很爱爸爸，但是他不在这里。"

"谁告诉你的？"听见儿子像大人一样说话，何洛哑然失笑。

"电视里嘛，那个妈妈告诉她的小孩子，她很爱他的爸爸，所以才会有他。"

* * *

小孩子跑了一天，何洛的童话念了一半，他就倦倦地睡了过去，趴在她的膝上，微张着唇，浓密的睫毛有自然上翘的弧度。何洛把他抱起来放在身边，盖好被子，Alex 本能地蹭到母亲身边蜷起来，像一只小猫，小手还捉住她睡衣的一角。何洛忍不住低头，在稚嫩的脸颊上亲了亲。此刻她心中有无限的爱和柔情，只想把自己的宝宝圈在臂弯里，紧紧地，似乎下一刻就会失去。

当初她已经和医生约好第二天手术，走出诊所，发现车上多了一张基督教团体的传单，讲述几种方法如何残酷地将未降生的天使从母体上剥离。何洛做过无数小鼠试验，对那些解剖学的词汇并不陌生。这一颗在自己身体内跳动的小心脏，将要碎裂成千万片，不知所终。何洛的心脏也纠结起来，丢掉传单，却丢不开脑海中反复出现的血肉模糊的画面。

* * *

她做了当时看来，这辈子最愚蠢的决定，留下这个孩子。

最本质的原因，何洛不愿意承认，却也无法否认，自己对这个孩子，还有孩子的父亲，怀有极其深厚的感情。哪怕是痛，也是刻骨铭心的痛。

这个想法让她几乎落下泪来。

* * *

叙述这几年的经历时，她尽量轻描淡写。田馨开始还咧着嘴，笑说你们居然趁大家不备，暗度陈仓，听到后来便涕泪滂沱，连骂章远负心，又问何洛是否知道他的近况，方便她带着高中起就一直想扔到他头上的拖布，万里追杀。

何洛摇头："云微婚礼的时候，曾问我是不是要和他通话。那时候我大着肚子，刚辞了实习，真是一个字都不想和他说。"

田馨愤然："李云微也真是的，换了我，早和这种吃软饭的人绝交，还请他参加婚礼？"

"大家都不知道发生了什么，也不知道 Alex 的存在。"何洛淡淡地笑，"这些年我想通很多，也不怨别人。或许在多数人看来，是我当初的态度太决绝，让他的承受到了极限。"

"事到如今，你还死性不改，总想着帮别人找借口。难道还指望破镜重圆，让他给你和 Alex 一个名分？"

"我没想过。"何洛说的是实话，时过境迁，她不愿有任何幻想，以免将自己推到新一轮绝望的深渊里。唯一盘算的，是如何向父母摊牌。田馨的到来，加速了既定的日程。何洛知道她不会拿自己的事情八卦，但也清楚田馨口无遮拦的个性，不小心说漏了嘴，也极其有可能。

小道消息犹如多米诺骨牌，此刻第一张还握在自己手中，不如对家人坦白从宽。

* * *

她请了年假，加上圣诞和元旦，便能回国二十余天。Alex 对即将到来的长途旅行无比兴奋，跟着何洛去中国城的药店，捧起最大包装的西洋参礼盒，兴奋地高叫："这个是我送给外公外婆的。"小孩子唇红齿白，聪明伶俐，逗得店老板哈哈大笑，给何洛打了个八折。

Alex 一向讨人喜欢，何洛决定先找朋友带他去探望自己的父母，待二老对这个小宝贝爱不释手，自己再出面讲明。思前想后，李云微是最合适的人选。她在故乡已没有亲人，和何洛的父母又一向熟稔，如果冬天带了亲戚家的小孩子去玩儿，在何家借宿几日也不会显得唐突。

* * *

她回到北京的第一件事就是和李云微联系，约定见面的时间地点，又再三叮嘱，这次行程匆促，就两个人小聚，不需要通知别人，又说："到时让你见一个人，不要太惊讶。"

"Mr.Right？"李云微笑，"那我迫不及待啊。"

* * *

何洛带了儿子去饭店，跟随服务员走过弯曲的长廊，小 Alex 对墙上装饰的风筝极感兴趣，在服务员开门，何洛走神的一瞬间，转身跑回去，跳着去摸绢制的雨燕。

不由得何洛不吃惊，包厢里坐着一众熟人，李云微夫妇、赵承杰、叶芝、沈列、张葳蕤。大家看见她，一齐起身，高喊："Surprise！"

李云微解释："大家都已经好久不见你，如果他们知道我独吞了你，肯定以后不会放过我。"

叶芝也说："就是就是，难道你心里只有李云微，就没有我们大家了？"

何洛还来不及问，如何自己五年不在，这些高中大学同学已然混成一派，小 Alex 便在身后扯她的大衣：“我喜欢那个燕子。”

* * *

众人好奇地看过来，听 Alex 继续说：“服务员阿姨说它能飞，真的吗，Mommy？”

“Mommy？！”众人一齐瞪大眼睛。

何洛苦笑：“Surprise！”

Chapter 4

服务员拿来几种饮料，问 Alex 喝什么。“水，谢谢。”小男孩正襟危坐。

“这里有可乐，橙汁，还有花生乳哟。”李云微指过去。

Alex 用探询的目光看何洛。“好吧，今天破例，可以喝一些。”何洛摸摸他的头，又对云微解释，“美国好多饮料糖分太高了，对小孩子的健康不好，一般我都不让他喝的。”

* * *

叶芝夹了一块清蒸鱼：“小朋友多吃这个，有营养哦。”

Alex 摇头：“我和鱼有仇。”

“他喉咙被鱼刺扎过，喝了两碗醋。”何洛笑，把小刺一一摘出，“Alex，吃一点，比 Mommy 做的好吃哟，还有，你应该对叶阿姨说什么呀？”

“谢谢叶阿姨。”Alex 大大方方地笑，还冲叶芝招招手。

* * *

赵承杰嘿嘿了两声，夹了一块三杯鸡：“小朋友，那你要叫我什么？”

“你也是我妈妈的同学吗？”Alex 问。

赵承杰点头。

“真的吗？但是……”Alex 眼珠转了转，扭头用英语对何洛说，“But he looks much older than you.”

虽然口音纯正，但毕竟是小孩子，讲得慢，每个人都听得清清楚楚，众人不禁笑了出来。

* * *

但终究不能开怀，一个问题如鲠在喉，何洛不说，众人也不知如何挑破。

Alex，你的爸爸是谁?

* * *

一屋子人闷头吃饭，只有 Alex 童稚的嗓音不时响起，拉着何洛问东问西。过不到一个小时，面前的小碟就换了三四轮，实在不能再勉强肚皮。众人面面相觑。

何洛抢着结了账，又拉住云微：“我有几句话，想和你单独说。”当务之急，是把 Alex 的存在告诉父母，至于今日的事情将如何传得满城风雨，为某些人的生活带来轩然大波，何洛已经顾不得多想。

既然回来，便做好了面对一切的准备。

* * *

其他人很知趣地起身，表示过几天再和她联络。李云微拉住赵承杰：“你是男生，你怎么跑！”

“你老公不是在这儿？”赵承杰指指常风，“让他给你壮胆。”然后飞也似的逃了。

常风拍拍妻子的手背："我在楼下茶座等你。"

只剩下何洛、云微，还有拿着酒家赠送的小风筝，玩得不亦乐乎的小男孩。

* * *

何洛把他揽在怀里："Alex，告诉阿姨，你今年几岁了。"

"四岁半。"

"他生下来的时候六斤不到，因为不足月。"何洛说。

"他爸爸……是我认识的人吗？"

何洛点头。

"忘了他吧，他……"李云微低头，"你要相信，他也是有苦衷的，那时候他的公司……"

"我这次回来，也不是找他做什么补偿。"何洛把脸颊贴在 Alex 额头上，"这是我的宝贝，我不会把他交给任何人。"

* * *

"那你怎么对 Alex 解释的？"李云微问。

"我说他死了。"

"怎么可以这么讲！"李云微大骇。

"这是最简单的方法，免得小孩子一直追问他在哪里。"

"你们在说我爸爸吗？"Alex 问，"妈妈说他聪明能干，很爱妈妈和我，虽然他不在了，但是我们永远都爱他！"

* * *

赵承杰敲门进来：“不好意思，我忘记拿大衣了。”他恰好听到 Alex 的话，瞪大眼睛看着李云微，“你怎么回事？！我们不是说好了，不告诉何洛的吗！现在连小孩子都知道了。”

李云微冲他拼命地挤着眼睛。

Alex 说：“我知道啊，爸爸在天上，在星星上看着我们。”

“什么事情不告诉我？”何洛一愣，旋即明白了前因后果，笑容僵在脸上。

李云微握住她的手：“你听我说，何洛，千万不要激动。”她的声音听起来遥远疏离，她也开始抽泣。

* * *

“原来，你们都在骗我。”何洛立时想到，脸上失了血色，“其实，并没有什么千金万金的，是吧？”她俯身抱起 Alex，推门而出。叶芝等人都站在走廊上，看见她冲出来，都吓了一跳。何洛目光如电，一个个看过去：“你们都知道的，对不对？”她快步离去，片刻后众人才缓过神来，互相埋怨：“还愣着干什么，追啊！”

* * *

何洛抱着 Alex 走不快，把他放到地上，牵着他一路小跑，却不知道要去哪里。小孩子跟不上她的脚步，喘着气，喊道：“Mommy，你走太快了，我跟不上。”

何洛听不清。满耳似乎依然是刚才逼问下赵承杰的坦白：“Alex 一进门，我，我就看出来了……可是，章远他，四年前……胃癌……”

* * *

不在了。

不在了。

不在了。

* * *

Alex 踩到冰上，滑了一跤，幸好手被何洛抓着，没有跌伤。她拂着孩子身上的雪屑，Alex 怯怯地问："Mommy，你冷吗？你一直在发抖，要不要我把围巾给你？"

何洛双膝一软，再也支持不住自己的身体，跪在地上，抱住 Alex 放声大哭。在圣诞将至的街头，每棵树上都是一串串闪亮的金色小灯，《铃儿响叮当》的欢快节奏从长街的一边飞到另一边。这样人潮汹涌的城市里，这样广阔的天地间，他不在了，他不在了。

他在星星后看着我们。

* * *

李云微和叶芝追过来，伸手去拉何洛，她用力甩开。二人已经忍不住泪，抱住何洛，还有小小的 Alex，在街头哭作一团。

* * *

似乎是走在高低不平的山路上，绿树繁茂，枝丫间漏出高天流云破碎的光影。他走在前面，不肯回望。何洛追得气喘吁吁，他停下来，说："你回去吧。"

"不！"何洛固执地摇头，从身后抱住他，"这次，我要和你一起走。"

他的掌心覆在她手背上："回去吧，Alex 还在等你。"

* * *

何洛猛然一惊，阳光已经浸透窗帘，漫上墙壁。她阖上眼睛，试图找回梦境。我还没有看清楚你的脸，不要就这样结束！

让我再看你一眼。

* * *

由于时差的原因，Alex 早早就跳起来，披着宾馆的浴衣跑来跑去，衣襟长长的拖在地上。他看何洛睁开眼睛，才扑过来："Mommy，morning！我们下楼吃东西好不好？"

"你早就醒了？饿不饿，怎么不喊 Mommy？"

"饿了。" Alex 点点头，"不过昨天常风叔叔说你生病了，让我好好照顾你。你不是说，生病了就要多睡觉吗？"

* * *

叶芝打来电话，她就在酒店大堂，说："云微那边上课，学生要期末考试，走不开。"

何洛说："问你也是一样的。他在哪里？我想带 Alex 去看看。"

叶芝发窘："不清楚，我也是最近才知道的。云微通过沈列找我，说你要回来，她自己不敢去见你，拉我们壮胆。"

何洛"哦"了一声，给 Alex 取了煎蛋和馄饨，自己只喝了两口白粥。叶芝忧心忡忡地看她，何洛抬头笑笑："没事儿。这些年我都是这么对 Alex 讲的，也不算一点心理准备都没有。"

极其锋利的刀划破身体，在最初是感觉不到痛的，只是嗖地一凉。

* * *

她把 Alex 交给叶芝照看，去找赵承杰。到医院时他正在巡房，何洛便去住院处等。沿途看见神色各异的患者和家属，忧伤的、平静的、狂躁的、乐天的……有的病房空荡荡的，里面立着紫光灯。给何洛引路的护士解释说，这是刚刚有患者过世，正在消毒。

* * *

赵承杰唯恐她触景伤情，连蹙眉头："你来这里做什么？"

“那时候，是在你们医院吗？”何洛问。

“不是。”

“哦，也对。你们的长项是心血管。”何洛平静地看他，“我那年回国，听说他此前胃出血住过院，但是之后就稳定了，他也比较注意。不是吗？”

“是。但后来又开始上腹隐痛，消化不良，以为是胃炎复发，和以前一样，吃了一些抗溃疡和消炎的药。等开始消瘦贫血，到医院一查，就已经是晚期了。”赵承杰一边说，一边打量何洛的神色，“年轻人的早期诊断率极低，很多人确诊的时候，病情已经发展到第三第四期了。”

“然后呢？”

“确诊两周后做了手术，切除了 2/3 的胃。开始恢复得不错，然后半年后，发现癌细胞经淋巴组织转移。”

“会……很疼吗？”她坚持，咬唇，努力不哭。

“用了止痛药，最后是吗啡和杜冷丁。”

何洛知道，成瘾性药物是用药的最后阶段，此时的生命就像幻觉。

* * *

赵承杰下午还有手术，李云微到底还是找了别人代班，和常风一起来接何洛。三人去了河洛嘉苑。天冷时章远的父母会过来住一段时间，现在临近春节，他们回去和亲友团聚，把房屋交给李云微夫妇照看。

房间维持原来的布置，桌上的天鹅相框已经褪去光泽，合照的二人隔着十年的光阴，嘲笑世事沧桑。李云微拿过素描本，是他画的效果图。何洛走到窗边，坐在驼色的厚绒圆毯上：“这里能看到西山呢，傍晚的时候落日照过来，在这里聊聊天看看书，一定很不错。”

* * *

她抱着膝，眨一眨眼，泪水就扑簌簌落下来："我想知道，他还说过什么。放心说吧，不要怕我受不了。除了这些，我也没有别的了。"

"他做手术后一段时间相对稳定，就来参加我的婚礼。我想可能还有转机，所以希望他能向你解释一下。可是……他说没关系，如果以后有更多的时间，可以再去看你。我说，现在就告诉何洛吧，她一定会回来的。他只是笑，说那样未免太自私了。"

何洛凄然一笑："如果那时候我知道，他或许还能看到 Alex。"

云微也红了眼眶："谁知道呢，或许走得没有牵挂，也是好事。他本以为过上三五年，你应该有归宿了，就算知道，也不会……"

* * *

"我会去看 Alex 的爷爷奶奶。"何洛说，"他们的地址和电话变了吗？"

"没有。"李云微说，"我写给你。"

何洛摇头："我还记得。"

* * *

回到故乡，何洛带 Alex 去扫墓。她把一束花放在墓前，抚着碑身："当初你送我的第一束花是黄菊，没想到，我送你的第一束，也是黄菊。"

忆起章远说我记你一辈子，何洛潸然落泪。

可是你我都不知道，一辈子，原来这么匆忙。

* * *

章远的父母出门置办年货，路过小区前的摊床，见一个小男孩踮脚看着烟花爆竹。

"那个小孩子真像远远小的时候。"母亲说。

父亲拽着她："你见到周正一点的孩子就这么说。"

"真的很像呢！"她挣脱丈夫，走过去，"小朋友怎么一个人，妈妈呢？"

"在那里，正在买水果。"小男孩跑到旁边，牵起妈妈的手。

尾声

在返回美国的飞机上，空姐们逗着Alex，都夸奖小孩子乖巧可爱，又有人说，这孩子的侧脸真是漂亮。

何洛微微一笑："是啊，像他爸爸。"

* * *

何妈不久会办理赴美签证，在何洛拿到学位前照顾Alex，但是两家的老人都希望，她可以回到熟悉的土地上。

飞机再次飞过换日线，舷窗板将东半球的阳光阻断。何洛抱着Alex，深深明白，无论去哪里，阳光永远都在心底。

《忽而今夏》上卷第一版后记

——以这篇文章献给所有幸福快乐的少年时光

《双城》是一个关于离别的故事。

至少我本意如此。

是，此去经年，料是良辰美景虚设。不可能拒绝长大，《双城》描述的，就是一段感情改变的轨迹。时光的河流蜿蜒曲折，爱过的记忆搁浅彼岸，不能随身携带。

* * *

然而落笔时，总会想到，那些人那些事，如何温暖地照耀着我的生命。闭上眼，耳边穿梭的还是某年初夏的风，带着阳光里尘埃的味道。白杨下的林荫路，骑着单车呼啸而过，掠过青春年少；葡萄架下，光影斑驳，浅浅淡淡的笑。

紫丁香芬芳了一个季节。

* * *

某天在傍晚的十字路口，邂逅一群携伴回家的孩子，穿着白绿相间的运动服，袖子挽到一半。绿灯亮了，他们也不急于赶路，依旧嘻嘻哈哈聊着天，说到多晚都不会疲倦，说着说着便是星光满天。那些孩子就是章远，就是何洛。他们行走在左边，青春行走在右边。

然而我只能笑着回头祝福，然后继续匆匆，和回忆擦肩。

* * *

煽情段落到此结束吧，说实话，我真没想过会写这么长的东西，本来以为能够勉力支撑到八万字，就是前所未有的突破了，结果管不住自己的啰唆，唠唠叨叨写了将近二十万字，抛去此次没有发表的第四部分，也有十五万字，真是历史性的飞跃啊。

虽然很模式化，但还是要感谢一直以来支持我的诸位各位在齐位，虽然说《双城》是自己钟爱的校园题材，最开始便决定无论如何孤芳自赏，也要努力坚持写下去的；但是有了你们的支持，这个过程变得快乐起来。《双城》在文字上和结构上都并非尽如人意，它更多的作用是一把钥匙吧，你们并非被我感动，而是那些鲜活的年轻的记忆，重新回到大家的脑海里。想想看，我们都曾经单纯地快乐着，或多或少有一些小秘密，这也挺好的，不是吗?

* * *

这篇文章不是写给小孩子的。

十几岁的读者，可能会喜欢开头的少年时光，后面的文字对于他们来说过于拖沓冗长。

二十岁左右的人，或许能读懂文字中的甜蜜和伤痛，但就像李宗盛的歌词，若想真明白，还要好几年。

写给和我年龄相若的人，希望你看过后可以会心一笑，想起自己也曾经有一双透明的眼睛。然后明白，这些文字，其实是温柔的毒药。

* * *

记录下月光下的岁月声，给那些我的朋友，给那些最美好的似水流年。

《忽而今夏》十年纪念版后记

动笔写这篇后记的时候，我坐在时速三百公里的高铁上。

不知你是否知道，在何洛刚读大学的时候，她和章远之间一千多公里的距离，最快的火车也要走上十八个小时。在《忽而今夏》上一版的宣传语中，曾形容青春像呼啸而过的列车。这些年来，全国不知道进行了多少次铁路大提速。但是回过头，他和她还在那里，仿佛从来不曾远离。

一路同行的，还有你们。真好。

* * *

《忽而今夏》是我写下的第一部长篇，最初在网上连载时叫作《双城故事》，因为这个故事最初的构思就来源于莫文蔚的同名歌曲中那句“千山万水沿路风景有多美，比不过在你身边徘徊。”有一些感情，一些人和事，是不会随着时间的推移而褪色的，无论走得多远，看到了怎样广阔的新天地，都有一些美好的记忆无法磨灭，深藏心底。

那已经是初版连载之前两三年的事情了，还刚刚进行第五次铁路大提速。那时候的我更习惯写散文和游记，偶尔也会构思一些短篇，但遗憾的是我并不擅长这种体裁，总觉得难于在数千字的篇幅内写尽起承转合。于是写了若干开头，基本都半途而废。不过也积累了一些情节和句子，很多出现在随后的长篇连载中。其中就包括原文的第一句，也是出现在实体书封面上的那一句，“我爱过的男孩，有世界上最英俊的侧脸。”

曾经有人质疑这句话，说故事都是写帅哥美女的，那我们这些普通人还活不活？不过我想看过全文后，大多数人会明白，文中要描写的并不是一个靠“帅”来吸引眼球的男生。所谓最英俊的侧脸，是因为一个少女把心中所有最美好纯洁的感情寄托在他身上。

自己心爱的，便是最好的。

这样的心情，通常发生在最简单的年纪里。所以是“爱过”的那个男孩，是永不凋零的青春岁月。

* * *

说起来，从在网上连载到如今，已经十年。这个故事对我而言已经有些遥远，二〇〇九年再版修订时，已经觉得它不像自己写下的文字了。然而前几日看到编辑发来的大家写给《忽而今夏》的信，最初写作时的心情好像又重新复苏了。我意识到这个故事不仅仅属于自己，而早已经和你们中许多人的记忆融为一体。读着大家的来信，仿佛和你们一同重温了那段青春。

纵然你的、我的、他（她）的记忆发生在不同时空，纵然这些年各类通信方式推陈出新，纵然现在信息爆炸每个人都有了更开阔的眼界，我们并不能因此而跳过成长的历程，甚至是缩短它，还是要用脚步丈量每一寸光阴，在理想和现实之间摸爬滚打。

于是我们每个人，都像时光长河打磨下的石子，慢慢改变了模样。这种磨砺难免伴随着不安和迷茫，所以无忧无虑的少年时光，在记忆中更加纯净美好。我很庆幸自己在十年前写下了这个故事，它的珍贵之处，不仅仅在于其中的少年心境是此时此刻的我所无法描摹的，更在于它帮我记录了写作阶段对于感情、理想和人生的思考。今昔对比，可以清晰地看到自己成长的轨迹。

* * *

有读者说，隔了许多年再看，会有不同的感受。这句话让作者颇感欣慰。也常有人评论说，下卷的结尾是理想化的，现实中的二人，故事多数终结于上卷的“算了吧，散了吧，忘了吧”。

关于这个问题，我想先放一段文字，是二〇〇六年九月发表的博客文章，曾经出现在《忽而今夏》再版时的前言里。

《潜水病》

所谓潜水病，是因为在过深的水中，潜水员呼入的压缩空气压强过大，溶于血液中。而如果过快地返回地面上，外界压力骤然减小，在深水中溶入的氮气等膨胀，并形成无数外溢的小气泡。在血管内的小气泡会阻塞血液流通，在血管外的小气泡会压迫附近组织。

而且，据说在深水强大的压力下，会产生一种类似醉酒一样的迷幻感，称为深水麻醉。

你敢下潜多少米，两米，十米，五十米，一百米？

* * *

没有氧气瓶的情况下，四米已经是我能到的极限，再深的地方，我没有勇气去尝试。

带着氧气瓶呢？

我怕潜水病。

* * *

请勿回望。

* * *

我之所以放在这儿，是因为这段文字漏洞百出，比如休闲潜水所携带的不是氧气瓶，多数时候是压缩空气瓶。那时候我还没有系统地学过水肺潜水。有很多人因为体验潜水时耳朵痛，就认为自己不适合潜水，放弃了再次尝试的想法。这很正常。我最初也是，因为坐飞机耳朵都会痛，一直怀疑自己的耳膜过于脆弱敏感，适应不了水压的变化，所以对于潜水这项运动也曾敬而远之。可后来机缘巧合，我还是学了潜水课，这个爱好自此一发而不可收，背着气瓶到四十米自不必说，不背气瓶憋一口气也能潜十余米。（注：下潜过程中吸入的压缩空气与环境气压相同，所以通过不断平衡耳压，耳膜内外的压力差并不会因为深度的增加而急遽变化。)

这件事告诉我：第一，对于自己没有接触过的事情，多少会有道听途说的错误印象；第二，即使尝试过，也不等于就看到了事情的全部；第三，曾经认为不可能的事情，最后不仅有可能做到，或许还会取得超乎自己想象的成果。

这也是一种成长。

* * *

有几位读者曾发消息给我，说自己或者是身边的朋友，就曾经历过和书中相似的分别和重聚，并且现在幸福地生活在一起。

我由衷祝福那些能够与昔日爱侣携手的圆满幸福，但是也不会哀叹那些无法重聚、各安天涯的旧情。

这十年间，“青春”二字在我心中的定义不断改变。光阴荏苒，而我并不觉得成长意味着变得疲惫了、世故了，或是沧桑了。恰恰相反，当看到越来越广博的世界，一点点实现自己的梦想，应该带来更多的自信和勇气。那些所谓的青春时光，不是前行路上的羁绊，或是沉溺其中的避风港。它已经成为我们身体和心灵的一部分，所有逝去的都以另一种方式出现在你的生活里，那些你曾拥有的、曾失去的，都让你的人生历程更加丰富而完整。昨天的故事，成就了今天的你。

* * *

在初版的后记中，我曾经说，这个故事的文字是“温柔的毒药”；那么希望这篇后记，是与之相对的“解药”。

向前看，向前走，便意味着无限可能。

依旧将这个故事献给那段似水流年，也献给每一个读过这个故事，并为之感动的你。

明前雨后

2015 年 7 月 20 日

未讀 UnRead | 文艺家

- ·《忽而今夏》（10年纪念版 / 限量版套装）
- ·《起点人》
- ·《终点人》
- ·《梅子青时：外婆的青春纪念册》
- ·《当我们阅读时，我们看到了什么》
- ·《幸福是……：500件关于快乐的小小事》
- · 角田光代散文随笔集

  《星期三的神明》

  《今天也谢谢招待了》

  《午夜散步》

  《在全世界迷路》
- ·《离开，是为了更好地回来》

联合天际 CLUB
官方会员直销服务平台

出 品 人：唐学雷
选题策划：联合天际
特约编辑：韩 志
责任编辑：李 征 刘 凯
整体装帧：满满特丸设计事务所
www.manmanteam.com
版式设计：冉冉设计工作室